# 童年的街道

## Barndommens gade

Tove Ditlevsen

[丹麦] 图凡·狄特莱夫森 著

周一云 译

中国国际广播出版社

# "北欧文学译丛"
# 编委会

## 主 编
石琴娥（中国社会科学院外国文学研究所）

## 副主编
徐 昕（北京外国语大学欧洲语言文化学院）

## 编 委
（以姓氏汉语拼音为序）

李 颖（北京外国语大学欧洲语言文化学院芬兰语专业）
王梦达（上海外国语大学德语系瑞典语专业）
王书慧（北京外国语大学欧洲语言文化学院冰岛语专业）
王宇辰（北京外国语大学欧洲语言文化学院丹麦语专业）
余韬洁（北京外国语大学欧洲语言文化学院挪威语专业）
赵 清（北京外国语大学欧洲语言文化学院瑞典语专业）

# 绚丽多姿的"北极光"

## ——为"北欧文学译丛"作的序言

石琴娥

2017年的春天来得特别地早,刚进入3月没有几天,楼下院子里的白玉兰已经怒放,樱花树也已经含苞待放了。就在这样春光明媚、怡人的日子里,我收到中国国际广播出版社文史编辑部主任张娟平女士打来的电话,想让我来主编一套当代北欧五国的文学丛书,拟以长篇小说为主,兼选一些少量有代表性的短篇小说、诗歌等,篇目为50—80部左右。不久之后,中国国际广播出版社的王钦仁总编辑和张娟平主任又郑重其事地来到寒舍,对我说,他们想做一套有规模、有品位的北欧文学丛书,希望能得到我的支持,帮助他们挑选书目、遴选译者,并担任该丛书的主编。

大家知道,随着电子阅读器和智能手机的普及,越来越多的人通过电子设备来阅读书籍。在目前的网络和数码时代,出现了网络文学、有声书和电子书,甚至还出现了人工智能创作的作品,纸质书籍受到极大冲击,出版纸质书籍遇到了很大困难。有的出版社也让我推荐过北欧作品,但大都是一本或两本而已,还有的出版社希望我推荐已经过版权期的作品,以此来节省一些成本。而中国国际广播出版社却希望出版以当代为主的作品,规模又如此之大,而且总编辑又亲临寒舍来说明他们的出版计划和缘由,我被他们的执着精神和认真态度所感动,更被他们追求精神品位的人文热情所感动。我佩服出版社的魄力和勇气。面对他们的热情和宝贵的执着精神,我怎能拒绝,当然应该义不容辞地和他们一起合作,高质量、高品位地出好这套丛书。

　　大家也许都注意到,在近二三十年世界各国现代化状况的各类排行榜上,无论是幸福指数,还是 GDP 或者是人均总收入,还是环境保护或者宜居程度,从受教育程度和质量、医疗保障到养老、失业等社会保障,还有从男女平等到无种族歧视,等等,北欧五国莫不居于世界最前列,或者轮流坐庄拿冠夺魁,或是统统包圆儿前三名,可以无须夸张地说,北欧五国在许多方面实际上超过了当今世界霸主美国,而居于当今世界发达国家最前列,成为世界现代化发展中的又一类模式。

　　大家一般喜欢把世界文学比作一座大花园,各个时期涌现出来的不同流派中的众多作家和作品犹如奇花异葩、争妍斗艳。北欧文学是这座大花园里的一部分,国际文学中,特别是西欧文学中的流派稍迟一些都会在北欧出现。北欧的大自然,由于地理位置、自然环境和气候条件,没有小桥流水般的婀娜多姿,而另有一种胜景情致,那就是挺拔参天、枝叶茂盛的大树,树木草地之间还有斑斓似锦的各色野花和大片鲜灵欲滴的浆果莓类。放眼望去,自有一股气魄粗犷、豪放、狂野、雄壮的美。北欧的文学大花园正如自然界的大花园一样,具有一股阳刚的气概、粗豪的风度。它的美在于刚直挺立、气势崴嵬。它并不以琴瑟和鸣般珠圆玉润和撩拨心弦的柔美乐声取胜,却是以黄钟大吕般雄浑洪亮而高亢激昂的震颤强音见长。前者婉转优雅、流畅明快，后者豪迈恢宏、气壮山河。如果说欧洲其余部分的文学是前者的话，那么北欧文学就是后者。正如鲁迅所说，北欧文学"刚健质朴"，它为欧洲文学大花园平添了苍劲挺拔的气魄。以笔者愚见，这就是北欧五国文学的出众特色，也是它们的长处所在。

文学反映社会现实。它对社会的发展其功虽不是急火猛药，其利却深广莫测。它对社会起着虽非立竿见影却又无处不在的潜移默化作用。那么，北欧各国的当代文学作品是如何反映北欧当代社会的呢？它对北欧各国的现代化发展是不是起了推动促进作用了呢？也许我们能从这套丛书中看到一些端倪。

北欧五国除了丹麦以外，都有国土位于北极圈或接近北极圈。北极光是那里特有的景象。尤其到了冬天夜晚，常常能见到北极光在空中闪烁。最常见的是白色。当然有时也能见到五彩缤纷、绚丽多姿的北极光。北欧五国的文学流派众多，题材多样，写作手法奇异多姿，犹如缤纷绚丽的北极光在世界文坛上发光闪烁。

北欧包括5个国家：丹麦、芬兰、冰岛、挪威和瑞典。讲起当代的北欧文学，北欧文学史上一般是从丹麦文学评论家和文学史家勃朗兑斯（Georg Brandes，1842—1927）于1871年末在丹麦哥本哈根大学所作的《十九世纪文学主流》算起，被称为"现代突破"。从19世纪的1871年末到目前21世纪的2018年近150年的时间里，一大批有才华的作家活跃在北欧文坛上。在群英荟萃之中，出现了几位旷世文豪，如挪威的"现代戏剧之父"亨利克·易卜生，瑞典文学巨匠——小说家、戏剧家斯特林堡和荣获诺贝尔文学奖的第一位女作家、新浪漫主义文学代表塞尔玛·拉格洛夫，丹麦 1944 年诺贝尔文学奖获得者约翰纳斯·维尔海姆·延森和芬兰的批判现实主义作家约翰·阿霍等。"北欧文学译丛"拟以长篇小说为主，间选少量短篇作品，所以除了易卜生，因其作品主要是戏剧外，其他几位大家的作品我们都选编进了本系列。这些巨匠有的是当代北欧文学的开创者，有的是北欧当代文学中各种流派的代表和领军人物，都是北欧当代文学中的重要作家，他们的作品经历了时间考验。

在北欧文坛中，拥有众多有成就有影响的工人作家是其一大特色。有的还获得了诺贝尔文学奖，成为世界级的大文豪。这些工人作家大多自身是农村雇工或工人，有过失业、饥饿或其他痛苦的经历，经过自学成为作家。他们用笔描写自己切身的悲惨遭遇，对地主、资产阶级剥削和压榨写得既具体细腻，又深刻生动。正是他们构成了北欧 20 世纪以来现实主义文学的主流。在这些工人作家中最突出的有丹麦的马丁·安德逊·尼克索和瑞典的伊瓦尔·洛-约翰松等。对这些在北欧文坛上占有重要地位的工人作家的作品，我们当然是不能忽略的，把他们的代表作选进了这套丛书之中。

除了以上这些久享盛誉的作家外，我们也选了新近崛起的、出生于 1970 和 1980 年代的作家，如出生于 1980 年的瑞典作家乔安娜·瑟戴尔和出生于 1981 年的挪威作家拉斯·彼得·斯维恩等。他们的作品在北欧受到很大欢迎，有的被拍成电影，有的被搬上舞台。这些作品，虽然没有经历过时间的考验，但却真实地反映了目前北欧的现状，值得收进本丛书之中。

从流派来看，我们既选了现实主义作品，也不忽略浪漫主义、超现实主义和意识流的作品，力求使读者对北欧当代文学有个较为全面的印象。从作家本人的情况看，我们既选了大家公认的声誉卓越的作家的作品，也选了个别有争议作家的作品，如挪威作家克努特·汉姆生，他是现代挪威、北欧和世界文坛上最受争议的文学家。他从流浪打工开始，1920年成为诺贝尔文学奖得主，晚年沦为纳粹主义的应声虫和德国法西斯占领当局的支持者，从受人欢呼的云端跌入遭国人唾骂的泥潭，而他毕竟是现代主义文学和心理派小说的开创者和宗师，在20世纪现代文学中扮演了承上启下的转型角色。我们把他的"心理文学"代表作《神秘》收进本丛书。这部作品突破传统小说的诸多常规要素，着力于通过无目的、无意识的内心独白，以及运用思想流、意识流的手法来揭示个性心理活动，并探索一些更深层次的人生哲理。1978年诺贝尔文学奖得主、美国作家艾萨克·辛格说："在我们这个世纪里，整个现代文学都能够追溯到汉姆生，因为从任何意义上他都是现代文学之父……20世纪所有现代小说均源出汉姆生。"我们把这个有争议作家的作品选入我们的丛书，一方面是对北欧和世界文学在我国的译介起到补苴罅漏的作用，另一方面也可进一步了解现代文学的来龙去脉，以资参考借鉴。

总之，我们选材的宗旨是：把北欧各国文学史中在各个时期占有重要地位作家的代表作收进本丛书。虽然本丛书将有50—80部之多，但是同150年的时间长河和各时期各流派的代表作家和作品之多比起来，这些作品还是不能把所有重要作家的作品全部收入进来。譬如瑞典作家扬·米尔达尔（Jan Myrdal, 1927— ）是20世纪60年代中期出现的一种新兴文学——报道文学的代表人物之一，他的《来自中国农村的报告》（1963）成为当时许多国家研究中国问题的必读参考材料，被译成十几种文字多次出版。尽管他的这本书因材料详尽、内容真实、记载细腻而风靡一时，但在这套丛书中，不得不割爱，而是选了其他在国际上更为著名的瑞典作家作品。

本丛书中的所有作品，除了极个别以外，基本都是直接从原文翻译，我们的目的是想让读者能够阅读到原汁原味的当代北欧文学。同英语、俄语、法语等大语种翻译比起来，我们直接从北欧语言翻译到中文的历史不长，译者亦不多，水平不高，经验也不足，译文中一定存在不少毛病和欠缺之处，望读者多多包涵，也请读者给我们提出宝贵的建议和意见，便于我们改进。

本丛书能够付梓问世，首先要感谢中国国际广播出版社社长张宇清先生和总编辑王钦仁先生，没有他们坚挺经典文化的执着精神和开拓进取的勇气，这部丛书是不可能跟读者见面的。我还要感谢本书所有的编委，是他们在成书过程中做了大量工作，从选材、物色译者到联系有关国家文化官员和机构，都付出了辛勤的劳动。不仅如此，他们还亲自翻译作品。没有他们的默默奉献和通力合作，这部丛书是难以完成的。在编选过程中，承蒙北欧五国对外文化委员会给予大力帮助和提供宝贵的意见，北欧五国驻华使馆的文化官员们也给予了热情关怀，谨向他们致以衷心的感谢。对编选工作中存在的疏漏和不足，还望读者们不吝指正。

2018 年 6 月<br>于北京潘家园寓所

石琴娥，1936年生于上海。中国社会科学院外国文学研究所北欧文学专家。曾任中国－北欧文学会副会长。长期在我国驻瑞典和冰岛使馆工作。曾是瑞典斯德哥尔摩大学、丹麦哥本哈根大学和挪威奥斯陆大学访问学者和教授。主编《北欧当代短篇小说》、冰岛《萨迦选集》等，为《中国大百科全书》及多种词典撰写北欧文学、历史、戏剧等词条。著有《北欧文学史》《欧洲文学史》(北欧五国部分)、"九五"重大项目《20世纪外国文学史》(北欧五国部分)等。主要译著有《埃达》《萨迦》《尼尔斯骑鹅旅行记》《安徒生童话与故事全集》等。曾获瑞典作家基金奖、2001年和2003年国家图书奖提名奖、第五届(2001)和第六届(2003)全国优秀外国文学图书奖一等奖、安徒生国际大奖(2006)。荣获中国翻译家协会资深荣誉证书(2007)、丹麦国旗骑士勋章(2010)、瑞典皇家北极星勋章(2017)等。

# 逃离工人区——代译序

《童年的街道》（*Barndommens gade*）是丹麦女诗人、作家、专栏作家兼编辑图凡·狄特莱夫森（Tove Irma Margit Ditlevsen，1917—1976）最著名的作品，自 1943 年出版后经过七次再版，并于 1986 年由阿斯特丽德·海宁-延森（Astrid Henning-Jensen）导演拍摄为同名电影。摇滚歌手安娜·林内特（Anne Linnet）选取她的一些诗句谱写成这部电影的主题曲。进入 20 世纪后，有两百多年历史的老牌出版社居伦戴尔（Gyldendal）将此书收入《经典丛书》，使其跻身于丹麦和世界各国经典作品之列。

故事开始时主人公艾斯特 12 岁，围绕她，以她出生成长的哥本哈根西桥区为背景，作者塑造了一组 1930 年代丹麦工人区的人物群像：以"守规矩"为人生第一要义的父亲母亲；一边当着学徒受气，一边啃着从图书馆借来的大部头，立志要当诗人的哥哥；她的好朋友，凡事干净利落绝不拖泥带水的丽莎；美丽活泼、亲切友善，却在暴露身份后被迫搬走的妓女；包打听别人隐私的"闲话篓子"；经常醉醺醺打老婆的汉子；夜以继日裁剪缝补的单身母亲和事事要强的女儿；用菲薄的抚恤金和打工挣钱支持儿子画家梦的寡妇；对穷孩子偷甜食相当宽容的店老板……

全书的主线是艾斯特的成长。尽管有好朋友丽莎，她仍然是孤独寂寞的，在学校里不合群，害怕每天晚上早早上床后不得不单独面对的黑暗，害怕刺骨的寒冷和半饥半饱的生活。她渴望着摆脱这一切，羡慕优裕富足的生活。她长大了，成功地离开乌烟瘴气的厨房、脏水横流的仓库，成为一名坐办公室的职员。她的手指渐渐养得修长细嫩，尽管需要到父母家"蹭饭"才能攒下钱买轻柔的丝袜，她毕竟有机会出入各种时髦场所。尤其是在哥哥成名之后，她又增添了"卡尔·索伦森的妹妹"的光环。回到童年的街道，她俨然已是一位高雅精致的女士。

这是一个"逃离工人区"的故事。丹麦文学中自安徒生（Hans Christian Andersen，1805—1875）的小说《不过是个提琴手》（*Kun en Spillemand*，1837）以来反复出现的主题。用作家尤利乌斯·鲍姆霍尔特（Julius Bomholt，1896—1969）的话来说，"通俗杂志上每两篇小说当中就有一篇是关于善良的办公室小姐成为伯爵夫人或者牧师奶的故事"。这些故事的作者多和安徒生一样出身贫苦，自己努力加上因缘际会，成功脱离了原有环境，跻身中上层社会。在故事发生也是作者崭露头角的1920和1930年代，更是有相当数量出身贫苦的青年登上文坛，这段时间因而被称为"流浪汉、自学成才者和工人作家的时代"。他／她们既有奋斗成功的才华，也有广阔的心胸，认为"我的问题解决了还不够，其他人也应该跟上，分享我的幸福快乐，他们也应该进入新的广阔视野。因为他们是人，是人！"［鲍姆霍尔特：《暴风雨之前》（*Før Uvejkret*），216页］

《童年的街道》的作者显然也在上述情况之列。图凡·狄特莱夫森，1917年12月14日出生在丹麦哥本哈根西桥区一个工人家庭。父亲是个失败的新闻记者，转而做司炉，他不仅安之若素而且很为养家的能力而自豪，不幸在1924年的一次经济危机中遭到解雇。全家靠救济度过了一段艰难时日。她的母亲十分强悍，本书中的一段话或是作者母亲的写照，"是母亲在行使日常权力。惩罚的是母亲，赞赏的是母亲，一起散步和检查功课的也都是母亲。生气的对象是母亲，害怕的对象也是母亲，病了，衣服破了，肚子饿了，都要找母亲。"她从父亲那里继承了才华，母亲则赋予她顽强的求生意志。而父亲失业那段时期的艰难，一方面坚定了她摆脱贫困的决心，另一方面，对失业和贫穷的恐惧也转化为深刻的自卑和不自信，成为她后来不幸人生的悲剧性根源。

图凡·狄特莱夫森从12岁开始写诗。处女作《给我死去的孩子》(Til mit døde barn, 1937)刊登在青年新进园地《野麦子》(Vild Hvede)杂志上，第一本诗集是《少女心思》(Pigesind, 1939)，成名作是长篇小说《受伤的孩子》(Man gjorde et barn fortræd, 1941)。《童年的街道》是她的第二部小说。她写作诗歌、散文、短篇小说和长篇小说，在报纸上撰写专栏文章，并在丹麦最大的周刊《家庭杂志》(Familie Journalen)回复读者来信近二十年。她曾多次获奖，其中包括：埃米尔·奥勒斯特鲁普奖章（Emil Aarestrup Medaillen, 1954）；金桂叶奖（De Gyldne Laurbær, 1956）；文化部颁发的儿童图书奖（Kulturministeriets Børnebogspris, 1959）；索伦·居伦戴尔奖（Søren Gyldendal Prisen, 1971）。她去世后，成千上万的民众自动聚集在路旁为她送葬，场面极为感人。她被认为是最后一位广受读者喜爱的平民作家。在她百岁冥诞时于2017年被评为年度经典作品作家。在她出生长大的"街道"附近还以她的名字命名了一小片广场（Tove Ditlevsens Plads）。

本书作者和几位书中人物能成功"逃离工人区"，固然是由于自身的才华和努力，社会大环境的支持也是不容忽视的因素。和安徒生的时代相比，百年之后的丹麦已经发生了巨大的变迁，在农村人口继续迁入城市的同时，城市工人阶级背景的青年上升进入中产阶级也是一个引人注目的现象。

故事发生的1930年代和1940年代，通常被称为"两次大战之间的时期"，是丹麦历史上一个不大不小的繁荣时期。第一次世界大战的双方主要交战国英国和德国都是丹麦最重要的贸易伙伴，而丹麦所处的地理位置又异常"敏感"。日德兰半岛是德国守卫来自海上进攻的桥头堡，而丹麦领有的大小贝尔特海峡和厄勒海峡又是进出波罗的海的咽喉要道。由于种种主客观因素的综合作用，丹麦成功地保住了中立，不仅避免了卷入大战，而且在与交战双方贸易中小有斩获，还出现了一个承包双方军需发财的暴发户群体，诨名"烩菜男爵"（Gulaschbaroner）。他们借着战时军人没条件挑剔之机，生产质量可疑的罐头食品，并带动相关产业发展。由于避免了发生在参战各国因现代战争的总体动员而带来的消极后果，丹麦得以保持社会结构基本完整，稳定发展。

首先是城市化继续进行。1914年时丹麦王国有280万人口，其中五分之一聚集在首都哥本哈根，五分之一分布在近四百个城镇，第二大城市奥尔胡斯有居民7万，第三大城市欧登塞5万多，约170万人居住在农村。到第二次世界大战爆发前夕的1939年，人口增加了100万，其中16万是北石勒苏益格1920年回归带来的（回归后称"南日德兰"），达到380万。新增人口主要在城市，农村居民人数维持不变，首都人口接近百万，占总人口四分之一。农村劳动人口从1914年的36%下降到1939年的28%，城市里工业手工业者从30%上升到33%，幅度不大，可见新增人口大量存在于贸易、服务、教育、医疗卫生等行业。

城市人口剧增导致住房紧张和居住条件恶劣。抓住投资机会的房地产商所盖的房子，往往在同一街区内的质量也参差不齐，临街一面比较宽敞，越往里质量越差，通风采光条件也越差。顺便说一句，20世纪后半叶进行的旧城区改造，除了留几处作"历史见证"外，质量低劣的里层房屋悉数拆除，铺设草坪和儿童游戏设施，临街房屋仅进行内部现代化改造，可见改善居住条件和"保留旧城风貌"之间不一定是呈非此即彼的关系。此是后话。也是在两次世界大战之间的时期，先有善心人士出资建造"工人住宅"（arbejderboliger），然后工人自己也在工会和社会民主党的支持下成立住房合作社，这种建房形式因不包括房地产商赚取的利润而性价比较高。到1930年代末形成了所谓"丹麦功能派"建筑风格（dansk funktionel stil），即有大片开放绿地，每家每户都有小阳台的三四层楼房或小别墅。书中主要人物所在的"街道"显然属于早期房地产商的作品，并未能享受到后续发展的福利，也成为促使她们"逃离"的动机之一。

改善城市贫民生活条件的另一个设想就是"小菜园"（kolonihave），即在城外圈出大片空地，画成方形或长方形的园地，供人租种，或在那里建造简单的小房子。那是穷人的夏季别墅，可以在那里呼吸新鲜空气，并栽种瓜果蔬菜，贴补家用。新进城的人们也可借在小菜园劳作和休憩，保持一部分田园生活。到"一战"前夕，丹麦已有约两万处这样的"小菜园集合"。租种这样的小菜园还是需要一定实力，书中兄妹二人商量着给父母租个小菜园，说明他们的境况已经改善。

教育方面也在持续进步。1914年，大部分丹麦人接受七年制教育,其中九成上公立社区学校,其余上私立学校和其他形式的学校。8%的人受九年制教育,获得中学毕业证书。5%接受十年制教育。1%高中毕业获大学入学许可。在校生中女生约占三分之一。到"二战"爆发前的30年代末,除七年制教育继续推进外,中学毕业生上升到16%,十年制学校毕业生达到12%,高中毕业获大学入学许可者达到3%。男生仍占多数,但和女生数之间的差距有所减小。

除了"正规"教育之外,丹麦早在19世纪初就产生了终身教育的观念,1813年开办的成人学校(højskole)就是这种观念的体现。人们可以在这种学校里学习语言、文学、历史等科目,其主要目的是培养合格的公民。当时以农村为主,1844年至1917年间共有27万人上学。进入20世纪,工人也开始办这样的成人学校,1910年在社民党支持下,埃斯贝尔市(Esbjerg)第一所成人学校开学。城市成人学校开设的部分科目偏于实用,如簿记、速记、打字等,为蓝领工人转为白领提供助力。

女性地位提高。1908年4月2日,丹麦议会修改选举法,女性获得基层选举(Kommunalvalg)的选举权,并在1909年3月12日,美国第一次妇女节后四天,丹麦女性第一次参加基层选举。1915年修改宪法,女性获得上下议院的选举权和被选举权,该修正于1918年生效,同年四月举行的选举遂有女性参加。1924年当选的斯陶宁(Thorvald Stauning,1873—1942)政府任命了丹麦第一位女部长,由历史学博士尼娜·邦(Nina Bang,1866—1928)担任教育部长。

丹麦虽然成功地避免了卷入"一战",却无法完全避免参战各国总体动员造成社会动荡的冲击。从战争到和平的过渡并不平稳,革命风暴又一次席卷欧洲,原有的帝国和王国们纷纷垮台,成立共和国。俄国在1917年爆发"二月革命",沙皇退位,随后成立的临时政府又在11月(俄历十月)被列宁领导的布尔什维克所推翻,史称"十月革命"。一年后德国也爆发革命,德皇退位逃往荷兰,魏玛共和国成立。战胜国方面新兴大国美国总统威尔逊(Woodrow Wilson,1856—1924)倡导"民族自决"和"民主让世界更安全"。新的世界秩序正在形成。

这次革命风暴也像欧洲的历次革命风暴一样,在丹麦激起波澜。1918年2月,一群不满主流工人运动的失业工团主义者(Syndikalister)冲击哥本哈根证券交易所,用棍棒将交易员和投资者赶跑,升起一面旗帜,上书:"赌场已被失业者关闭!"部分肇事者被警方逮捕。在同年11月的示威游行中又演化成更为激烈的警民冲突。但总的来说,丹麦工人运动在社会民主主义工会的领导下并不是革命造反,而是以提高工资、改善工作条件等为实际诉求,与资方做良性互动。而资方一雇主方面,部分地出于对俄式革命的恐惧,在1919年满足了工人为之奋斗近二十年的要求,实行八小时工作制,结束了此前普遍实行的平均每周工作60小时制度。

经历过战后短暂的繁荣后,欧洲在1920年迎来了普遍的经济危机。由于参战国士兵大批复员而产生的需求变化,中立国丹麦也遭到沉重打击。"烩菜男爵"们大批破产,有益社会的严肃企业也受到强大压力。银行纷纷倒闭。在这个背景下,工人阶级登上政治舞台。社会民主党人,烟草工人出身的斯陶宁于1924年当选首相,并组成半数阁员工人出身的内阁,史称"工人内阁"。两年后斯陶宁败选下台。

1929年10月29日,美国纽约华尔街的股市崩盘,导致银行破产、价格暴跌、工厂倒闭和大批工人失业。危机迅速扩散，于 1930 年跨过大西洋到达欧洲，物价暴跌，失业剧增。欧洲各国的反应是以邻为壑，构筑贸易壁垒，阻止货物和人员入境，以保护本国生产和就业。经济危机导致政治极端势力兴起，1933 年，希特勒当选德国总理。

保护主义给丹麦这样进出口依赖度高的国家以沉重打击。农业、工业和手工业依次陷落，经济陷入恶性循环。大批农场遭强制拍卖。城乡对立严重。

1929 年，斯陶宁再次当选，他和大农场主家庭背景、本人是历史学国家博士出身的外交部部长，激进左派党人彼得·蒙赤（Peter Munch，1870—1948）通力合作，斡旋于分别代表城市工人、城市白领、大农场主和小农场主的四个党派之间，于 1933 年达成妥协，工会方面破天荒（也可能是绝后地）接受资方提出的减薪 20% 的要求，劳资合作，共渡难关。

两次世界大战之间的年代也是技术进步的年代，其标志性事件就是汽车、火车、飞机、唱机、收音机和电影院的普及。哥本哈根郊外的卡斯特鲁普（Kastrup）机场于 1925 年建成启用，当年客运量是 3000 人次，到 1939 年上升到 72000 人次。

丹麦广播电台在 1922 年开始播音，向 3000 多台收音机播放每日新闻和各党派的辩论，以及牧师布道、古典音乐和知识讲座等节目。到 30 年代末，三分之二的住户都有自己的收音机。各地之间、国与国之间的距离缩短了，希特勒歇斯底里的演说，罗斯福当选连任的消息，都可以在丹麦即时听到。

近三分之一的住户有电话，不过还比较贵。

1934 年哥本哈根开始在市内外铺设 S 小火车的轻轨，以适应迅速扩张的城市需要。

1939年丹麦有12万辆汽车。

作为应对危机、增加就业的措施，政府在30年代投资大型公共设施，建造了小贝尔特桥（1935年通车）等连接丹麦各岛屿的跨海大桥。

八小时工作制让大众有更多时间用于文化消费，增加的需求和技术进步相互呼应，相互促进。

好莱坞兴起之前，丹麦电影曾一度兴盛，所产影片畅销世界各地。默片时代结束，进入有声电影时代之后逐渐衰落，成为本地性产业。

印刷技术的进步让文化产品为普通人更加易得。1929年丹麦报纸的发行量到达每天100万份，平均每户一份。

1920年通过《图书馆法》，规定由政府提供固定补贴，以保障图书馆正常运行。到1930年代，平民图书馆如雨后春笋般遍布全国。稍具规模的城市都设立了中心图书馆，向各地辐射出分馆。半数教区也有自己的图书馆。到1930年代末全丹麦有近千所平民图书馆。人烟稀少的偏僻农村地区还有"流动图书馆"，由汽车载着图书前去服务。年借阅量也从1914年的100万册次上升到1200万册次。近半成年人和80%—90%的儿童经常借阅图书。

技术进步和生活方式的改变引起艺术形式的变革。电力在照明、通讯、交通等方面的广泛应用，电灯、电话、有轨电车、吸尘器、霓虹灯等都市景观，引导艺术家们创作拼贴画和打破经典透视关系的立体主义作品。"一战"退伍老兵瓦尔特·格罗佩斯（Walter Gropius，1883—1969）1919年在德国创办包豪斯（Bauhous）设计学校，致力于新型功能主义建筑设计，以适应现代人的需要。该学派将现代主义艺术引入工业设计，建立艺术与工艺产品的联系，同时也消弭了二者之间的界限。爵士乐借助唱片和唱机从美国传入，与传统的斯特劳斯派宫廷华尔兹乐曲竞争。在哥本哈根等大中城市则有美国爵士艺术家到访举办音乐会。1924年丹麦第一支爵士乐队成立。唱机、唱片和音乐会票都比较贵，工人阶级无力消费，爵士乐基本上在中产阶级当中流行。

文学方面，有两位丹麦作家，亨里克·彭托皮丹（Henrik Pontoppidan, 1857—1943）和约翰尼斯·V.延森（Johannes V. Jensen）先后在1917年和1944年获得诺贝尔文学奖。

所有这些都为更多人的独立自主提供了条件。《童年的街道》作者和她的同龄人，本书中部分人物，都属于这种情况。作为出生在工人区的她们，有机会接受基础教育；学校里定期检查身体，长了虱子要消毒，身高体重不达标的，安排到乡下去喝牛奶吃鸡蛋；家里有收音机，每天看报纸，通晓国内外大事；可以很容易地从图书馆借到大部头的经典作品；学徒工买得起电影票请朋友和妹妹看电影；连上一辈的母亲也在女佣学校读过诗，会跳左转华尔兹……条件具备，剩下的就看个人的能力、愿望和机遇了。

然而，"逃离工人区"之后并不等于就能在新环境里畅行无阻，当年安徒生就不被"定调子"的文学—批评家圈子所接受，图凡·狄特莱夫森也从来没有真正得到文学界的承认。当她开始发表作品时，诗作采用的是传统的浪漫派和象征派，自外于当时的各种现代派文体实验。而她的自然主义-社会现实主义小说，又被认为形式上不够成熟。《童年的街道》甫一发表，得到的评论就有相当的保留，认为她仍然还更多的是诗人，这部作品不够"小说"。而在战后的文学—批评家圈子里，占主导地位的是中上层出身背景、受过高等教育的男性,在他们看来,她的性别不对,背景和教育也全不对,理所当然地加以忽视,何况她的书卖得很好,还有什么可抱怨的……

但就内容而言,《童年的街道》并不是一个"灰姑娘"原型故事。女主人公能成功地逃离工人区,靠的是自己的教育和训练,而在恋爱和婚姻方面却是完全失败的。据书中交代,艾斯特关于性和性别的经验,从一开始就是负面的。从美丽热情的托姆森小姐被揭从事不光彩的职业到神秘的"红胡子",从试图占她便宜的经理到街上穿方格子衣服的外国人,带给她的都是羞耻和恐惧。也许正是这羞耻和恐惧让她在潜意识里认为自己不配得到爱,当她遇到纯真严肃的爱时,她都亲手毁掉了。所以,作者也就理所当然地没有让她成为"伯爵夫人",全书也不可能以"他们从此幸福地生活在一起"的大团圆结束。也许,也正因为如此,作者才不同于一般通俗小说作者,反而具有震撼人心的力量。她在读者中的声誉很大程度上来自,她是一个敢于站在公众面前承认自己的忧伤和痛苦的女性。同时,她还努力记录和描写人类本性最深处的痛苦和禁忌,时全今日,读者仍然能重新发现他们自己的犹豫不决和自己的问题。尽管声名卓著,图凡·狄特莱夫森仍然难以感到被爱,最后她不得不屈服于贯穿她一生的孤独和忧惧。而也正是这种内在的绝望地渴望爱情和这种极度压抑的孤独,贯穿了艾斯特这个主人公。

进入1960年代,随着女权运动的又一波高潮,图凡·狄特莱夫森再次引起重视,并在1970年代和1980年代得到女性研究者的分析。她的作品中引人注目的主题是"分裂与认同"。有的研究者认为,图凡·狄特莱夫森的作品可以归结为梦想与现实、个人与社会、生命本能与死亡本能之间的冲突。

她们指出了那些社会描写对一位来自工人阶级的作家所具备的意义。另一些研究者则侧重于童年经验的意义，及其在著述中如何得到社会化。作品中两性之间的陌生感，以及婚姻中的冲突，也都被拿出来进行分析。艾米儿·弗里德里克森（Emil Frederiksen）指出了爱情、女性和痛苦经验在图凡·狄特莱夫森1950年之前作品中的特点。梅达·温格（Mette Winge）和安妮·别尔基达·理查德（Anne Birgitte Richard）对其作品中贯穿的忧惧（angst）主题进行了分析，以及其诗作中的失落（tabet）失去功能的大城市家庭，以及两性之间的关系。[苏珊·克努森：《在烦扰与写作之间》（*Susanne Knudsen: Imellem—skidt og skrift*），159页]

关于图凡·狄特莱夫森的写作形式，她们认为是传统的，这一点也得到她本人的认可。她说过，"浪漫主义正在其普遍的末日中悄然归来。在艺术领域中可以看到，人们已经厌倦了现代派，这只会让坚定的传统主义者感到欣慰。"研究者们认为，她的诗作运用韵脚和节奏，因而是传统的，她的小说散文到1960年代为止属于自然主义、社会现实主义和"心理现实主义"，此后的小说受到心理分析学派的启发。有人认为她归根结底是传统的，其诗作"再现了充满活力和动力的新型简洁"，其散文作品则具有"简洁、有力的图画语言和近乎抒情诗的节奏"。安妮·别尔基达·理查德认为，分裂和痛苦的诗意表达是一种"前现代的、浪漫主义解决方式"，试图将现实中的分裂通过诗作加以统一。研究者们注意到，1940年代的女作家们多采用传统的形式，传达的却是女性的视角。因为恰恰是这种传统的形式易于为同时代女性读者所接受并产生共鸣。这种表面单纯的抒情诗形式，并不必然是简单或肤浅的。大部分文学研究者和批评家首先将图凡·狄特莱夫森的作品解读为女性处境及其精神世界的表达，然后将一般的社会和生存描写以及两性关系的表达包括在内。（同上书，160 页）

图凡·狄特莱夫森共出版过九部小说，其中三部以"童年/孩子"为书名，一部是前面提到过的《受伤的孩子》（1941），在《童年的街道》（1943）之后两年又出版了《为了孩子》（For Barnets Skyld，1946）。苏珊·克努森认为，这些作品都指向童年和教育的意义，而其中关于成人，尤其是女性的描写则都涉及"分裂"的主题。据图凡·狄特莱夫森自己承认，《童年的街道》是她"和精神分析的短暂调情"，通过内心独白指出，这些虚构人物的思想活动在意识和潜意识之间的互动关系。母女关系作为图凡·狄特莱夫森的经典主题之一，在此书中则表现为母亲角色之"在场的缺席"，她无时无刻不在场，却听不到女儿艾斯特的需要，陪伴的需要。父亲的角色在大部分时间缺席，清早去上班，下班回来就躺在沙发上看报，吃完饭再躺下。但在重大事件上，还是他有最终决定权，例如命令儿子继续学徒，迫使妻子和对门的妓女断绝来往等。（同上书，176—186 页）

图凡·狄特莱夫森结过四次婚，都以离婚告终。第一次（1940—1942 年）是和抒情诗杂志《野麦子》的编辑，比她年长 30 岁的维果·穆勒（Viggo F. Møller），这次婚姻成为她进入文化圈子的门票，在入门后不久仳离。第二次（1942—1945 年）是与同龄的大学生埃博·蒙克（Ebbe Munk），育有女儿海勒（Helle）。第三次（1945—1950 年）和医生卡尔·西奥多·瑞贝格（Carl Theodor Ryberg），1946 年生育儿子米凯尔（Michael），同年过继丈夫的女儿特丽娜（Trine）。这次婚姻存续期间她开始有酗酒和滥用药物问题，于1949年入住精神病院。第四次（1951—1973年）和后来成为《号外报》(*Ekstra Bladet*)主编的维克多·安德烈森（Victor Andreasen）的婚姻持续最长，育有儿子彼得（Peter）。1950年代末她再次陷入酗酒和滥用药物，在1960年代和1970年代多次入住精神病院。这次婚姻于1973年结束。三年之后，图凡·狄特莱夫森于1976年3月7日过量服用安眠药身亡。

关于译文，还有些话要说。

作者对用定冠词特指的"街道"（gaden/The Street）语焉不详，大约在哥本哈根中心火车站以西的某个地方，而书中人物活动的其他地方则多用实有的名称。这些地名大体可分为两类，一类是用人名命名，或转用其他地名的，另一类则有明显的含义。前一种情况，人名和其他地名多已约定俗成，所以采用音译的办法，如阿布萨隆街（Absalonsgade）、维多利亚街（Viktoriagade）、美洲路（Amerikavej）等。后一种情况，译者认为还是把意思翻译出来为好。例如Vesterbro，意思就是"西桥"，Trianglen就是"三角地"，如果译为"韦斯特布罗"和"特里安格勒"，徒然失去其"意义"。其他还有"煤气厂路"（Gasværksvej）、"林荫南路"（Sdr. Boulevard）等。

翻译文学作品面临的难题之一是：加注，还是不加？加注影响阅读连贯性；不加注则读者不熟悉的风物，即便译者通过技术上可以翻译出来，却也会失去很多"意义"。例如丹麦传统美食smørrebrød和æbleskiver，字面意思分别是"黄油面包"和"苹果片"，都不能体现其特点，因此在绞尽脑汁给它们起出名字之外，还不得不采用脚注加以解释。

作者只受过初中教育，写的又是80年前工人区小孩的故事，原文许多地方的语法甚至拼法都不规范，增加了翻译的难度。在此过程中得到汉学家夏兰女士（Charlotte Kehler）和友人瓦尔特·斯戈先生（Walter Schou）的许多帮助，谨此致谢。而书中错误则由译者负责。

周一云

2019年8月30日写11月修订

哥本哈根

译者简介：周一云，1952年生于上海，原籍福建厦门。1988—1990年作为访问学者在丹麦哥本哈根大学神学院克尔凯郭尔研究部从事研究工作。1999—2010年在哥本哈根大学教授中文。2006—2010年在哥本哈根商学院教授中文。从2013开始，在"美人鱼中华文化学校（MCCS）"、"语言桥（Sprobroen）公司"以及LOF夜校教授中文。2017年退休。从1990年代中期开始从事中-英-丹语言文字口头和书面互译工作，并在《读书》《万象》《华声月报》《侨报》等刊发表散文和杂文。主要翻译作品:《人类的法则》《克尔凯郭尔传》《狄更斯的女人们》等。

# 目 录

第一部 / 001

第二部 / 101

第三部 / 157

# 第一部

## 一

现在是八月中,天下着雨。艾斯特能从窗口看到的那一小片天空是单调的浅灰色,让人恨不得用手指戳开一个洞,来看到蓝色。艾斯特这样想着。她要刺破整个天空,在灰色浓雾中的那片浅蓝色上写一个名字。那就是"丽莎"。

她坐在睡房窗口自己的折叠行军床上,和往常一样尽量什么也不干。她心怀忧伤,因为暑假结束了,明天就要开学。另外,天在下雨,雨天总是让她揪心地痛苦。哽咽涌上咽喉,一切小小伤心事的回忆随着雨一点一滴地落下。她那挥之不去的负疚感折磨着她。这许多罪过有时让她不堪重负,却并不能阻止她犯下新的罪过。她并不是上帝的宠儿。她偷储藏室里的糖,她狡猾地把手指探进晾在窗台上的糖煮大黄茎。她参加过从堆放场上"拿"空瓶子,然后一脸无辜地把瓶子卖给恩格花园路上的约昂·麦德森先生。他每次都嘟囔着说,他其实应该得到家长写的条子,但从来没有认真要过这样的条子。她对着六楼[1]上老得眼睛都几乎瞎了的哈默太太喊"猫妈妈",她身上散发出猫和人的污秽混合而成的恶臭,她走过后那恶臭聚在楼梯上,久久不散。

---

[1] 因欧陆习惯一楼不算"楼",原文直译是"五楼",现根据中国习惯加上一层。下同。

当罪孽如此深重时,就很难带着精致而严苛的良心度过一生。

雨冲刷着临街前排房子肮脏的灰色面,雨水从三层楼高的一根漏水的排水管中喷涌而出。一切都那么凄惨,灰色。灰色,没有尽头。窗户都是关着的,窗帘紧紧拉拢。二楼丽莎家也是这样。有时候她会从那里发出许多秘密信号,发到后排房子的五楼来。最大胆的一次是一天晚上,丽莎把两根点燃的蜡烛放在窗台上,冒着让人发现的十分可怕的危险跪在蜡烛之间。她就这样跪着把自己的宝贝一样一样拿出来给艾斯特看,她无比快乐地默默注视着,只能在黑暗中挥舞一块小手绢表示自己在看。一个布娃娃,一本图画书,一块跳房子用的绿色雕花石头——艾斯特不出声地坐着,透不过气来,眼睛向下紧盯着那穿睡袍的小小身影,在烛光之间如此优美而孤独地运动。一个信号穿越黑暗。两个孩子静悄悄地在一起玩耍。隐蔽的,得不到许可的,远远超过她们上床时间的。艾斯特的心中充满奇异的快乐和幸福。"丽莎,"她喃喃地小声说,"小丽莎。"——和雨天一样的忧伤涌上她的心头,泪水在眼里打转。然而那是一种甜蜜而欣慰的忧伤,温柔而赤裸的、不可触碰也无法理解的忧伤。这次经历沉入心底,她在那里吝啬而细心地收藏着所有零星的好东西,就像老姑娘收藏缎带一样。一切好的、光明的、温暖的东西都藏在那里,等着在她需要的时候拿出来。

不容否认,她会在一个像今天一样的日子里需要所有这一切。丽莎那里冷冰冰的窗门紧闭。灰白色已经磨损的镂空窗帘完全拉上,只能隐约看到白色盥洗台和高大的双人床。艾斯特在雨天的郁闷中徒劳地等待着信号。

偶尔会有人从院子里走过。她全都认识。她们是这座楼里的主妇们,买菜回来准备赶在男人回家之前做饭。有时会出现一个走路的男人,那种不用着忙也不怕淋雨的人当中的一个。他不慌不忙地走着,双手插进裤袋里,好像不知道到底应该拿它们做什么。双手变得无家可归,也悲惨地无所事事。每过去一天,他的背就更驼一点儿,不再像以前那样精神抖擞地下工归来。楼梯上进行着轻快的谈话,通过木板的缝隙渗漏出来,就像一条带着泥土的小溪,不需要负责,也被源头忘掉了:"说到底,还不是他自己不好吗?我男人也说……"

突然,出事了。艾斯特睁大眼睛,双手痉挛似的抓住窗台。一声呼叫穿过荒凉的庭院——一声拉长的、古怪的、不加掩饰的呼叫。只有一声,然后就是长时间微弱的呻吟,像是动物发出的声音,也完全可能是人的。一开始艾斯特没有觉得异样,只是异常清楚地明白,她是一个人在家里——尽管叫声是从外面传来的,她还是不敢转身朝幽暗的睡房看。"怎么回事?"她的嘴唇无声地动着。"到底是怎么回事?"那是一个女人在叫,也许是一个孩子。丽莎!她惊恐地想,怔怔地朝对面二楼看,那里还是挂着窗帘,和刚才一样,灰色的,拉得很严。但这叫声潜入她体内,在那里继续生长,变大,直到不能容下。于是她轻轻站起身,慢慢退出房间,眼睛紧紧地盯着临街房。她的手在背后关上通向走廊的门,突然转身跑到楼门口,手指按在旁边的门铃上不放,直到托姆森小姐飞奔而来,她穿着绿色丝绸和服,一只手拿着一块油酥面包①,另一只手拿着蓝色

---

① 原文 wienerbrød 直译是"维也纳面包",这种糕点在丹麦以外叫作"丹麦面包"(the Danish),二者似乎都不合适,于是根据其特点译为"油酥面包"。

的大咖啡壶。

"有人喊叫。"艾斯特小声说。那绿色丝绸和服散发着甜蜜而欢快的气息。

"哦，原来是这个呀，"托姆森小姐笑了，"那你不用担心。进来。"她把她拉进客厅。这间客厅和她以前见过的都不一样。一切都是红色的：窗帘、地毯、灯罩和描金椅子的坐垫，还到处悬垂着流苏。桌上摆着精美的描花瓷杯，还有盘里盛的蛋糕和油酥面包，正友善地向艾斯特发出召唤。她几乎忘了是为什么来的，完全被托姆森小姐吸引住了。她在为她倒咖啡，她的脸上红白分明，就像圣诞卡上画的一样。她的腰那么细，好像随时会折断似的。她的指甲上涂着粉红色的指甲油，脚上还穿着绿色绒毛边的拖鞋，尽管早已经是下午了。她是无法形容的精彩。艾斯特全身心都非常舒服。那原因不明、无法形容却总是紧紧抓住她的感觉消失了。这是一次最快乐的、不同寻常的、空前绝后的经历。她们俩在进行一种谈话。托姆森小姐沙哑而低沉的声音，触动艾斯特的心怀，就像一只柔软的手在抚摸她的面颊。"你妈妈呢？"她问。艾斯特告诉她："她上街去了，一会儿就回来。""那问她明天上午能不能来一趟。"托姆森小姐搬来的时间并不长，母亲开始不时地来看看她。艾斯特觉得很骄傲，能和这么可爱的女士来往，就像给母亲增添了光彩一样。她真心地仰视着那张浓妆艳抹的脸，托姆森小姐只顾不断地给那精美的描花瓷杯里倒咖啡，杯子上明显留下了艾斯特的脏手印。可是这孩子的话越来越少，出于仰慕和快乐完全没有要走的意思，她终于不耐烦了，偷偷看着表。最后，她说："听着，小朋友，我在等人。你妈妈已经回家了吧？"当她看见艾斯特失望的脸，赶快补充说:"你下回还可以再来。"

可是想到旁边充满危险的空荡荡房间,又想起刚才的叫声。她不安地抬头看着托姆森小姐,又嗫嚅着说:"可是有人在喊叫呀,怎么回事?"

"原来是为了这个呀,"托姆森小姐仰起头哈哈大笑起来,"不用再想这个了,那不过是四楼上的尼尔森太太,她有胆结石,总是很疼,不过一会儿就会好的。""哦,胆结石!"艾斯特听到解释松了一口气。她被轻轻地推向门口,手里拿着一块油酥面包,嘴边一圈咖啡印子。

从那以后,尼尔森太太的胆结石还是经常发作,每次犯过后都会看到她带着一个淡黄头发[①]的小孩转悠来转悠去,那孩子跟她原来那一大群孩子长得一模一样。

---

① 原文 hvidhåret 直译为"白头发",用在孩子身上有些古怪,其实也是极浅的黄色。北欧人以深色头发为美,强调这些孩子的头发颜色很浅,意思是说他们长得不好看。下同。

## 二

那位总是愿意随时向任何人分发巧克力和新煮的咖啡的托姆森小姐,也有她的另一面,艾斯特知道,世上大部分人也都知道。在她的客厅里,不可一世地坐在高高的红色椅子上倾听大人们神秘的谈话时,会发生这种情况,忽然听到门轻轻地打开又关上。顿时,一切都变得那么、那么让人伤心。因为这里坐着托姆森小姐,这里也坐着她的母亲,她们俩都不是坏人,难道不是吗?她们仍然在愉快地谈话,好像没有注意到那悄悄的声音证明公寓里还有别人在活动。只是有时候,关门的声音响一点儿,或者有东西掉到地板上时,托姆森小姐就会说:"一定是她闯的祸,不小心让杯子划破了手。"她的脸红了,浮现出不可理喻的恼怒。

这是托姆森小姐的另一面:在面向院子的小房间里,没有煤炉,没有窗帘,只有一张铺着毯子的小铁床,她母亲在那里过着不引人注意、几乎是无声无息的生活。女儿不看她,不听她的,几乎受不了她。但她做着女仆的工作——做饭、擦皮鞋、缝补衣服和打扫房间。人们看到她在黑暗中挎着篮子悄悄地下楼去买菜,她是那么瘦小、拘谨。她神秘兮兮,在一天里最古怪的时间来来去去。孩子们叫她"巫婆",在路上看到她就喊叫起来,半是开玩笑,半是出于惊恐。她通常披着五颜六色的披肩,头戴挂面网的小帽,总是比流行样式落后几年。人们说,她把女儿扔掉的衣服从垃圾箱里捡回来穿。当托姆森小姐没有工作的时候,她就得想出离奇古怪的办法来喂饱两个人的肚子,谁也不知道她是怎样做到的。人们也不会去问。母亲和别人一样同情她,也和别人一样有些好奇。有时候,当她知道只有老人一个人在家时,会找出这样那样的借口去敲门,希望能探查出一些秘密。但她看到的只有从一堆乱七八糟的报纸和布料上露出的那张温和而善良的脸,可怜巴巴地躲在室内取暖。"我女儿不在家。"她说,然后就忙着关门,好像完全排除了有人会找她这样一种可能性。有一次,母亲把一盘新出炉的粉团①塞到她的手里。第二天艾斯特听见托姆森小姐说:"谢谢粉团,很好吃。但是您②送给我母亲这类东西并没有什么好处,她一点儿也不喜欢。"

除此之外她从来不提"母亲"这个词儿。她总是那么甜美、漂亮而快乐,和母亲在一起那么开心,送给艾斯特娃娃和装饰大头针③。艾斯特有时候也会想起那个母亲,并

---

① 原文 æbleskiver 字面意思是"苹果片",实际上与苹果无关,也不是片状的,是用牛奶、鸡蛋等和面粉调浆,在特制模具中煎烤而成的球状糕饼。也有人将其译为"松球饼"。

② 丹麦文第二人称单数有 De 和 du 两种,相当于"您"和"你",但用法和中文不同。在故事发生的 20 世纪上半叶,成人间凡是比较生疏的关系,不论尊卑长幼都称"您",而"你"则限于孩子、家人和亲密的关系之间。所以下文会出现公司经理对十几岁的打杂员工称"您"的情况。现在"您"已经很少用了。

③ 装饰大头针(nipsenâle):在金属针上装饰玻璃人形动物等的玩具,从马鞍匠用的彩色大头钉或家具翻新用的钉子发展而来。1900 年前后从波希米亚(今捷克)传入丹麦,在 1920 年代流行,许多女孩热衷于收集装饰大头针,并相互交换。

问自己,像只知道非黑即白,还不懂得人无完人这个道理的孩子那样问:"这个托姆森小姐到底是好人还是坏人?"答案当然通常是没有的。

## 三

　　傍晚,艾斯特和丽莎在伊斯特德街上"旅行"。天快要黑了,但这两个孩子喜欢在黑暗中玩耍。艾斯特护着瘦小的丽莎,用胳膊肘的尖端开路从家庭主妇们中间钻过去。肉铺门外的人群太拥挤,她们就躬下身,像敏捷的小猫一样在人们的腿之间跑。在她背后是欢呼和咒骂,可她们只管嘻嘻哈哈笑着朝前跑,追逐着天晓得什么东西。"闪开,长腿妞儿。"一个野孩子喊道,抬手打飞了艾斯特的帽子,从她们身边飞快地跑过。丽莎尖声朝他喊:"住嘴,傻大个儿。"艾斯特低头捡帽子。她有些伤心,跟每次有人暗示她长得太高时一样。她细瘦的胳膊和腿懒洋洋地无目的地在身边晃动,她在这差不多是成人的氛围里感到不舒服。她多么想能像丽莎一样娇小,那就可以用胳膊搂住她的脖子走,脸贴近那个苍白狡黠的小脑袋。每当有人提到她长得太高,她心中一个小小的伤口就会跳出来流血,说不出话来。有个伶牙俐齿的丽莎在身边真好。从她那甜美的心形小嘴里滔滔不绝地涌出激昂的粗话,足以让任何码头工人不再自惭羞愧。艾斯特的心里涌动着感激,像一只笨重的母熊带着小熊,奋力穿过熙熙攘攘的街道。路灯一盏接着一盏亮了,九月的风吹动肉铺的招牌发出"啪啪"的响声。

"哎呀,"丽莎说,"我八点前必须回家。""我也是。"艾斯特说,恼火地踢了一脚地上的马粪。小的一个站住脚,从后面拉起长袜。"咱们来干点儿好玩的。"她说,下了决心,艾斯特点点头。不经历点儿好玩的新鲜事就回家,那是想都不要想。于是她们走进阿布萨隆街①拐角上的伊尔玛商店②,那里人挤得满满的,一直站到门口。她们没费什么劲儿就钻到了柜台前。丽莎的小翘鼻子刚能够到柜台。艾斯特根本不敢看她,她兴奋得脸色苍白,惊恐万状的眼睛紧盯着一盒饼干。同时她又充满了一种甜蜜而古怪的陶醉,让她不断地忽冷忽热。一种因危险、出格、丰富生活而生的、狂热的、难以言状的幸福感充溢着她的身心。她看着女店员们用发红的手忙碌着,听着主妇们怒吼:"不对,您知道,现在肯定轮到我啦,我在这儿已经站了一个多钟头!"不说话就得永远老实站着。她们从经验中知道。

终于,她感到外套上被轻轻推了一下,于是平静地转身,跟着一脸天真无辜的丽莎朝门口走去。这三四步是最刺激的高峰。每一步她都等待着一声高喊或者被抓住脖子,而每一步也都像是毫发无损地赢了大彩票。——她们谁也不看谁,一步一蹭地走到阿布萨隆街上,走进一个街门。丽莎掏出今天的战利品。她能在口袋里装这么多东西简直是奇迹!艾斯特两眼放光:"啊!巧克力、饼干,还有——布

---

① 阿布萨隆街(Absalonsgade)是以哥本哈根城奠基人阿布萨隆主教(Absalon,1128—1201)命名的街道。
② 伊尔玛商店(Irma)的历史可以追溯到1886年,是继英国的森宝利(Sainsberry's,1869)之后欧洲第二家副食品连锁商店。伊尔玛连锁店股份有限公司现在归丹麦消费者合作集团(缩写为Coop)所有,以大型超市和小型商店两种形式供应高质量商品。故事发生的20世纪30年代还没有超市,只有商店。

丁粉？你怎么塞进去的？"丽莎显得有些迷惑，因为她以为那是糖球或者诸如此类的东西。"扔掉。"她果断地说，把那些东西扔到一个角落里。然后她们就紧紧挨靠着坐在陌生的楼梯上，随心所欲地大嚼起来。丽莎有点儿后悔，干活的总是她。从艾斯特方面来说，不是不愿意干，也不是出于道德原因，而是曾一次性地证明过她并不具备这方面的能力。当她接近禁果的时候，手会发僵，血液冲上脑门儿，耳朵通红，眼前升起一团迷雾。实在没有办法，也关系不大。因为，当侦察机会出现时有丽莎就够了。她说："销赃的和偷东西的一样重要。"这话艾斯特再赞成不过了。

她们走到家，却看见歪嘴爱伦正站在街门口。她用那双恶毒的棕色小眼睛幸灾乐祸地看着丽莎。"你妈下楼来找过你，"她说，又满怀希望地加上一句，"现在你一定会挨打了！""关你什么事。"丽莎说，但还是显得有些担心。她脸上的勇气和快乐少了一点儿，上唇短短的小嘴可怜而无助地撇着，显得楚楚动人。她那原本娇小的7岁孩子般的身躯好像变得更小了。她消失在街门里。

爱伦站在那里甩着一只粉红色的口袋，拼命想让艾斯特注意到她。她穿着棕色的丝绒外套、白色长袜和棕色胶皮靴。重要到爆的是，因为她住在前排房的一楼①，那里多一间房间，她管那叫"我的房间"，尽管那实际上不过是用来堆煤和木柴的。但是艾斯特并没有注意到什么口袋。她站在那里，手摸着大门的把手，想找出个借口让爱伦一起进院子。天快要黑透了，她心里后悔没有早点儿回家。于

---

① 旧时哥本哈根的房屋临街一排质量较好，租金也较贵，越靠里质量越差，楼层越高租金也越便宜。艾斯特的家在后排五楼，说明她家很穷；爱伦的家在临街房的一楼，说明她家境稍好。

是她说:"跟我上楼去玩吧?"尽管她很清楚,这辈子也别想得到这个认可。爱伦也没有买她这个账。她在艾斯特鼻尖儿前挥舞着那粉红色口袋,带着无法形容的自鸣得意说:"我没有时间,我要去跳舞!"

"跳舞?"

爱伦点点头,闪亮的靴子前后左右踏着舞步。"在'人民之家',今天晚上开始。我的新漆皮鞋装在口袋里。"

面对这么拔尖儿的事艾斯特哑口无言。她叹了一口气,望着那矮胖的小女孩迈着僵硬的步子向街上走去,那愚蠢的跳舞包笨拙地拍着她的屁股。爱伦是楼里最精致、最有钱的孩子,这地位是一劳永逸地确立了的。站在她面前,会让人觉得自己的指甲比以前黑了两倍,袜子上的破洞也多了两倍。当她偶尔和别人一起玩时,让对方既不安又感到荣幸。她那棕色的丝绒外套是那么柔软,散发出上等人和陌生客厅的气息。没有人敢对着穿这样一件外套的女孩喊"歪嘴爱伦"。但是她的母亲长时间坐在一楼的起居室里缝制,厚重柔软的料子,绫罗绸缎和印花的薄纱经过她粗糙的手指,都变成昂贵的连衣裙、外套和裙子。偶尔,一块边角料会从五斗柜的下层抽屉里消失,由那双永不停息的手精心制成美丽的衣服,穿到"歪嘴爱伦"的身上。

艾斯特终于鼓起勇气推开那沉重的大门——她站住,听听大门内外都没有人,就迈开腿快步穿过院子,她的舌头快要从嘴里掉下来了,心跳得像水泵一样沉重。到了石阶上,她伸出颤抖的食指去按门后的开关。——唉,灯和平常一样是坏的——黑暗中看不见通往后院的平台,她伸出手摸索着,心里虔诚地祈祷着:"让我躲过这一次,就这一次,我再也不了。"她再也不该做的事情实在数不清。当危险过去,她就会把许的愿丢到九霄云外,恢复无忧无虑的平常模样。每一段楼梯都有七级,她唱着自编的儿歌来捉弄黑暗的力量:"一二三四五六七,六和七,一二三四五六七……"就这样压住惊恐,她上气不接下气地跑上五楼,疯了似的按门铃,又一次奇迹般地获得拯救进了门。

"这时候才回来!"母亲暴躁地说。她坐在桌边缝着什么古怪的、长长的玩意儿,有点儿像锅垫子,但又不是。父亲躺在长沙发上睡觉,卡尔去参加生日聚会了。"还不赶紧上床。"艾斯特溜进睡房,打开行军床铺好。她到起居室里母亲背后飞快地穿上睡衣,在煤炉前站了一会儿暖和暖和。她用细瘦的手臂伸到背后拥抱自己。"妈也快休息了吗?"她小心地问。"先不,再等一会儿。卡尔应该十点回来。现在还没回来是拖了。"每天晚上她都是这样惨兮兮的,而每天早上她又忘得一干二净。生活是如此可怕的一件事,一条长长的、黑暗的路,到处是危险和陷阱。她认准这一点,而且已经习惯了。这里那里有一些小小的亮点,有游戏、乐趣和刺激,还有友谊和一些美好的话语和爱抚——靠这些可以活得很久。童年就是这样,这是一段我们所有人都必须经历的时间。不过呢,所有这些都手挽手伴随着关于另一种生活的小小想象,在那里一切都完全不同,那美好、美妙的应许之地,名叫"坚信礼①之后"。然后,等待他们的就是无穷无尽的幸福快乐。看,那些少年把生活弄得那么艰难。无助地被惊恐攫住动弹不得。怕什么?并没有危险在窥视睡在小小行军床上的她。还能说什么呢?危险在她的内心,危险与生俱来,并在她童年的街道,太狭窄、

---

① 基督教仪式,对洗礼的确认,也标志着从儿童到成年的过渡,一般在受洗者 12—15 岁时举行,亦可称"成年礼"。

太幽暗的街道上获得营养而长大。她有白天的一面和黑夜的一面。白天,她活泼开朗,顽皮得疯疯癫癫的,可是一到黄昏时分她就陷入沉思和忧伤,她尽量不引人注意地避免过早上床。通常这丝毫无济于事。八点钟她就独自躺在房门紧闭的黑暗睡房里。她很少能在父母就寝之前入睡。她的脑子飞快地运转,累得要死,拼命想把惊恐推开。惊恐在她四周,在她内心,并且有很多形象,但最坏的是它完全无形无相。譬如说,它会是那个在这座院子里无声无息地走来走去的红胡子男人,他喜欢用讨厌的话和姿势吓唬小姑娘取乐。她可以对自己说:"他不可能进来,门上了锁,还挂上了保险链,没有人能顺墙爬到五楼上来。"这样反复说好几遍,这个幽灵消失了,但不过是给新的幽灵腾地方。她可以这样在枕头上低语几个小时:"他们不会伤害我,爸爸妈妈很快就要来了,谁也不能伤害我——让这房间从血淋淋的恐怖中解放出来。"那无形的惊恐像湿冷的手抚摸着她,强迫她安静地躺着,一只手抓紧被子,两条腿一直缩到下巴。世界上一定有惊恐的汪洋大海这样一个地方,将惊恐源源不断地输入易感的心灵,就像声音被收音机捉住一样。寂静在耳边飞驰而过,心沉重地跳着,跳得很高,太阳穴被什么东西绷紧了,不让里面的思想循着习惯的路径运动。一切都在移动,一切都在扩大。所有的过去和未来都沉入这永恒的黑暗之中。干燥的嘴唇塑造出话语,张开,准备喊叫,但是喉咙里的声带被剪掉了。她就这样躺着,一分钟又一分钟,一动不动,感觉紧张,倾听着,等待着——直到门打开了,灯也打开了,魔咒才停止。她长长地叹了一口气,伸展酸痛的四肢,床吱吱作响,然后她马上睡着了。

并不是每天晚上都这么糟糕。一般来说,受惊恐折磨总会有这样那样的原因，尽管很少。有时候她自己也不知道是什么原因。可能是她白天在街上看到了一张丑陋的脸，然后忘掉了，但是在不知不觉中潜入她的意识深处，当她躺到床上时又再次出现——也可能是她在书上或者报纸上读到的一个完全无辜无害的句子——一个再普通不过的句子，背后似乎隐藏着只有上帝知道从黑暗中什么地方溜来的、各种可疑可怕的含义。——不过发生这样的情况她也会获得补偿，那就是一夜安稳的睡眠，来结束一个用游戏和无忧无虑消遣来度过的好日子。一个夜晚，吸进的空气似乎格外清新，她像一个健康安静的孩子那样舒展身心，在她的世界里没有忧伤和幽暗思想的位置。这样的夜晚，就像那条长长街道上的路灯一样，照亮了童年。她记得那些路灯，因为它们是那么少。她让这些路灯进入心里，进入内心最深处，那里，她的小闺蜜身穿白衣，若有所思地坐在两盏摇曳的蜡烛之间。

　　时间拖了很久。"妈，爱伦去'人民之家'跳舞，"她说得很快，"我在大门外碰见她，她的漆皮鞋装在口袋里——粉红色的。"母亲没有说话。她又这样补充道，声音很小："她穿着条绒外套。"母亲终于放下针线活儿，摘掉眼镜。"对，她们就是这样不知道自己几斤几两。"她鄙夷地说，用围裙擦着眼镜片。艾斯特诧异地望着她。母亲不戴眼镜的时候显得非常年轻，几乎和托姆森小姐一样年轻。托姆森小姐有时候会说："有这样一个年轻妈妈多好啊。"其实一点儿也不好，有什么地方不对头，令人不安。一个母亲应该像尼尔森太太，像卡拉的母亲、丽莎的母亲那样，高大健壮而有威严，最好还有巨大的胸脯挺出来，在走廊里一站——一个让别的孩子害怕，她自己却可以信任的母亲，一个可以爬进去的，良好、坚固的防空洞。

"好了，就这样了，现在上床睡觉，还站着看什么？"母亲那么容易生气，现在没有别的办法只能上床睡觉。还是双手环抱着自己，她穿过狭窄的过道溜进睡房。哦，这吱吱嘎嘎作响的床实在讨厌！一种无法解释的忧伤笼罩着她。她知道最好的办法是让灯开着，但这样她必须承担后果。她钻进被子底下，自己拍着后背说："安心睡吧，艾斯特。"光明是世界上最好的东西。光明充满了房间，充满爱意地抚摸着她的枕头。光线轻轻地笼罩在她的额头，祝福她一切安好。她闭上眼睛，但光线溜进眼皮底下，让她睡得安静，睡得熟。她梦见她穿着棕色的丝绒外套，住在临街房里，她就再也不用穿过黑暗的庭院——关于一个幸福的、更好生活的梦，她和丽莎永远在一起，还有她们那些甜蜜的、可怕的秘密。

她的嘴角还留着一点儿巧克力。

## 四

现在这条街上的孩子们都睡着了。他们的气息在狭小的睡房里融为一体,兄弟姐妹们在狭窄的床上无辜地互相推挤。父亲在黑暗中醒来,小心翼翼地摸索着妻子的脸。她疲倦地翻身转向他,忧心忡忡地想到那又不按时到来的血。轻轻地,她又躺好,害羞地倾听着熟睡中孩子们的呼吸。偶尔,在窄小的窗户后面亮着灯——一个粗粝的声音划破寂静,一个孩子受凉而哭起来,一个母亲听到哭声醒来,给孩子盖好被子。当孩子们睡觉的时候,外面的黑暗中有人在忙碌着。夜出的人们在这条长长的街道上奔走,笑声和粗野的说话声从明亮的咖啡馆传出来,迟疑的脚步声响在街石上。然而所有这些隐秘生活中都有一种被压抑的、激烈而危险的激情的朦胧声音。即便在最兴奋的时刻我们也说得非常轻柔,那红色的激流轻柔地穿过夜晚——

狭窄的楼梯上灯亮了,门打开又迅速关上。这匆忙的生活是如此转瞬即逝。有一个地方,老妇人一言不发地站在门后。干瘪的嘴唇因激动而抽搐。门外站着邻居的女儿和她的朋友,距离她的耳朵不过半米。她那布满皱纹的皮肤上每一个毛孔都在贪婪地吞噬着他们亲密的胡话。他们终于不再说话,楼梯上的灯也熄灭了,她那衰老心脏的跳动受到寒冷和激动的威胁。她弯下腰,耳朵贴在钥匙孔上,当她听到隔壁的门再次打开又关上,才步履沉重地走到床边,怀着甜蜜而温暖的鄙视躺下,等待睡眠的再次惠顾。

这是一条不眠的街道。它那巨大而骚动不宁的心脏和白天一样剧烈地跳动着,只是更加警觉。街道伸出柔软的爪子护卫着它的幼崽。你,可爱的食肉动物——你那粗野刺鼻的气息钻进我们的衣服,我们躲在你成千上万个孔洞里,在你粗糙的手上摩擦。哦,你抽打和撕裂我们,因为你的灵魂如此矜持,从来不敢表现出你是多么爱我们。暴躁的、古老的街道,我们站在灯下互相亲吻,如果我们有时间,我们将会听到你那低沉、和善的笑声,从我们还不会说话时爬过的灰色砖石中升起。

17号大门的铰链发出轻轻的声音,一对年轻人迅速闪进去躲在墙角。那是卡尔和管理人的女儿奥尔加。她幸福地靠在他身上,用鼻子擦着他的脖子。"你好冷哦。"她小声说。卡尔躲开她,快要哭出来了,他那没有经验的手摸索着探进她的外套。他的手触到一个温暖而柔软的东西,他轻轻地把它握住,像是碰到了鸟巢。奥尔加颤抖了一下,因为他的手像冰一样冷,这样的抚摸很不舒服。但她勇敢地挺住了。她16岁,因纯真而充满爱心。可卡尔才15岁,他太害怕,不敢接受她。她努力试着帮他,他却挣脱了她的手臂,心跳到了嗓子眼儿,说:"我真的不敢,会弄出孩子来的。""不会的,"失望的奥尔加小声说,她烦恼地摸了一下他的头发,"你可以当心的。"可是现在没有别的办法,只能和她掰了。"你以为我是疯子吗?"他说。"想拿孩子把我拴住?你认错人了!"他一边说一边几乎是愤怒地挣脱她,他认为谈话应该有个合适的结尾,就说:"赶紧滚!"

奥尔加跺着脚，委屈的眼泪大颗大颗地从圆圆的面颊上流下来，她扣好外套。"蠢猪！"她抗议地朝他喊道，但没有得到回答。她只好从大门出来，到临街房上楼去。

爱伦在母亲上床的时候醒了，和往常一样难以再睡着。思绪受到黑暗的鼓励，一切被禁止的、难以启齿的事情都在头脑中盘旋起来。大部分是关于丽莎和她挨母亲的那些打。她可以想象出所有的细节。她的想象力不断地扩展，更新这场面的内容和视角。这些思绪是如此甜蜜而痛苦，她的嘴角湿润了，因快乐而在床上辗转反侧，直到母亲开灯问她是不是病了。

卡尔也睡不着。他躺在起居室里，手捧着火热的面颊，他因回家晚挨了母亲的耳光，脸到现在还是火辣辣的。他想着奥尔加，想着她让他做的事。总有一天会的，但是现在他还不想。不对，他当然很想，但是太吓人，太尴尬，也太危险。他渴望着爱一个女孩。但是谁才值得爱呢？看，她的内心应该像他用脏手摸到的鸟巢一样温暖而柔软。一个这条街上没有的女孩，一个能说出他心里话的、精致美丽的女孩。

一切都那么艰难。窗外，群星在冬夜里闪烁。这个男孩睡着了。他那浅色的眼睫毛垂在长满细绒毛的面颊上，孩子气的、坚毅的嘴张开着，吐出他不懂的语句，鼻尖上还长着一粒小疙瘩。

## 五

艾斯特几乎从来不会有真正的快乐。她的快乐总混杂着太多的惊恐、忧伤和焦虑。最糟糕的是冬天。卡尔出了校门后开始做木工学徒,回家时经常两眼红肿。他的所有家务责任都被免除了,母亲看他可怜,想要宠他一点儿。结果,每天早上取牛奶和星期天买隔夜面包的任务就落到了艾斯特的头上。此外她还要擦皮鞋,在洗衣日去搬煤和绞干衣服的工具,那是每个月里最糟糕的一天。不过,说她很忙很紧张也是不对的。她还是把大部分时间消磨在这条街上,因为母亲对和学校功课有关的一切怀着根深蒂固的尊敬,她也就通过假装对这两样突然表现出惊人的兴趣,多次将自己从那些凄惨的工作中解救出来。

这是艾斯特的一个星期日:六点钟母亲叫醒她。她唉声叹气,哆嗦着离开温暖的床,光脚踏上冰冷的地板。"穿上鞋。"母亲含糊的声音从大床上的被窝底下传来。艾斯特没有说话。她懒洋洋地走进起居室,看上去可怜巴巴的,活像一条从水里上来、精疲力竭的流浪狗。从卡尔睡的长沙发上的被子底下伸出一缕金黄色的头发。她用麻木的手指摸索着,小心翼翼地穿上衣服,以免吵醒哥哥。苍白面孔正中的鼻子已经冻红了。她冻出了鼻涕。她盘算着各种报复性计划来对付这个暖暖和和睡懒觉的一家子。不好!她还没有穿上衣服卡尔就醒了,或者好像醒了。滚烫的血液流过她全身。她弯下两条细瘦的长腿,用胳膊挡住平坦的胸脯,上面不过有两个蚊子叮过似的粉红色小包。可他只是舒服地嘟囔了一声就又落进星期天早晨的幸福之中了。艾斯特的血慢慢从脸上退去,心跳的速度也恢复了正常。

母亲还在床上,提出好建议:"戴上爸爸的大围脖和卡尔的手套,如果你快点儿,就能挑到最好的那块。"母亲在星期天早晨总是情绪很好,也许她也有点儿良心不安。她和艾斯特一样怕冷,可天下没人有本事让她六点起来到面包房去。

当艾斯特下楼来到街上,像是有人捏住她的鼻子转圈。她透不过气来,泪水在眼里打转。她呼出的气在清冽的早晨的空气中形成蓝色的薄雾。街上空无一人,只有乳品店门前停着一辆牛奶车。她忽然吃惊地站住,原来从拐角处突然走出来那可恶的爱伦,手里拿着一只大篮子。她这么早出来干什么?又能干什么?艾斯特在生活中一贯溜边儿,其实情非所愿,这次,她不想再绕着走了。住在正经的门牌17号却买隔夜的面包,实在是严重跌份儿。在这条街的中心坐落着"共同房产",那是一座糟糕得让人说不出口的房子,简直不是人住的,那里面的住客在这条街上很让人瞧不起。尽管艾斯特可以忍受和"共同房产"里的孩子一起站在面包房外面排队,但如果让17号里的人发现了,那奇耻大辱就得记一辈子。每当母亲对人提到自己的住址,总是迅速在那条名声不佳的街名后面加上一句:"是在体面的那一头。"这就是说,她住的房子离西桥街比伊斯特德街稍微近那么一点点。①但贵族有贵族的义务。绝望的思绪在艾斯特头脑中盘旋，爱伦已经走近了。她穿得很漂亮，黑色紧身衫，苏格兰花格短裙。害怕几乎让艾斯特暖和起来，否认自己身份的狂野念头掠过，但又不得不放弃。这时爱伦在她面前站住，仰头用棕色的老鼠眼看着她的脸。"你上哪儿去？"她问，她嗅到了丑闻的气息，决心不问个水落石出绝不罢休。如果是丽莎处在艾斯特的位置，她一定会说："你管不着！"然后拐过街角跑掉。但艾斯特却不会想到，竟然有无权干涉她的人存在。正相反，她承认，星期天早上六点半出现在这里是最需要解释的事情。她的脑子可怜巴巴地空了，想不到任何说辞。"我去面包房。"她终于期期艾艾地开口了。"这么早？"爱伦根本不信。"我跟你一起去。"她眯起眼睛果断地说。艾斯特吃惊地看到这两只眼睛变得那么小，好像是闪烁着恶毒光芒的裂缝。于是她做出最后的挣扎："很远呢，在美洲路到头的地方，还有那么凶的面包师傅，不让人跟着进去。"

"那我就在门外站着。"爱伦咬紧牙关说道，一边就朝那条街走。艾斯特一步一蹭地跟在她后面，活像个被判了死刑的犯人。幸好，今天面包房门外没有"共同房产"的孩子在排队，让她难以形容地轻松了起来。不过呢，店堂里面却站着几个，熟人式地向她挥手打着招呼。"这些脏孩子

---

① 西桥街（Vesterbrogade）和伊斯特德街（Istedgade）是哥本哈根城区两条平行的街，前者因从原城墙西大门外吊桥延伸出来而得名，是繁华的商业街；后者以第一次石勒苏益格战争（1848—1850）中发生的伊斯特德荒原战役（Slaget på Isted Hede，1850）命名，到20世纪上半叶仍然集中着妓院、酒馆等。强调离西桥街近，离伊斯特德街远，说明母亲虽穷，并不屑与边缘人群为伍。

以为自个儿是谁呀?"爱伦鄙夷地说:"看,这是美男子路德维希和他妹妹。"美男子路德维希有兔唇,还可能有脑积水。此外他还结巴,并因为轻度智障而上了特别学校。他到哪儿都带着小妹妹,并且用母亲般的热忱保护着她。她是一个人见人爱的两三岁孩子,有着金色卷发和一对小酒窝——她已经会跟着任何给她糖吃的人跑,可怜的路德维希怎么能随时随地看着她呢?

"25欧尔[①]昨天的面包,"艾斯特小声说,把提包放到柜台上,尽量不让窗外看到,爱伦正站在那里,睁大眼睛张开嘴看着。"油酥的还是白面包?"店里的女人问。"油酥的。"艾斯特不假思索地说。油乎乎的大块面包缓缓落进提包。

尽可能装得若无其事甚至看上去还有些雀跃,艾斯特提着沉甸甸的提包走出门。爱伦紧紧地盯着她说:"好奇怪的面包师傅呀,她为什么没给你把面包包起来呢?你们是不是买的隔夜面包?"艾斯特的舌头忽然毫无理由地松开了。她进入罕见的精神时刻,她忘记了一切遗憾和悲惨,并惊讶地发现,只要不承认,悲惨就不存在。她小心翼翼地解释说,她母亲怎样一度在这个古怪的面包师手下工作,所以应该永远在她那里买东西。此外,这面包实在太好了,完全可以就这样拿回家,她们不愿意包。折磨她的人终于消失在临街房里,她长长地出了一口气。走进大门,她把手伸进提包深处。她连着吃了三个油乎乎的大面包,明显感到充满了活力。跑到楼上家里,她把冻得通红的双手伸进母亲温暖的被窝里。然后她仔细挑选了许给她的"最好的那块",以适当的胃口虔诚地吞吃起来,尽管她严格说来宁可不吃。

---

① 丹麦币制,1克朗(kron)等于100欧尔(øre)。20欧尔相当于"两毛钱"。

"她们没有白面包吗?"母亲不快地说。艾斯特摇摇头。同样价钱可以买到蛋糕和油酥面包的话,为什么还要吃白面包?她不懂。——过了很久她才想起,爱伦这么早出现在街上也是很奇怪的。她的手臂上挎着一只大篮子,上面覆盖着锡纸。里面装的是什么呢?一个可怕的怀疑在她心中升起。难道这么精致的爱伦也要隔夜面包?这个疑案永远得不到破解了。

今天母亲心情很好,她起身去煮咖啡,艾斯特幸福得晕过去,钻进她留下的温暖被窝里。父亲的脸正对着她,向她喷出劣质烟草的气息。她勇敢地忍耐着。世界上再没有什么比寒冷更糟糕的了。不过她还是小心地翻身,躺到床的边缘。母亲端着托盘进来,爬上床到父亲和艾斯特中间。"天真冷。"她说,然后朝起居室喊。"卡尔,你可以进来喝咖啡。"但是听不到回答。卡尔又困又累,简直无法形容,他要把一星期非人的辛苦劳累睡掉,才能醒过来回到生活。

一个充满生趣的时刻来到了。发散着热气的咖啡把那丰富的洪流倾注到冻僵的肢体。艾斯特那像是被寒冷冻结的面孔慢慢地舒展开来。面颊恢复了一点儿红润,眼睛减少了一点儿通常有的警觉和惊吓的神情。她的身心中贯穿着一个朦胧的感觉,世界上有个好地方也是她的——一个温暖的洞让她躲进去,和一个要好的人——比方说丽莎,对,就和丽莎一起,再没有别人。但不可否认,这梦想有着明显的物质特征,大约可以这样概括:温暖、咖啡、油酥面包、什么都不用做。——父亲慢慢醒来,长长地出了一口气。"啊,咖啡。"他说着从床上坐起身,满脸洋溢着星期天的幸福。星期天早晨是唯一能让他说话的时刻。平常只能在晚餐桌上看到他，不然他就是在看报纸。饭后他在起居室躺下，把劳损的宽阔脊背对着人。早晨醒来时他已经走了。是母亲在行使日常权力。惩罚的是母亲，赞赏的是母亲，一起散步和检查功课的也是母亲。生气的对象是母亲，害怕的对象也是母亲，病了，衣服破了，肚子饿了，都要找母亲。随着岁月流逝，渐渐只有在肚子饿时才需要母亲了。——他到底是谁呀，这位父亲？他坐在那里，额头上布满水平的皱纹、浓密的眉毛和唇髭。胡子下面是一张嘴，里面被嚼烟和嗅烟染黑了。跟丽莎的父亲、卡拉的父亲和所有陌生孩子的父亲一模一样，下午五点钟在这条街上看到他们下工回来，腋下夹着铅皮饭盒，口袋里伸出空的啤酒瓶。他的手很大，蜷缩着。看他穿睡衣的样子有点儿让人不好意思。看见丽莎的父亲、卡拉的父亲或者别的孩子的父亲穿睡衣也让人不好意思。父亲就是父亲。例外的是奥尔加的父亲，他除了是上面说的管理员之外还是侍者。他身上有一种闻所未闻的精致。他总是穿着星期天的衣服，头发上抹着油，不留胡子，腋下不夹饭盒，口袋里也没有空啤酒瓶子。当他从身边走过，客气地可笑地问候时，不免让人的膝盖小小地抽一次筋：“日安！日安，小小姐。”——“小小姐”！听听这话说的。就应该有一个这样的父亲！当奥尔加说"我去告诉爸爸"时，这话很有分量，让她显得重要，值得和她做好朋友。每个人都要拿什么来夸口。艾斯特有她的哥哥，但只在最需要的时候才会用到，提心吊胆，生怕被他发现。只有被挤到墙角，看不到任何出路时，她才会说：“我有一个哥哥，他会打你。”

这一天在慢慢过去，艾斯特越来越担心煤桶里的煤正在快速减少。如果煤能成功地维持到午饭结束，如果母亲忘了这事儿,就会让她下楼去玩。她需要克服很多障碍,才能在煤快用完被发现的时候,父亲竟然肯咒骂着到地下室去取煤。但这样的情况难得发生。通常她逃不脱命运,而是在每个星期天的上午都要从厨房后面的小楼梯下去,一只手拿着煤桶,另一只手拿着羊脂蜡烛、火柴和地下室的钥匙。她在通往院子的门前站住,把桶放在楼梯上,用颤抖的手点燃蜡烛。朝着星期天寂静的院子绝望地看最后一眼,然后沉入黑暗之中,每次她内心都坚信再也看不到天日。她悄无声息地穿过地下室潮湿的通道,滚烫的蜡油滴在她手指上。向前走五步,过道就转弯——板条门上挂着锁——她轻轻地把钥匙插进锁孔转动着。钥匙和锁发出刺耳的声音,门顺着粗糙的石板地面开了,她站住停了一会儿,倾听着,等烛光照进这黑暗的空间,煤堆,一把大铁锹挂在墙钉上。她无声地站在那里,心沉重地跳着,缓慢滴落的蜡烛油在她耳里像是一种噪声。她向前迈了一步,把蜡烛放到窗台上,拿起铁锹。铲煤装满煤桶用了两分钟,这段时间里她哑然失语,处在成年人只有在噩梦中才体认到的濒死状态。她惊慌失措地拖出装满的煤桶,关门上锁,跑到光明中。上了几层楼,她才停下来长出一口气,感到无法形容的轻松和快乐。

午饭后,卡尔起床了,父亲接替他躺到沙发上。她也换上了周日新装,那是一件深蓝色的毛料连衣裙,有最时髦的镶边裙摆,一件卡尔穿剩下改的外套,鲜红的贝雷帽推到后脑勺上。她还英勇地把双脚塞进一双破旧的低口漆皮鞋,那鞋根本不合季节,但是很俏皮,还至少小了两号。她把星期天的5欧尔塞进手套,跌跌撞撞地冲下楼。

爱伦正在院子里和尼尔森太太的淡黄头发女儿之一玩

跳房子。地上沿着格子图用粉笔写着:"四年级 A 班的爱伦和卡拉占用。"艾斯特向她们走过去,犹豫不决地站住,没有人注意到她。"你踩线了。"爱伦突然喊道,她伸出一只脚去踩住跳房子石块,不让另一个继续玩。卡拉气得满脸通红,跺着脚说:"没有,我没踩线,你撒谎,把石头给我,松开脚。"她转身向艾斯特求援:"我踩线了吗?"她问,期待地看着艾斯特。这是一个很难回答的问题。因为艾斯特其实什么也没看见,可是承认这一点就等于放弃参加游戏的可能性。这个她可不愿意。因为,尽管她不那么喜欢跟丽莎以外的人一起玩,但她还是有一种奇怪的需要,要参加一切正在进行的活动。她有一种被孤立的恐惧。她害怕被排斥,害怕遇到别的孩子时那种不确定、不信任的气氛。而她最怕的还是爱伦,于是她小声说:"踩了,我清楚地看见你踩线了。"她看到爱伦赞许的目光,假惺惺地微笑着。但卡拉用她那圆圆的眼睛吃惊而鄙夷地看着她:"我没踩。原来你也撒谎。""走开,"爱伦说,"现在该艾斯特和我玩了。"卡拉转了一会儿,小心翼翼地接近站在自行车棚和垃圾桶之间的一小群人,16 岁的奥尔加和隔壁院子里的几个女孩,有的比她大,有的比她小。当卡拉走到离她们太近的地方时,她们转身用脊背来赶她走。这些女孩不能容忍年龄小的孩子来掺和。她们都快要被心中的秘密撑破了,像漏水的落水管一样不停地涌出涓涓细流。她们很快向四面八方各个角落散去,把垃圾桶旁边的空地留给下一拨人。哦,这可爱的、令人向往的角落!有一次卡尔走过院子,他面红耳赤,目不斜视、大步流星地走着,从这个闲话之角传来嗤嗤的笑声和嘀嘀咕咕的说话声。这条街上的男孩是那么差劲儿,卡尔无疑是女孩们向往的首选。关于他多棒多妙,奥尔加有一车子话要说。"真的吗？"女孩们崇拜的目光停留在她的嘴唇上。最后，连她自己也快要相信了。

丽莎终于来了，她手里拿着一份夹猪肝酱的黑面包，蹦蹦跳跳地从后楼梯跑下来。"你想来玩跳房子吗？"爱伦赶快喊道，她怕艾斯特和丽莎一起跑掉，那样就没人跟她一起玩了。"不想，"丽莎大口嚼着说，她丝毫不为所动，尽管爱伦穿着最漂亮的衣服。丽莎是强硬的。她没有不管什么时候一碰就会流血的小伤疤。"我不想玩了。"艾斯特说，朝丽莎跑去，她有一点儿脸红，有一点儿气喘，和见到爱人时完全一样。卡拉走过来。"明天的功课准备好了吗？"她问丽莎。她们是同班同学，也是学校里最好的朋友。艾斯特嫉妒了。她和丽莎上同一所学校，但不同班。课间在一起玩，那是想都不用想。如果在同一所学校里和外班的孩子一起玩，那就是自绝于本班。这是一条不成文的规矩，谁也不敢违反，艾斯特尤其不敢，她已经为自己和别人不一样怕得要死了。卡拉和丽莎就这样开始了关于功课和老师的枯燥讨论，艾斯特把手臂搭在丽莎肩上，越来越感到自己多余。卡拉因为先前的出卖而不理她。突然，临街的大门开了，尼尔森太太出现在门口，她把自己扎得活像一只空竹，脸上带着一种僵硬的表情，好像她一直在努力屏气，而且随时会因为透不过气而爆炸一样。她为了小胖子丈夫穿上星期天紧身衣，可在她身边他还是缩成几乎看不见的一小点儿。"卡拉，"她用尖锐的声音喊道，"咱们散步去。"一会儿就看见他们朝恩格花园路行进，爸爸和妈妈并肩走在最前面，每人手里抱着一个小胖墩儿，五个不同尺寸的、洗刷干净的淡黄头发小孩迈开小碎步跟着。

"拿到你的5欧尔了吗？"丽莎迫不及待地问。"嗯，那咱们去买好吃的。"

她们在面包房把5欧尔换成5个1欧尔的零钱,然后直奔丹麦国旗街上的"糖果妈妈"。她们大喊大叫着冲进店堂,店门被她们撞得大开大合,门口的挂钟都快掉下来了。她们太自以为是了,总算有一次合法的差事。艾斯特用好听的声音对那小胖子糖果妈妈说:"我们想看看盒装的巧克力。""看吧,这是1.5克朗的,这是3.75克朗的。"她说着从货架上将漂亮盒子一只又一只拖下来,丽莎则弯腰到柜台下去摸艾斯特的腿,摸得她很痒痒想躲开。那胖太太气喘吁吁地从梯子下来,说:"都在这里了。"尽管当她看到两张涨红的脸时有一点点疑心。"这得值多少钱?"她尖锐地说。她们再也忍不住了。"1欧尔。"她们欢呼道,哈哈大笑着跑出店堂,身后的门也没有关上。"糖果妈妈"追到街上,几乎暴跳如雷地对她们喊道:"你们等着,我认识你们,你们在西桥臭了大街。"但她们早就跑远了。一直跑到恩格花园路才站住脚。她们交叉着夹紧两腿,捂着肚子笑得前仰后合,眼泪都笑出来了,顺着面颊往下淌。"别笑了,"丽莎尖叫道,"再笑我要尿裤子了。"最后,她们费劲儿地用那4个欧尔换成糖球和甘草软糖,但第五个欧尔她们用来在恩格花园路的面包房里买了许多糕饼碎渣,艾斯特的红色贝雷帽里装满了美味的、不成形的奶油蛋糕和其他的不确定的东西,都是被面包店扫地出门的。她们坐在临街房的后楼梯上享用这些好东西,然后,作为一种餐后点心,她们玩心爱的偷看钥匙孔游戏。晚饭时间快到了,大部分主妇都在厨房里做饭。一楼是爱伦穿着她母亲的围裙站在板凳上搅动一口锅里的东西。她不时弯下腰去,让满嘴的东西在她的歪嘴里消失。这里没什么好看的。上去一层管理员的家里更好玩。一家人都站在厨房里吵架,两个偷窥者互相推搡着,抢夺钥匙孔的位置朝里看。奥尔加的母亲看上去更像是她的祖母,她是那么瘦,满脸皱纹,她使劲儿敲打着煎锅上的肉饼,好像她分发的不是肉饼,而是耳光。"不许去,"她对大哭着的奥尔加说,"到处乱跑,我们都受够了,今天晚上老老实实给我在家里待着。"那温文尔雅的管理员双手插在裤袋里,站在厨房中央。他赞许地点点头说:"不守规矩就送你到监护所去,别抱着孩子回家来。"

奥尔加仰起挂满泪珠的脸,她的脸是圆圆的、孩子气的,就像她的一切那样,她愤怒地跺着地板说:"你们为什么不让我出去找那么一点儿乐子——难道你们以为,在那破工厂里做了八小时苦工之后,在家里跟你们俩大眼瞪小眼很好玩是怎么着?"她的声音嘶哑而尖锐,带着哭腔传出屋外,不必站在钥匙孔旁边就能听见。艾斯特刚看见父亲扬手跳起来,就被丽莎推开了,她不肯错过戏的高潮。她放射着快乐的光芒,轻快地打着响指。"嗯,真很好。呃,她真会玩这个,她以为自个儿多能耐哪。"但是艾斯特把她拉开,她不想再听下去了。她问丽莎:"你说,他为什么怕她抱孩子回家呢?"

"啊,你真傻,你做那个,那个,就会有。"小的要教大的,可她只能站在那里活像一个巨大的问号,可到了紧要关头丽莎就没词儿了,她只能说:"晚上跟男孩子出去。"艾斯特并不比她更聪明,她们尴尬地面对面站着。在非常美好的友谊中产生了一点儿变化。丽莎知道什么却瞒着艾斯特。

院子里已经暗下来。

星期天过完了。

## 六

在学校有三个办法提高自己的地位。第一是穿得漂亮，第二是聪明，第三是胆儿大。没有人能指责艾斯特穿得漂亮，聪明也就那么回事。曾经有那么几回，她通过超人的勤奋狡猾地让老师们认为她属于聪明的，可同学们却不那么好糊弄。其实，她的理解力很差，她只是幸运地善于死记硬背，只要把功课看几遍就能背下来。句子沉淀到她的意识深处，多年后还是能照原样梦游般再次浮现。她并不理解那些句子，如果有人打断她的滔滔不绝，要求她做出一个合理的解释，她就会无可避免地卡壳儿。这样就只剩下胆儿大。为了能过一种可以忍受的生活，或许不时还能享受一点儿短暂的威信，她必须将这种可能性发挥到极致。一种危险的冲动在她心中唤起。那是一种她从来没有精神和能力幸福地加以满足的冲动。终其一生她都被这种冲动牵引着走向万丈深渊。她闭上眼睛，沿着深渊那不可解的、充满神秘的边缘行走，与自己的天性搏斗。

在伙伴们的热切鼓动下，她做出危险的、被禁止的事情，比如在地理老师黑斯廷的课上在黑板上画一根香蕉——暗示他那不幸的鼻子，或者躲在柜子里假装逃学一节课——以及别的诸如此类的蛮干行为，几乎确定无疑会导致操行记过和放学后不许回家。这些她觉得完全无所谓。她觉得很自然应该比别人做得更多。这只不过让上学成为一场持续的绝望斗争。她的天性完全不是独来独往的,她不能坚强而骄傲地照着自己的目标一往无前。唉,她内心深处自然很愿意接近其他孩子,但是她们出于儿童的敏锐直觉躲开了。她们感到,她们的游戏不会让她感兴趣,她们的想法也和她不在同一条跑道上。于是人们看见她孤零零地站在校园里,腿又长又细,指甲缝是黑的,脚腕上有伤,她总是碰伤那里——孤独而谦卑,总是靠近一群叽叽喳喳的女孩,让在校园里巡视的女教师以为她也参加了。

这根香蕉——大名黑斯廷先生,他又矮又胖,尽管努力刮脸,脸的下半部分还总是黑乎乎的。他总有一种说不出的紧张。眼镜片后面棕色的眼睛无助地游移着,即便是最轻微的激动也能让他的声音变成像是在抱怨,一根神经在嘴角剧烈地抽搐,一颗平时看不见的根管治疗过变黑的牙齿会出现,然后又在高频率的颤抖中消失。他是难以置信的丑陋,看上去很可笑。

一天,他走进五年级A班教室,看见那根可恨的香蕉,天晓得是第几次又出现了,大手大脚地横贯黑板。他气得满脸通红,转过身面对看上去如此纯真无辜的班级。"谁干的?"他用颤抖的声音高喊道,目光向艾斯特平常坐的最后一排扫去。尽管女孩们不停地朝墙边的柜子眨眼,近视的老师还是没有怀疑到那里。"下课后谁也不许走,罚坐一小时,"他愤怒地吼叫道,"除非那犯错的自己站出来。"他愤怒地用小碎步来回走了几趟,才长叹一声,在讲台桌边坐下,打开地理书。

学生们拉长脸,互相看看。这个他们没想到。平常他总是很快就能找到罪犯,对她发一通雷霆,在操行簿上记一笔——所有这些都有助于完成家庭作业并享受审讯的愉快。而这些都日复一日、年复一年地重复着,他从来不向班主任或校长抱怨。他宁可天天受三十个冷酷无情的 12 岁孩子折磨,也不愿意让他脸上不幸的突出特点引起不必要的注意。

但是有一只受惊的大眼睛正从柜子的钥匙孔里向外看。艾斯特知道,此刻她如果不站出来承认自己的罪过,就会在今天放学前的剩下时间里无可救药地遭到忽略和鄙视。她不能让全班罚坐。那现在怎么办?她的手因害怕和忐忑而冰冷。她感到无法形容的疲倦,决定再给自己五分钟。她坐在落满灰尘的底板上,看着身边一只猫头鹰标本的绿色玻璃眼珠。唉,她也不过是一只既没有灵魂也没有意志的猫头鹰标本。这样想着,她舒舒服服昏睡般地超脱了自己。超越惊恐,处在人类的范围之外。她问道:"活着究竟是什么?我是什么造就的?一切都会变成什么样?"她看着自己的手臂,在半明半暗的光线中是惨白的,她用一根手指游移地划过光滑的皮肤。她心中充满了造物的神秘,一个问题出现在她的头脑中:"我到底是从哪里来的?"这时她听到老师遥远的声音,好像是从另一个世界传来的:"这些居民靠砍伐树木和捕鱼为生。"她对那猫头鹰标本笑着说:"看,他们就这样生活,真好玩呀。"

女生们嗤嗤的笑声和越来越明显的手势终于将那根香蕉的注意力引到了艾斯特的藏身之处。他停在走道中间恼火地说:"嗯,那柜子怎么啦,难道你们在那里藏了一个鬼?"他朝那里迈出三大步,不耐烦地猛地打开柜子门。艾斯特滚了出来,明亮的光线和重新萌芽的生命感回归都让她困惑。她还没有恢复情景意识,脸上就挨了火辣辣的一个耳光,她看见老师那因愤怒而扭曲的脸。"好,原来就是你,你这个恶毒的丫头,让你坏,让你坏!"他的声音转成哭腔,他呼呼地喘着粗气看着那张小小的充满惊恐的脸,红手印以外的地方惨白得可怕。然后,没有任何转折过渡,他就用那可怜又可恨的声音说道:"是我失态了,对不起。"那根在他的嘴角抽搐的神经清晰可见。他无助地转向全班说:"下课,你们回家吧,今天就到这里。"然后就快步向门口走去。

　　学生们迟疑地互相看着。艾斯特的脸麻木了,那手印深入灵魂,她回到自己的位子。胖胖的黛西·穆勒先开口了。她理直气壮地鄙视不对的事情,并决定全班的态度。"真糟糕,"她说,"你们看见他哭了吗?"有着美丽大眼睛的伊尔莎转向艾斯特哑着嗓子说:"逞什么能呀?想想自个儿怎么错了。"全班都在她面前团结起来了,一股狂热的香蕉崇拜,一种小女孩对牺牲品和替罪羊的感伤同情,迅速传遍全班。一个说要给他送花,另一个建议派代表到他家里去道歉,第三个建议很合理但不那么热闹,要连续多年努力学习这门可恨的功课:地理。艾斯特坐在最后一排,大眼睛望着窗外,好像什么也没听见。哭,她不能让别人听见。这是一个亲密的解放行动,要在夜晚,她小小的行军床上,只有一颗孤独的星星做见证。

　　但是在她心里,却在模糊地想着对与错的问题。一种不确定的仇恨出现了,就像一切不可言表的事物一样模糊幽暗。她应该恨谁?她的不幸是谁的错?老师吗?当她想起他那张痛苦的脸时想哭得透不过气来。她也不能恨同学们。黛西是那么甜美,她抬起手臂来擦黑板或者打扮的样子是那么可爱,谁也比不上。在那圆圆的、雪白的胳膊肘里面好像隐藏着最亲爱的秘密。伊尔莎是那么美,那么忧郁,在她身边马上会联想到夜晚和月光。她们都有绝招儿和秘密，从来不让艾斯特知道。而她们还有权期待她暴露一部分秘密，因为她不过是她们本质的微弱反映，一点儿自己的东西也没有。然而世界不公的感觉在她心中涌动，像一股幽暗危险的激流，她有朝一日会无声无息地滑落其中，当罪过和忧伤有着巨大的严肃性和意义，欢乐就不过是晨星的闪烁，一旦试图去捕捉就会熄灭。

　　从那以后，每当她想起香蕉先生的时候都会看见他那双绝望的眼睛，就像两只惊恐万分的动物面对面站在那里，世界成千上万次宣判，让它们互相伤害。然而也是在那天之后，他对她表现出一些友善，而她也回报以一点儿困惑而羞惭的情谊。他是一个在狂怒中打了孩子的好人。他也是这个世界上唯一向她道过歉的人，以前没有，后来也没有过。

## 七

每个月一次，校医"虱子妈妈"都会走进教室，站在孩子面前大声提问："现在，告诉我，记不记得我上次教你们的东西。发现了虱子怎么办？""洗——头——"小学生们齐声唱道。"对，用什么来洗？""沙巴达子醋。"① 他们喊了一百二十七遍。"虱子妈妈"赞许地点点头。然后她站到窗边，手里拿着一支蘸水钢笔，让孩子们列队走过。她用笔杆搅动他们的头发，查看里面有没有虱子，那些没有虱子的幸运儿回到位子坐下，而那一两个小可怜儿则被悄悄推到一边，过后带到校医室，劈头浇上沙巴达子醋，臭气冲天，传遍全校。然后，窃窃私语就会像野火一样传遍全班。"南希有虱子，南希有虱子啊"……她的同桌郑重其事地向老师提出，要求换位子。艾斯特从来没有生过虱子，可每当"虱子妈妈"走进教室，她的头皮都会发痒发麻，她必须鼓足勇气才能忍住不去抓。她的脸涨得通红，眼里满是死一样的恐惧，走过去接受检查。她的双膝发软，摇摇晃晃地走回来，这一次她又得救了。有一天发生了不可思议的事情，全班的宠儿，圆圆甜甜的黛西被"虱子妈妈"带

---

① 沙巴藜芦（Schoenocaulon officinale），墨西哥和中美洲产的有毒百合科植物。沙巴达子是晒干的沙巴藜芦种子，用以杀灭害虫。

到一边,她用医生的手臂揽着她的脖子说:"像你这样的漂亮女孩,怎么搞的?"黛西呜呜地哭着,铁石心肠也要被感动:"一定是南希传染给我的。""不对,我看不会的,""虱子妈妈"果断地说,"南希那里早就干净了。"而南希总是很脏,衣衫破旧,很难让人服气,于是她马上想起那桩耻辱,抽泣起来。黛西的头顶着"虱子妈妈"的白大褂,号啕大哭着被带出去,过了一会儿回来时头上满是深色的醋,脸上是恰如其分的悲壮神情。大家都同情她,在课间围着她。她用小手绢擦着眼泪,接受安慰。她用湿润的大眼睛环顾四周说:"我不是故意的,对不?"她每星期被叫走一次,她带着挫败的目光,和负载了全班同情的后脑勺,去接受沙巴达子醋治疗。"长虱子都快成时髦了!"艾斯特和南希在课间并肩走着,她们俩都没有威信,处在社会边缘,互相安慰一下。南希愤愤不平,充满报复心理。"蠢丫头,"她说,"虱子就是虱子,她的虱子凭什么就比我的好?"艾斯特点点头,表示赞同。但是在她心里却佩服那可爱的黛西。回到家,她把头发打湿站在镜子前,眼里满是受难的神情。"我不是故意的,对不?"她说,嘴角挤出一点儿口水,就像黛西说话时那样。

## 八

"小心,红胡子来了。"

"哪里?"

"小便池,他把门开了一条缝儿。"

艾斯特朝那边望去。她眯起眼睛,呼吸急促。"我害怕。"她小声对丽莎说。她们坐在后排房子的石阶上,用几块小石子玩"降级"游戏。已经是傍晚时分,院子里没有别人。"我们快跑。"丽莎小声说,她也害怕,但不愿意承认。她们上次看见他是很久以前,以为他已经消失了。谁都不知道他属于什么地方。他会突然站在楼梯拐角或者大门口,一言不发,蓝眼睛直直地盯着。

她们手拉手小心地站起来。"哎呀,我得上去了。"艾斯特担心地小声说。"别走,咱们一起到街上去,他就会很快走开的。"她们眼珠不转地盯着小便池,那里半明半暗中突然出现了一种白色的可怕东西。艾斯特吓得喘着粗气,上下嘴唇都歪了。丽莎紧紧拉着她,没头没脑地冲出院子。勇敢的丽莎吓得上牙打下牙。"他也许是抢劫杀人犯,"她说,"我觉得应该告诉妈妈。""你现在回家吗?"艾斯特问,她看见丽莎朝前排房的楼梯走吓了一跳。"是啊,你疯了吗?再不回家我该挨打了。"

"可是我不敢一个人穿过院子呀。"泪水从艾斯特眼里涌出,顺着面颊流下。她已经学会在惊恐中无声地哭泣。"他很快就会走开的。"丽莎有些不好意思地安慰道,她爱莫能助。

  点路灯的人出现在街上,将光明留在身后,那是幸福的命运。可艾斯特并不是光明的孩子。她一言不发站在大门外,都冻僵了。家庭主妇们采买回来,向她点头问好,一个完全平常的日子,好像死亡和恐怖并没有在那沉重的绿色大门后面等她。只要来一个到后排房子的人就好了。但是没有,她们都从她身边匆匆走过,急着走进前排房子上楼进家煮上土豆,开始煎肉饼。走廊里飘散着下工时分平和温馨的气息。对艾斯特来说却没有平和,惊恐也没有在下工时间停止。她在那里站了一个多钟头,大门才从里面小心翼翼地打开了,那个男人悄悄溜过,低着头并没有看她。她屏住呼吸,一动不动。然后,僵硬的四肢突然松动了,她开始浑身激烈地颤抖。她打开大门,飞快地穿过院子,小声抱怨着像一只生病的小动物奔上楼梯。到家她气喘吁吁地倒在沙发上,顾不上回答母亲的问话。哭泣变成了号叫,半是夸张半是真情。哭泣和号叫压迫着她,要爆发出来,但她也诧异地发觉,她哭号得太响,太长,超过必要。最后母亲也跟着哭起来,父亲不知所措地站在那里,拿一块海绵给她擦脸上的眼泪。一点善意让人感到幸福,湿的海绵让人幸福,母亲的眼泪也是。毕竟有人喜欢她,有人愿意帮助她。她安静下来一点儿,母亲把手默默地放在她的额头上——漫长的童年中一个罕见的、孤独的抚爱。她用抱怨的口气大声说:"那红胡子又来了,妈。"第二天,她和母亲一同到斯万街上的警察局去。母亲和警官走进办公室,而她不得不坐在前台边等。过了一会儿,他们出来叫她进去。

"你多大了?"警官和气地问。

"12岁,"艾斯特受着良心的折磨,他要是知道她已经犯下的那些罪过怎么办。

"噢,你从来没有跟那个男人说过话吧?"

"没有。"

"他伤害过你,或者你的伙伴吗?"

"没有。"

"嗯。所以他不过是站在小便池那里,门开着?"

"对。"艾斯特不安地小声说,她明显地感到,所有这一切都会不断萎缩直到毫无结果。

于是警官像个长辈那样把身体倾向她问道:"他有没有对着你——呃——脱?"

她惊讶地看着他。这个词她只听过一种用法:"所以,每当升旗的时候我们都要脱帽。"大概就是摘掉帽子的意思了吧,于是她肯定地说,"没有,从来没有。"

警官耸耸肩,就让她走了。他还要跟母亲谈谈。当她出来的时候,看上去很生气。"等到出了事再行动就太晚了。""他们会抓他吗?"艾斯特满怀希望地问。"有可能。"母亲简短地说。过了一会儿她又有些恼火地说:"可他也没对你们做什么,对不对?他不过有点儿怪。看见他就当没这回事儿好了。没什么可怕的。"可是回到家,她却对父亲用尖刻的声音说:"哼,穷人的孩子就没人管。"父亲从报纸上抬起头说:"没人管咱们自个儿来。"说着他大声打了一个哈欠,就睡着了。

## 九

一天放学后，艾斯特蹦蹦跳跳地跑下楼，二楼的保尔森太太打开门招手让她过去。"进来，"她低声说，"看盖尔达长多大了。"艾斯特并不习惯让大人们对她好，于是磨蹭着进去，黑暗的门廊里充满古怪的、让人不舒服的陌生人的气味。保尔森太太把她推进起居室，那里很热，热得艾斯特透不过气来。3岁的盖尔达正乖乖地坐在屋角的儿童桌旁看一本图画书。她长得很漂亮，雪白的皮肤，金色的头发上扎着一个大大的蝴蝶结。艾斯特非常喜欢小孩子，可是旁边有大人听着她就不会跟他们说话了。不然她完全可以当几个小时的3岁小孩，这让她感到非常舒服。通常她不得不一直打起精神，努力满足那些对12岁孩子提出的要求。"她不可爱吗？"保尔森太太用感人的声音说，抚摸着胖娃娃卷曲的头发。那孩子抬起头严肃地看了一眼，又低下头去继续翻书。

"请坐呀，"保尔森太太从桌边拉过一把绿色的儿童椅，"现在你看。"她拿出两只小玻璃杯摆在桌上，倒满红色汽水，还摆上一盘新出炉的曲奇饼，美妙的香气直冲艾斯特冻僵的鼻子。她不安地在椅子上转动身子，弄不懂这个人想让她干什么。看上去她并没有做什么。这里地板上铺着地毯，还有钢琴，精致得没法比。可地方却不大，装不下所有这些家具和零碎小物件，镶在椭圆形木框里的照片挂满墙，连一根手指的空白也没有。胖胖的保尔森太太每次从钢琴和桌子之间走过都必须缩进肚子，屏住一口气。

"我说艾斯特，"保尔森太太重重地一屁股坐下，试图捕捉艾斯特的目光，却并没有成功，"你很快就要成为大姑娘了，你——喜欢上学吗？"

"喜欢。"艾斯特规规矩矩地说，她知道等的就是这个。

"嗯，上学也确实是好事。告诉我，你喜欢托姆森小姐吗？"

"喜欢。"艾斯特的眼睛突然不能离开那些小饼干了，她的欲望在增长，可同时她的手却越来越离不开座位。

"吃吧。"保尔森太太说着给她的碟子里放了几块小饼干。

她飞快地把饼干吞进肚子，没有抬起眼睛来看。

保尔森太太坐着，用一柄茶匙轻轻刮着玻璃杯的边缘。

"你妈妈经常到托姆森小姐那里去，对不对？"

艾斯特点点头。"对，她们互相称'你'不称'您'。"她说，温暖和吃喝渐渐对她产生了影响。

"妈妈，我要尿尿。"盖尔达撒娇地说，朝她母亲跑去。

"上帝啊，你不刚刚尿过吗？"

小姑娘摇摇头："不算，妈妈。"

"那快过来。"母亲拉着她的手快步出去。趁着她们忙撒尿的工夫艾斯特差不多吃光了盘子里的点心。嗯，没有人盯着她看，真有滋味！

"真乖！"她们回来了，保尔森太太对孩子说。"你还会自己撒尿。"

"我说了。"胖娃娃骄傲地说，迈着小碎步规规矩矩地回去看图画书了。

保尔森太太清了清嗓子,重新拾起话头。"有很多先生来那好心的托姆森小姐家做客吗?"她虚情假意地问。艾斯特有点儿头晕,热气总是能让她深入骨髓地融化。"先生们?"她说,一边想着。"哦,您是说男的。有的,来过许多倍儿精神的男的,有一个领子特别白的叫博尔摩斯,他给过我10欧尔,特别大方。"她不觉补上一句知心话:"等我有了钱,也要铺地毯。"

保尔森太太受宠若惊地笑了起来:"铺地毯,你觉得我很有钱是吗?"

艾斯特满心崇拜地点点头。地毯、钢琴、点心和一个头上打蝴蝶结的孩子——这就是有钱。

保尔森太太又从厨房取来一些点心,看似无心地问:"这些男的夜里也来看望托姆森小姐吗?"

艾斯特惊讶地看着她说:"没有呀,他们夜里去干吗?她在睡觉呀。"

"对对对,你说的不错。可反正有很多男的,体面的男人来拜访托姆森小姐。他们来的时候,她母亲也在客厅里吗?"

"不在,"艾斯特老气横秋地说,眼里满是失望,"您不觉得很可惜吗,她从来不跟她说话,连一杯咖啡也不给她,怎么会这样呢?"

"别问我呀,"保尔森太太简短地说,要刺探的并不是她呀,"这样对待自己母亲真是见不得人,见不得人。"她长叹一声,好像做完当天的工作而且很满意。"好好,"她神秘地说,"看来是没有什么办法!"她起身拿走杯子。然后她抱起小盖尔达,柔声说道:"现在妈妈的小宝贝该进去睡觉了,一直睡到吃晚饭,对不对?好,对妈妈笑一笑。"盖尔达给了她一个非常严肃的、心事重重的微笑,让她那老气横秋的小脸儿变得很美丽。见迟钝的艾斯特还没有要走的意思,保尔森太太的口气有些冷淡下来:"你妈妈快要着急找不到你了吧?""不会的,"艾斯特赶快保证,"我要到吃晚饭的时候才上去。"

于是她威严地说:"那么现在你最好下楼去接着玩。这块点心给你装兜里。"

"咦,她也会做好人呀!"母亲还补充说。"她是个是非篓子。"

几天后发生了从没听说过的稀罕事儿:父亲和母亲吵架。那是在床上,艾斯特也躺着一动不动,睁大眼睛听着。

"别哄我,你早就知道,"父亲狂怒地说,"你一天到晚在那里进进出出。"

"胡说,我敢跟你说,我以前就是不知道。"母亲喊道,那一定是最强硬的了。

接着父亲说了一大堆完全听不懂的话,只知道都不是好话。最后,母亲哭了起来,父亲有些不好意思,也没力气喊了。他开始平静地小声说话。母亲一点一点地说:"想想看,她要是真的公开靠这个为生,瞒不了人的。"

"都列在单子上,她说有证据。"

"她可是个是非篓子。"

父亲突然看了看表。"不好,"他懊恼地说,"都快一点了,睡觉吧。"

"那你说咱们签名吗?"

"当然要签。你愿意有个婊子当邻居吗?——乱弹琴——咱们有孩子。"

邻居！可是上帝啊，他们说的是托姆森小姐。她干什么了？什么是"婊子"？这个词儿挺难听的，也不知道是什么意思。某种令人不快的东西闯进了艾斯特的世界。她记得保尔森太太的一次盘问，并且吃惊地想：我现在卷入了一些不好的事情，只要做到为它保密就可以了。可她究竟靠什么生活？有那么多先生来找托姆森小姐——这个孩子充满了不安和迷惑。她带着额头上一根深深的皱纹和心中一种全新的、触手可及的惊恐入睡了。她接触到了性别的反面。

她没有再见到托姆森小姐。尽管围绕她的名字有那么多神秘的罪恶，她仍然思念那暖洋洋的红色起居室，那双慷慨大方、一视同仁的手，总是能分发巧克力和零钱的手。她确实对孩子很好。

## 十

> 我叫忏悔节①,
> 我要圆面包,
> 得不到,
> 我就闹。

女面包师笑着把小圆面包抛向欢声笑闹着拥进店堂里来的孩子们。其中一些已经来拿过并没有关系,直到他们拿过五六次,她才喊停:"喂,戴鼻子的那个小孩,你已经拿的够多了!"戴鼻子的小孩自然是丽莎,她穿着父亲的外套,太长,拿保险针别起来的,脸上戴着一个巨大的纸鼻子,下面挂着胡子,说话时上下扇动。紧跟在她身后的是艾斯特,她穿着母亲的狂欢节旧袍子,用衬裙撑起来的棋盘格皱纹纸做的。她脸上戴着一个咧开嘴笑的小丑面具,上面的边缘塞进红色贝雷帽里。她在温暖的纸面具后面觉得很舒服。一方面,那面具抵御了二月里的刺骨寒风,另一方面,她总算或多或少阻挡住那种剥去她的防护、侵入她内

---

① 忏悔节(Fastelavn)又叫狂欢节(Karneval),标志着冬天结束,春天到来。旧时丹麦忏悔节有砍鹅的头、打击装在木桶里的活猫等项目,现在多改为击打木制纸质物品,仅取其象征。

心深处最隐秘的目光。没有人能看见她是否在面具后面羞红了脸,也没有人能看她比看别的孩子更多。这张可怜的脸今天也不会得罪人。那么这张脸究竟有什么问题?这条街不喜欢这张脸,它的特点是太容易受伤,而眼神中又有某些东西让人产生打击它的愿望。此外,即便是一个邪恶念头最微弱的阴影,也会立即将惊恐万状的负疚感印到脸上,就像一片平静的湖水,每一只小动物触碰引起的震颤都会传到湖水深处一样。藏在笑脸纸面具后面多好啊。笑一笑,哭一哭,受点儿伤,有点儿痛——都没有人知道,没有人看见。面具僵硬地笑着,不停地笑着,那就是它的特性。飞快地,在晕眩中,一切禁忌都像醉酒一样逐渐减弱威力,直至消失。平常的、不幸的依赖需要消失了,她对丽莎讨好地说:"要不,咱俩先走,去串门子?"①丽莎一步三回头地表示同意,她在自己小小的世界里总是心满意足,无所畏惧。她们呼叫着钻过吵闹嘈杂的形形色色:矮小的老头老太婆,小孩子冻成紫色瑟瑟发抖的腿。一个胖胖的男孩,反穿他爸爸的外套,胸前背后各有一个大鼓包。他没有戴面具,站在那里有点儿孤单,胖胖的脸上涂着白粉,面颊上是两片火红的胭脂。他有时会追着别的孩子跑,刚哑着嗓子唱出"我叫忏悔节……"就喘不过气来了,脸憋得发青,一阵剧烈的咳嗽阻止他继续唱下去。

美男子路德维希兴高采烈地笑着,走来走去展示他的妹妹。她穿着一件小小的丝绸连衫裙,肩上缀着肩带,腰以下镶着荷叶边。这甜美的娃娃脸上化着妆,涂睫毛膏的睫毛和血红的嘴唇都符合一切艺术规范。突然,她的母亲

---

① 原文 rasle 指忏悔节的一项庆祝活动,孩子们穿上色彩艳丽的奇装异服,挨家挨户去唱忏悔节歌,并得到一些零钱。

跑过来——她非常年轻，脸上化着浓妆——一把抓住小姑娘的胳膊，把她拖进乳品店，女店主两手一拍喊出声来："嘿，多可爱呀！"此时美男子路德维希两手空空站在门外，摇着他巨大的脑袋。17号大门外站着爱伦，穿着丝绒外套和闪亮的高筒厚橡胶靴。她手里拿着一把有手柄的大绸伞，尽管完全不像会下雨的样子。她孤独地望着穿奇装异服的孩子们，可是每当有一个她认识的孩子走过，她都摆出鄙夷的表情说："我才不会为我妈妈去串门子，她说那像——，所以就是——"

艾斯特拽着丽莎来到伊斯特德街，转入撒克逊街，突然跑到了西桥街上。"哎哟，咱们来这儿干什么？"丽莎不耐烦地说。"你的样子怪怪的，他们这里反正什么也不给。"她缩起一点儿身子，在这条明亮宽阔的大街上仿佛看不见了。那个大大咧咧、伶牙俐齿的丽莎消失了，那个在窄巷中穿行，警觉、灵敏、时刻准备好单打独斗的她消失了——只剩下一个瘦小的穷孩子，打扮成忏悔节时穷人孩子的样子，一只肮脏的小手紧紧攥着准备装钱的包。在她小小的世界之外完全不协调。可艾斯特隐藏在面具后面却总是像看电影一样享受着看到的一切。不去管人们看她们笑话她们。看，这里走来走去的是些有钱人，她想着，张开一切感官。这里走着的人们散发出好闻的气息。他们身穿裘皮大衣，他们的脸永远是暖和的，没有红鼻头，没有令人惊愕的表情。她的心中升起一种难以述说的向往，温柔而充满希望。有朝一日成为有钱人，美好而散发着香气，一定是可能的。因为她内心深处真的很想学好。不过首先要有一只充满爱意的大手来抚平那些绷紧的品性，拂去冷漠和耻辱。最好那只手还要探得更深一点儿，将恶毒的言辞和忧伤也拂去,就像好心的老师把算错的题从黑板上擦掉一样。她戴着面具走到那里,有点儿沉醉了,因为她居然能把脸藏起来,还活着。一种突然降临的强烈幸福感充满了她的身心。现在她敢于做一切,不可能的事情一定会发生。她要挣脱自身的约束,向新的太阳飞升。

她走进维多利亚街上一间精美的门廊,丽莎吃惊地跟在她身后。"你知道这儿不让串门儿。"丽莎犹豫着小声说。"为什么不让?"艾斯特往铺满地毯的宽阔楼梯上走。她张开一切感官,像只饥饿的流浪狗一样嗅着。这里住着有钱人,跟他们说话竟然在可能性的范围以内!她用世界上最古老的方法诱惑丽莎:"啊哈,你这个胆小鬼,什么也不敢!""不说了。"丽莎有些惭愧地说,跟着艾斯特。当艾斯特准备按门铃时,她站在身后,准备随时掉头飞跑。第一处出来的是一个戴帽子穿白色围裙的女仆。她迎面碰上的是艾斯特的笑脸面具,它在几个小时的热气喷射作用下已经有点儿发软变形了。丽莎在危险的时刻总是马上能找回自己,她开始乱唱:

我叫忏悔节

门"砰"的一声关上,一句话也没有。"真是一条哈巴狗!"她们继续向前走,钱包里积累了一点儿收获,但不如她们家那条街上多。艾斯特张大嘴巴,贪婪地享受着一闪而过的一切,柔软的地毯、光滑的镜面、幽暗的门廊里悬挂的丝绸衬里的裘皮大衣。在西桥路尽头靠近市政厅广场的地方,开门的是一位非常矮小的太太,足足比艾斯特矮半个头。这让她从幸福的巅峰跌落,感觉自己是个傻大个儿,这或许也是因为面具的缘故,它在鼓起的地方裂开了一条缝,起不到以前那么大的保护作用。小个子太太两手一拍笑了:"啊,我从来没有——不过上帝啊,现在是忏悔节,我差点儿忘了。快进来,孩子们,有好东西。"她脸上现出调皮的表情,把一根手指放在嘴上。"嘘——"她小声说,"来为我丈夫唱歌吧。"她带着她们穿过一条长长的明亮的走廊,轻轻打开走廊尽头的一扇门。她把她们推进去,小声说:"唱那首忏悔节的歌。"她把门关上,像个女学生一样咪咪地笑着。

这两个孩子迷迷糊糊地站在这间幽暗宽敞的房间里,那里有顶天立地的大镜子,一张宽大低矮的床上铺着紫色的丝绸床单,小小的镶边拖鞋和别的说不出名堂的丝绸物品扔得到处都是。梳妆台上摆满装着五颜六色液体、闪闪发光的奇形怪状小瓶子,掉毛的粉扑,空气中游荡着一股好闻的香味。床上仰面躺着一个穿绿色条纹睡衣的男人,他的嘴巴张开,脑门上粘着一小撮潮湿的头发。这景象实在太震撼了,她们互相紧紧拉着手,说不出话来。小个子太太又打开门,不耐烦地小声说:"唱呀,孩子们,唱完肯定给你们钱。"于是她们扯开嗓子不管不顾地拼命唱起来:"我叫忏悔节——"

"什么——玩意儿——讨厌——滚!"那睡觉的男人被惊醒了,一个打挺从床上坐起来。他瞪眼看着像是见了鬼。"你们俩到底是什么人?"他说着,带着可笑的绝望。"提前叫醒一个与世无争安静睡觉的公民,明智吗?海尔嘉,"他叫道,"你找来的都是些什么人?!求求你把我从这小小的早晨玩笑解放出来,好不好?"那小个子太太伸进来一张笑脸。"哎呀,她们把你吵醒了,"她说,"那可不好。"然后她坐在床沿上,欢快地看着在面具后面目瞪口呆的艾斯特和丽莎。丽莎吸溜着鼻子,因为冻僵的她快暖和过来了,她抬起纸鼻子,把手塞到鼻子后面使劲儿用手背擦鼻涕。那男人笑了:"好个一对儿,"他说,"你们会唱别的歌吗?""会。"丽莎快要恢复原样了,现在她不再怀疑那个男人是不是警官。她只怕警官,永远怕警官,从未有片刻动摇过,他们有看透人心的超自然能力。"我们会唱许多歌。"她们小声商量了一下唱什么歌,就装模作样地唱起来:

  在一个后院黑暗的深处
  靠着大兵营
  那里蠕动着各式各样讨厌的爬虫
  英格喜欢和它们游戏
  光明从来照不进
  阴森森的小巷
  可是在她的童心中
  却永远充满了欢喜

她们的亢奋在副歌中达到顶峰:

  燕子们住在阁楼里
  小燕子和妈妈在一起
  她相信生活充满欢乐
  燕子们住在阁楼里

  那首民谣共有六段长长的歌词,那太太和先生几乎忍不住要笑出来,可怜的英格被抛弃了,还要拖那么长时间才能死掉。当她们终于唱完了,那位太太说:"真是一首优美的歌。现在跟我来,我让你们的钱包满一点儿。"可是艾斯特正唱得起劲儿,说什么也不想走。"我们还会唱好多首歌呢,"她热忱地说,向前跨了一步,自顾自唱起来:"在医院的一层楼上……""好好,很不错,"那男人说,突然不笑了,"可是现在,赶紧走人吧。"那小个子太太用涂了红指甲油的柔软小手小心地碰了碰艾斯特的胳膊。艾斯特脸红了,因为她完全像是鼓足勇气不得不触碰一只大老鼠一样。可现在她根本不可能走,她要把麻醉先从体内驱逐出去。刚才多好啊,富足在此刻给她披上暖和的斗篷,外面等待她的是二月的严寒和对黑暗的恐惧。丽莎拉拉她的方格皱纹纸裙子,说:"来,艾斯特,咱们该回家了。"艾斯特推开她。"我还会唱好多歌。"她固执地重复说道,她的心猛烈地跳动,并不明白她为什么不能走。但是她肯定是想多了解一点儿这些人,她想对他们解释,向他们袒露她那小小的心怀。想知道他们是怎样成为现在样子的。眼里充满平静和欢笑。她想说:"喂喂,我可不是老鼠——在我的破袜子和可怜的面具后面,在我可怕的负疚感和破损的皱纹纸——那曾经是我妈妈的狂欢节服装——后面,一定有某种这样那样可以塑造成型的东西,这也许是可能的——"不过她并没有这样说,而是怯生生地小声说:"我还会唱好多歌。"那男人的目光变得严厉,那小个子太太显得不知所措。"现在我必须走。"她心中尚存的一切理智这样说道。但是她并没有动,而是向前跨出一步,摆好姿势,用颤抖的声音高声唱道:"图本和妈妈,住在农庄上,两人都……""你们赶紧走!"那男人喊道,一条带条纹的腿跨下床来。丽莎像闪电一样跑开,但艾斯特站立不动,她的脸色苍白。面具掉下来,她用迷蒙闪光的眼睛直视男人的脸。他狠狠地抓住她的胳膊,把她往那长长的走廊带。"出去,小家伙。"他说,把她放到门外。没等她回过神来,门又开了,那小个子太太把25欧尔的硬币放进她的钱包。"我们说的时候你们就应该走,"她小声说,"现在我丈夫生气了。"

丽莎早就跑得无影无踪。艾斯特慢慢地走下楼梯,她感到屈辱,肝肠寸断,她开始孤独而苦涩地明白,世界对她命运的无边冷漠。

## 十一

这条街上的孩子们玩过家家游戏。他们抓阄儿来决定谁来当爸爸,因为这是一个比较热门的角色。"喏,这里是你的饭,他爸,"小妈妈很明智地说,"赶紧上工去。""多谢,再见!"然后他就走掉,站在后楼梯上朝窗外喊,"是不是快到下工时间了?""孩子们"蹲在地上,弯起腿在妈妈的手边走路。"好好走,"她严厉地说,"哎呀,你又尿裤子了——上床睡觉去,没你的晚饭。现在等着,等你爸回来!"她又对那不开心的爸爸说:"现在你可以回家了。"于是这个小工人就拉下嘴角,弯下腰。"不好,今天是星期五,"那妈妈喊道,"你喝醉了。"于是他跌跌撞撞地走过院子,每走一步都要打一个嗝儿。"滚,小崽子们!"他说,挥手在想象的桌子上扫过,"你这是喂狗呢吗,婆娘,自个儿吃去……"

一个又一个真正的母亲泄气地听着这游戏,心想:"感谢上帝,我的孩子从来没见过他们的爸爸喝醉。"

确实,艾斯特和卡尔从来没有看见父亲喝醉。每天五点整,他把钥匙插进门,挂好他的短外套,摘掉油污的帽子,就拿着报纸在长沙发上躺下。艾斯特规规矩矩地坐在桌前做功课,从厨房里飘出饭菜的香味。有时候父亲会说:"喂,在学校里怎么样,守规矩吗?"她再守规矩不过了,可是成绩单足以做证。父亲每个月在成绩单上签字时都要长叹一声。"操行尚可,"他读道,别的分数他不感兴趣,"你到底为什么就不能守守规矩?"他不快地说。他有一个坚定的信念,此生的意义就在守规矩。他自己非常守规矩,始终如一坚持了三十多年,无须靠加薪的助力①,也得不到认可或任何形式的表彰鼓励,稳定而平静地守着规矩。他挣钱养家,他从不喝酒过量——一句话:他守规矩!

过了一会儿,卡尔穿着蓝色工装裤冲进来,经过一天的战斗,他脏得出奇,浅色头发里满是锯末,所有的指甲都镶上了悼念的黑框。他把头探进厨房。"妈,今天晚上咱们吃什么?"他问。"我饿坏了。"他把木鞋脱下来一脚踢得远远的。母亲拿着滚烫的煎锅进来,她努力伸长手臂,以免噼啪作响的油汁溅到脸上。她把肉饼分给大家,每人两个,父亲三个,再堆上土豆,能吃多少就堆多少。"有什么新闻吗?"父亲问,一边从锅里舀起浓稠的棕色酱汁。可是难得会有新闻,至少不是他乐于听的新闻。艾斯特打碎了一扇玻璃窗,母亲不得不压缩家用开支,卡尔又被保尔森太太看到在"人民之家"外面抽烟,并拿着绿包塞西尔给一群人递烟(他一定从中赚钱),这些都没什么可在饭桌上说的。于是他们就默默吃饭。自从托姆森小姐搬走后,母亲就一直闷闷不乐。再也没有欢笑,没有分享的小秘密,不再在两套房子之间跑进跑出。一点儿轻浮,用它欢快好奇的手指,轻轻触动了她生活的外缘。粗粝面包上的一点儿糖粉,她无懈可击的灰色市民生活中的一点儿轻松。这些都随风而去,留下她孤零零地和不曾受过诱惑的青春为伴。有些人

---

① 原文 lønpålæg,løn 是薪资,pålæg 本义是涂或放在面包片上的食物,如香肠、猪肝酱、奶酪、黄瓜、西红柿等。两个字拼在一起是"薪资作为装点"的意思。

如此奇怪地和岁月游戏，绕过它们，留住它们，那么晚才结束混乱。"这些孩子长得真快，简直不懂。"曾经她把孩子们抱在怀里，她自己也年轻而活泼开朗。现在他们坐在那里，对她来说显得太大，太陌生，目光中带着反抗和威胁，表现出旭日初升时分的独立思想。她已经完全不再是自己了吗？她已经完全不再为自己而生活了吗？艰难的日子很快就要来临，熄灭她眼里的光芒，将目光转向咖啡杯、洗衣盆，转向孩子们和家长里短。让她成为艾斯特盼望已久而又如此难为的角色，一个保护幼崽的母兽。让她发胖而温暖，像抱窝的母鸡一样，在走廊里挺出巨大的乳房……

卡尔发生了奇怪的变化。他和艾斯特一样在非基督徒的道路上奔跑，他说话的声音沙哑而含混，活像老酒鬼，用许多诅咒发誓来修饰用语。晚上，他站在"人民之家"门外，对哥们儿指手画脚，老远就能听见他刺耳的笑声，重复着单调的句子："你疯了是怎么着——这姑娘真他妈的漂亮——赶明儿拍她个满脸花。"他进步到每句话都用"喂，哥们儿"开始，即便他是对母亲说话。父亲有时候会和他谈政治，于是他们俩都变得异常亢奋，尽管他们意见一致，也没有别人对他们提出异议。"斯陶宁时期①之前我们每昼夜工作十四小时，"父亲愤愤地说，"现在实行了八小时工

---

① 斯陶宁（Thorvald August Marinus Stauning，1873—1942），丹麦社会民主党政治家。他原是烟草工人和工联主义者，曾两度出任首相（1924—1926，1929—1942），两个任期共计十五年九个月，是君主专制结束后任期最长的政府首脑之一，仅次于埃斯特鲁普（J.B.S. Estrup）的十九年零两个月。斯陶宁首届政府的重大改革计划在议会受阻，并被迫于1926年辞职。1929年再次当选后，提出削减军事开支、改革国家刑法等措施，很快得到支持。此处的"斯陶宁时期"当指他的第二个任期。

作制,你现在享受现成的,但那是斗争得来的……"关于"享受"现在已经说了不少。可跟刻薄的师傅和无缘无故扇他耳光的那些出了师的师兄们在一起,这样的一天已经够长了。卡尔在无公道可言的环境中受着奇耻大辱,变得愤世嫉俗,尽管有斯陶宁、社会民主党和八小时工作制。在车间里,他受人欺负和嘲笑,因为他才16岁,笨手笨脚。师兄们对自己的学徒期还有着新鲜的记忆,这小子凭什么要过得比他们当年好?师傅并不打人,但眼里充满鄙视,当他做错了什么事情,他会一言不发将工具从他手里拿走,罚他站在那里,怀着被摧毁的心灵,空着两只笨拙的大手,在空气中无助地互相搓着。只有在回到家所在的这条街上,他才恢复原状,抬头挺胸,贪婪地呼吸着辛辣的家常空气。高声呼喊,说江湖黑话,吹牛皮,编瞎话,只为了盖过那每天从上工开始,临近下工才慢慢减轻的、无望的、令人窒息的厌恶感。他的生活太逼仄了,生活一把扼住他的喉咙,让他动弹不得。父亲没完没了地说过去多么坏,现在多么好,他毫无办法。他觉得现在一点儿也不好:他要斗争,要成立自己的政党,打出一面血红的旗帜高高飘扬。他在"人民之家"门前实施自己的计划,迷茫而激越地挥舞手臂打着手势。至于宗旨嘛,却并不清楚,只有一点坚持不动摇:学徒工的条件必须得到明显改善。他需要一个地方来施展拳脚,呼喊,唱歌,并有人给他打气,于是他报名参加了丹麦社会民主党青年团①,让父亲大为满意。此外他还在高度保密的情况下写诗,一想到会被哪个哥们儿发现就吓得

---

① 原文 D.S.U. 是 Danmarks Socialdemokratiske Ungdom 的缩写,是成立于 1919 年的政治组织,与社会民主党有密切关系,侧重关注青年相关问题。

要死。深夜在不合法的明火照射下,他涂写着滚烫的幼稚句子,有时候押韵,有时候不押韵。复仇和爱恋是他的两个主要命题。在情诗中他扮演着伟大的征服者。其中一首的开头是这样的:"我猛扑过来亲吻你的脖子……"——但他想的却并不是奥尔加,那个说话粗声粗气、两只圆眼睛、挺出跳动胸脯的奥尔加——而是一个不确定的女孩,活在每一个男孩梦中的那个美丽而不可企及的女孩,对一个16岁的男孩来说,她永远是那么令人神往而又遥远得令人绝望。

为了放这些诗作和其他秘密物品——奥尔加的坚信礼照、香烟,还有从一位师兄那里得来的法国明信片[①]——他迫切地需要一个上锁的抽屉。为了这事他在一天晚饭后和父母发生了争执。"好,你要收在抽屉里的那些东西,"母亲不耐烦地说,"就放在五斗柜最上面的抽屉里或者缝纫台的抽屉里好了。我一定不去翻看。""我们也许有能上锁的抽屉?"他问。父亲说话了:"都是该死的胡思乱想,没门儿。到头来你还要自个儿的房间吧?"

但卡尔不肯放弃,他认为这里有太多生死攸关的事情。他并不能对自己完全解释清楚,他迫切需要一个小小的、只有他一人可以进入的地方,不然就快活不下去了。"那好,"他乞求道,"给我一把五斗柜抽屉的钥匙总可以吧?"但父亲转身面向墙壁,表示谈话结束。卡尔狠狠地跺着地板,眼里发射出恶毒仇恨的光芒。"这也不行那也不行,"他咬牙切齿地吼道,"我什么权利都没有!""你要求太多了,"母亲尖刻地说,她正在给他熨星期天穿的衬衫,"你以为,让你当学徒很容易吗?光衣服就磨破多少!"父亲回转身,

---

① 指色情画片。

突然以他独有的方式被激怒了:"你可以不再做学徒,去找个跑腿的活儿,"他喊道,"哼!让你有朝一日能养家糊口,就得到这个!"可是卡尔不觉得养家糊口应该是值得付出整个青年时代的宏大目标,于是他乘机抓住机会。"一言为定,"他冷冷地说,已经看到了地平线上一丝金色的希望,"我礼拜五就搬出去,找个跑腿的活儿。"

"不许走!"父亲喊道,跳起来拍着桌子,震得吊灯摇摇欲坠。地平线上的希望消失了,卡尔又看到师傅的沉默、鄙视的目光,听到师兄们嘲讽的笑声,他感到咽喉又被扼紧了。"你们等着,等满了18岁就全还给你们!"他小声痛苦地说,跑出起居室跑进睡房,艾斯特不幸至极地正坐在行军床上做功课,一边用一只耳朵提心吊胆地听着起居室里的吵架。"啊,你坐在这儿,想一个人躲个清净也不行。"他恶狠狠地瞪着她,突然双手猛地一拍,纵身跳到父母的大床上——听上去那么古怪,那么不可思议,艾斯特一开始以为他在笑,在为一件什么事乐不可支——其实那整个细瘦的男孩躯体都在压抑的抽泣中颤抖,他发出的怒吼被红色条纹的被子掩盖了。父亲打开门,一言不发站在门槛上。他的眼里闪过一丝温柔、吃惊和惭愧。他向那男孩迈了一步,似乎想去抚摸他那乱蓬蓬向四面八方伸开的淡金色头发,说几句安慰的话——但是没有,他只是迷茫地对艾斯特说:"你为什么总是坐在这里,太冷了。"恼火的、完全平常的声音。

但是在起居室里,他恼火地清清嗓子,对母亲说:"你去给他找一把抽屉的钥匙——让他闹得跟要命似的。"

而且看起来闹得更凶也是有可能的。

# 十二

保尔森太太改了名字。有那么一天,那块旧的陶瓷名牌从她的门上消失了,换上一块闪亮的黄铜牌子,上面是花里胡哨的字体:B.斯蒂安纳戴尔。就在那一天,四楼的伊琳娜对她行深深的屈膝礼,用讨喜的声音说:"日安,保尔森太太!"可是那曾经的保尔森太太一巴掌扇到她脸上说:"我现在叫斯蒂安纳戴尔太太,小伊琳娜,记住了?喏,给你5欧尔,说,我叫什么名字?""斯蒂安纳戴尔太太。"伊琳娜乖乖地重复说道,心里快要笑死了,因为卡拉和丽莎正站在楼梯的下层听着。后来这就变成了孩子们的游戏,他们跟在她身后喊"保尔森太太,保尔森太太",她想抓,可他们都高声喊叫着跑得没影儿了。

孩子们终于还是对她行了屈膝礼,在楼梯上遇见她时说:"日安,斯蒂安纳戴尔太太,小盖尔达好吗?"她马上喜笑颜开,5欧尔几乎是自动地从她的提包里跳出来。此外,她经常在楼梯上与某人说悄悄话。她把送煤气罐的工人请进家门,给他灌下一杯咖啡,抽取各套公寓的内部情况以及任何他在履行职务时获取的情报。她和邮差、送牛奶的男孩——嗯,还有失业者套近乎,即便他们并不情愿,嗳嗫着在给过他们帮助的人家门口做上记号。她要先对他们进行最尖锐的审问,然后他们才有资格从她手里得到那枚小小的硬币。她给钱的架势活像是范德比尔特家族①的成员让金币落入那谦卑地伸出的手。

众所周知,伊琳娜的父亲是个酒鬼,打老婆,也打孩子。伊琳娜是家里四个面色苍白的孩子当中最大的一个,她得到了前保尔森太太的特别宠爱。她站在门背后,准备好,一听见这孩子下楼来,马上用笑脸迎上去,让她进门来喝咖啡,并赞美盖尔达。伊琳娜毫无顾忌地接受了。她规规矩矩地坐着,在这间考究的客厅里随心所欲地滔滔不绝,享受着温暖和吞食大量蛋糕的快乐。她不像艾斯特那样害怕大人。她穷,总是吃不饱,于是所有人都可怜她,还有点儿宠她。她是"可怜的伊琳娜",有个酒鬼爸爸和忍气吞声的妈妈。衣服上的破洞敞开着,没有好歹缝上的补丁,没有骄傲,没有幻想。伤害她是不可能的,因为她清楚地知道自己的地位,并且懂得如何从中获取好处。斯蒂安纳戴尔太太狡黠的目光钻进她那倔强无感的眼睛,可能在那里发现了某种亲和性或者感觉到一种她正需要的腐化开端。伊琳娜像大人一样说长道短,她出卖家中情况的一切细节,丝毫不感到羞耻,也毫无愧意。她没有别的东西可以用来换取一个能够忍受的生活,只有用自己的悲惨。在学校里,她心平气和地接受别人吃剩的午餐——甚至有这样的情况,某个自命不凡的家伙为她带来一双鞋,让她换掉那双不分冬夏穿着、破洞不断向四面八方扩大的鞋子,说是她妈妈送给"可怜的伊琳娜"的!

① 范德比尔特家族,又译范德堡家族(Vanderbilt),是一个原本生活在荷兰、兴起于镀金时代的美国家族。他们的财富最早来自由康内留斯·范德比尔特创建的航运与铁路运输帝国,慢慢拓展到其他诸多领域。

实际上，也是伊琳娜向保尔森太太提供了关于托姆森小姐的关键情报，让她掌握了证据并采取行动。从来没有人在晚上催她上床睡觉，为此她内心嫉妒其他孩子。当托姆森小姐和她的伴侣走出汽车打开大门时，他们太专注于彼此，而没有注意到，黑暗中有一张小小的、苍白的面孔，正在好奇地看着他们。

黑夜作为邪恶的动物不只降临到艾斯特一个人身上。它爬过这条街道，用冰冷黏滑的手指攀爬上屋墙，潜入睡房俯视着沉睡的面庞。有时候它的声音是柔和哀怨的，呼唤着纯真心灵中得不到满足的渴望。这些渴望醒来，晕眩，然后被黑暗吞没。但是那些遭受不公和羞辱的渴望向黑夜展露出本来面目，它们不需要对黑夜掩饰仇恨，它们走入黑暗，因匮乏而坚强，因萌发中的邪恶冷酷而不幸。

伊琳娜这个孩子睡在行军床上，她张开嘴呼吸，发出轻微的鼾声。一只手紧紧抓着一点儿面包皮。她没有吃晚饭就上了床，但她从放陈面包的盒子里顺手拿走一块，正享用着就睡着了。五个人的呼吸让房间里透不过气来。三个孩子睡在母亲的大床上，他们在睡梦中感冒流鼻涕，蠕动着接近母亲那温暖汗湿的身体。突然，门开了，踉踉跄跄的脚步声走近。令人窒息的烧酒气味让伊琳娜透不出气，她醒了，一只大手按在她嘴上，一个含混不清的声音对她耳语："嘘——纯洁的姑娘，是爸爸来给你道晚安。"伊琳娜推开他的手，在床上坐起来。"你喝醉了，"她没有睡醒，"让我睡觉。妈在哪儿？"但是他把胡子拉碴的脸凑过来，用湿漉漉、发臭的嘴在她小小的、发怒的嘴上印了几个吻。她完全醒了，用能让母亲听到的高声说："滚，你这醉鬼蠢猪，别惹我！"瘦小的她挺直坐在床上，无所畏惧。那个男人勃然大怒,他的指甲掐进她那瘦弱的肩膀撼着,让她喘不过气来。当她的哭泣被可怕的酒气吞没时,她害怕了。她想用手自卫,但是两只手都被多毛的巨爪紧紧抓住弯到背后。他没有真的对她做什么可能受到惩罚的事。而这也是她感到害怕的第一次,也是唯一一次。后来,她会在晚间乖乖地投入他的怀抱。"爸爸,给我25欧尔,好吗?"她甜甜地问,他满足了她的要求,他惊呆了,清醒着,眼睛不看她。

11岁的她有一张狡猾的、老气横秋的脸,眼睛会急速地做出估价。再也没有人能够伤害她。

## 十三

一切都随着那次顺手牵羊戛然而止。一天，丽莎做了一件大师之作，她"顺"了一整瓶橘子酱，藏在外套里带走，和艾斯特一起吃到肚子疼。她们撑得实在吃不下了，就把剩下的果酱扔进垃圾箱。垃圾箱已经装满了，盖不上盖子。她们就跳上去坐在盖子上。那是五月初炎热的一天。艾伦和卡拉坐在门口台阶上交换装饰大头针，伊琳娜和盖尔达玩球。也就是说，她借了盖尔达的球来玩，那小丫头手指含在嘴里，站在一边看着。

丽莎说："总是让我来劈木头①，没什么意思。"

"销赃的跟做贼的一样，缺谁也不行。"艾斯特飞快地说，忽然害怕了。

"话是这么说，你也多少干点儿呀。"

"好，"艾斯特慌慌张张地说，她明白这要求是完全合理的，"下次我来，可那得是在一个不认识咱们的地方。"

她们一直走到林荫南路，选中了一家看上去很冷清的乳品店。

"等等。"艾斯特一把扯住丽莎，第一百二十七次练习说"您有泡泡糖吗？"这句话。那是一种每根5欧尔的胶糖，

---

① 即干费力气的活儿。

新近被禁止售卖了，所以要这种糖毫无风险。丽莎轻轻地推门踏进店堂，身后拉长的影子很可能就是她自己沉睡的良心。店堂里空无一人，通往后面的那扇门上没有玻璃窗。柜台上一只碗里装满了25欧尔一根的巧克力棒，包在红红绿绿的锡纸里。艾斯特盯着这些巧克力，紧张得脸色苍白，手心冒冷汗。她举起手，又被无名的力量拉了回来。她从头到脚浑身颤抖着。"快点儿呀。"丽莎小声说，眼珠紧紧地盯着后门。那只不愿意偷东西的手抬起来抓住几根在眼前跳动的红红绿绿，整个碗翻到柜台后面。"笨蛋。"丽莎小声说，转身跑了，就在这个时候，后门突然打开，一个穿白色衣服的太太跑出来，她看见艾斯特像盐柱一样僵立着，手里高高举着一根巧克力，不由得惊呆了。"这是什么意思，"她说，"你来这儿干吗，想买巧克力吗？看，碗都摔碎了。"她弯腰去捡碎片，艾斯特不知所措地站在那里，她身边的世界竟然并没有崩塌。她热烈地渴望世界的末日，可此时此地，她感到的只有耻辱，可怕的、无边无涯的耻辱，比她以前经历过的任何耻辱都更糟糕。刺激和冒险都不见了，她只不过是一个被当场抓获的、可鄙的普通小偷。

这位太太的气基本消了。"你至少应该赔个不是，"她抱怨道，"这么大的个子，笨手笨脚的。"当她收拾好碎玻璃出去时，艾斯特才恢复镇定，慢慢挪动脚步走出店门。"小偷，"她喃喃自语着，"我是个小偷！"父母的所有清白正直都从她心中暗藏的源头涌流而出。他们对欠别人情的担忧，他们对每一笔还款的守时。对，她伤害的是他们。不是那位损失了一只玻璃碗的白衣太太，而是父母和她从父母那里继承下来的一切——无望的诚实。

她走到林荫南路和恩格花园路交会的地方，才看见丽莎站在那里笑，笑出了眼泪。"呃，你真是个大笨蛋，她怎么说？为什么不快跑？嘿，你还拿着巧克力呢啊？"艾斯特这时才发现，她原来是拿着那根包绿色锡纸的巧克力棒走出来的。"去他的，我都让你吓傻了。咱们到公园那边去把它吃了吧？"

"你还真想吃啊？"艾斯特满心的厌恶。"我觉得应该把它扔到一棵树底下去。"

"我问你，没疯了吧？你已经把它'顺'出来了呀。"

"丽莎你说得对，可咱们以后再也不干了，好吗？"

"为什么呀？"丽莎不解地望着艾斯特。"以后还是我来，你不用害怕。"

到了公园里，她笑着在艾斯特眼前吃那块巧克力，并且把吃剩的在她鼻子下面晃，试图诱惑她咬一口。但是艾斯特的内心最深处在颤抖。她不过是个被抓住的小偷，她还没有走出这心境。想法并不那么糟糕，理论上她和丽莎一样调皮捣蛋，无忧无虑，但是这次不一样，里面有一种以前不知道的东西。在她内心深处有一种最高、最艰难的东西，她并不愿意知道，却仍然跟随了她一生。

从那以后，她们不再做那小小的快乐远征。丽莎不愿意单独干，而当艾斯特被母亲派上街去时，总是发出不必要的声音冲进店铺。如果店员还是要等一会儿才来，她就离柜台远远地站着，翻起白眼看着天花板，脸红到脖子根儿。当女店员来了，她需要努力控制自己才不会把口袋翻出来让她看，里面并没有赃物。

然而也不能否认，丽莎开始觉得她变得令人讨厌的循规蹈矩。

## 十四

艾斯特要到乡下去过暑假。在一年一度的全校量身高体重时,校医发现她体重不足,所以她就被列在第一批学生名单上,送到愿意接待假期儿童的好人家去。母亲把这件事视为奇耻大辱,不是送她下乡,而是体重不足。"我不懂怎么会这样,"她对父亲说,"他们从来就是想吃多少就吃多少。"于是她开始给艾斯特补炒鸡蛋、黑麦粥和全脂奶,可惜还有跟蓖麻油一样难吃的鱼肝油。只要母亲不站在面前看她吃下去,她就会让鱼肝油直接消失在下水道里,以免水池里漂浮旋转的油珠让母亲发现。她在班里的威信提高了一点儿,因体重不足而显得弱小又有趣。可南希被查出了肺结核,必须住半年疗养院,却让她出了更大的风头。不怕传染玩命做她的闺蜜成为时髦。艾斯特在极其秘密的情况下偷偷舔她的蘸水笔杆,一有机会就尽可能凑近她的脸,因为她渴望也染上肺结核,这样就可以住进疗养院,校医室墙上挂的那张照片上疗养院简直美得像宫堡一样。然而无济于事,她没有本事制造出体重不足之外的东西,而且应该为此而高兴。

暑假快到了。母亲拆洗缝补熨烫忙得不可开交,为了让艾斯特出发时能穿得得体。她还得到一双新的扣襻儿鞋和一只红色的蝴蝶结。至于她自己,也像在一切庄严隆重的场合一样将期待提高到无限。关于"乡村"她只有一个模糊而混乱的概念。她觉得应该是一个和南田公园①差不多的地方,她曾跟父母和卡尔星期天带着装在鞋盒子里的食物去过,那是一个有花有树、可以躺在草地上一整天对天空发愣的地方。美丽的孩子们晒得黑黑的,四处奔跑,玩闪闪发光的皮球——从某一座小白房子里走出一位慈祥的老奶奶,手里端着咖啡托盘,上面堆满蛋糕和油酥面包。

那一天终于来到了。星期天清晨六点,父母和卡尔带着她去火车站乘坐暑期儿童专列。卡尔还没有睡醒,为被早早叫起来而恼火着。他穿着已经太小了的坚信礼的礼服,细瘦的手腕从衣袖中伸出来,裤脚只到小腿。艾斯特打扮得漂漂亮亮,一本正经地站着,手臂挽着母亲的手臂。她环顾四周,别的孩子也一模一样的正经,也打扮得漂漂亮亮。她手臂下夹着获准借用的母亲的黑漆皮包,里面有车票,她将在南日德兰借住人家的地址和装着1克朗的钱包,她答应一定不乱花。最近一段时间的加紧催肥产生了效果。米色草帽边缘下的面颊鼓出来,她无论如何也不像自己想象中的那个体重不足的小可怜儿!"赶紧上车吧,你可以坐到靠窗口的位子。"母亲说。开车的汽笛拉响了。"再见!再见!"家长们沿着月台奔跑,手里挥舞着白手绢儿。在最后一刻,父亲把一杯冰激凌塞到艾斯特手里。她把整个上半身探出车窗挥手呀,挥手。直到她完全看不见家人了才坐下来,她这才发现,别的孩子看上去也跟自己一样害羞,一样不安。她从窗口看见巨大的"南田公园",遍地是名叫庄稼的金色草,我们的面包就是从这里来的。这是坐她对

---

① 南田公园(Søndermarken),今腓特烈山区内的公园,故事发生时的1930年代尚在哥本哈根郊外。

面一个流着鼻涕的兔唇男孩告诉她的。在另一些地里长着真正的草,成群的牛和马在那里徜徉,谢天谢地,它们干不了别的,只会转身瞪眼看看火车开过。一些牛马受了惊,戴着笼头四处乱跑。全车厢都笑得前仰后合。孩子们都忘了他们是从哪里来,又是向哪里去。他们被行进中的火车摇到一起,说着闲话,互相比较饭盒、衣服和老师。艾斯特很开心。这里没有人知道,她与众不同,很快就连特别也不再是了。只是当他们要在考索尔①下车的时候,她其实并不敢,但却一定要表示,她敢在车停稳前跳下。她挤到车厢门口,大喊一声,眼睛死盯着地面跳下车,一屁股坐到月台上,别的孩子欢呼叫好,司机开骂。

新结交的小伙伴们渐渐散去。一个要去菲英岛②,一个要去里伯③,还有一个要去尤里斯敏德,④最后只剩下艾斯特一个人疲惫不堪地踏上纵贯日德兰半岛的南下之旅。草帽鼓出来一块,头发乱蓬蓬的,梳子当然在事先托运的箱子里,那双漂亮的新扣襻儿鞋不知为什么沾满灰尘。她在小小的南日德兰火车站下车时看上去可怜巴巴的,来接她的是一个身材高大、满脸络腮胡子的男人,他站在马车边,跟她说了好多话,可她一句也听不懂。她困得睁不开眼,稀里糊涂地踏进一间厨房,里面有一个矮胖的大妈,个子还没有艾斯特高,她握着她的手摇晃着说:"你个子长得倒真挺高

---

① 考索尔(Korsør),西兰岛西南最西一角处的城市,今属大贝尔特地区。
② 菲英岛(Fyn),丹麦第三大岛,安徒生就出生在菲英岛上的欧登塞。
③ 里伯(Ribe),在日德兰半岛西南部,丹麦最古老的商业重镇。
④ 尤里斯敏德(Juelsminde),日德兰半岛东岸的度假海港城市。

的,不过还是欢迎你来这里做客。"她端来煎鸡蛋和黑面包摆在她面前,她真的饿坏了,狼吞虎咽地吃了下去。可一切还是那么陌生而沉闷。铺方格油布的桌子上放着一盏油灯,抓捕苍蝇的玻璃瓶从天花板吊下来正在她头顶,里面装满已死、半死和垂死挣扎着的苍蝇。厨房里有一种奇怪的气味,她说不出这气味好闻还是不好闻,反正和家里完全不一样。什么都跟家里不一样,她一言不发地吃着,既伤心又失望。不过她还是想起来答应过母亲要写信,于是讨要笔和纸。大妈给她拿来,还和气地说了许多话,可她一点儿也听不懂,像是外国话。然后她就到炉台那儿忙活去了,艾斯特开始写信:"亲爱的爸爸、妈妈和卡尔:我已经平安到达。这座农庄上有一位大妈。我刚吃了煎鸡蛋。这里有一股奇怪的味儿。我听不懂他们说的话。爱的问候。艾斯特。"一会儿,她就躺在客房里,裹进香喷喷的白色床单,头埋进枕头里哭泣起来。她想家了。第二天早上,她被介绍给这家唯一的孩子,一个和她同岁的残疾女孩。她摇着轮椅转来转去,有着高超的操纵技巧,用嘶哑的声音发布向左向右的命令。人人都听她调遣:父亲,母亲,还有那个话不多、手提叮当作响的牛奶桶、穿木鞋在场院里走来走去的伙计。对了,就连那只名叫米夫的猫也会在她身边打扮一番。艾斯特应该和她一起玩,这位母亲耐心细致地安排了这样一种游戏:当一个参加者摇动轮椅时,另一个两条腿完好的参加者可以绕着她跑。残疾女孩的名字叫玛尔塔,她的毛病还包括眼睛总是在不停地转动。艾斯特真恨不得把她的眼皮拉下来夹住,让那两只眼睛安静。她甚至在想,不知道她睡觉的时候那两只眼睛是不是能停止转动。跟她玩并不容易,一来她说的话比大人说的还难懂,二来艾斯特必须装,譬如她们玩捉迷藏的话,她明明看见花园里红色的醋栗丛中伸出一个轮子,也必须装作没看见赶紧躲开,站到玛尔塔能摇着轮椅追上的地方,手拍着树喊道:"我赢了!""就应该这样,"大妈对她解释过,"这样才能让那可怜的孩子快乐。"但艾斯特却觉得不再好玩了。

只有在清晨她才有一点儿安宁,可以在玛尔塔醒来之前独自出去走走。草场上小牛们叉开腿站着,闪动着湿润忧郁的眼睛。她不怕走近它们。她小心地拍打小牛,顺着背抚摸到它柔软的口鼻。"哦,多么可爱的牛犊儿!"她躺在草地上,小心不弄脏裙衫,望着无边的蓝天。她离开那些可怕的牛和马远远地躺下,可还是马上大叫一声跳了起来,因为有一只蜘蛛或者不过是一只小小的瓢虫从她的腿上爬过。另一天,她朝乡间路上跑去,跑过阳光下闪着白光的茅草屋和庄园。她跑去迎接邮差,有给她的信,她坐在水渠边上用颤抖的手打开。"亲爱的艾斯特,你的信收到了(她每隔一天都写信),我们大家都很好。卡尔今天晚上要去奥斯卡那里。他们有一种青年团体。今天晚饭我们吃的是你喜欢的米粥配杏子。不过你在那里一定有更好的东西吃,这样你回家的时候一定更强壮。爸爸这个星期上夜班,我要代他问你好。穿裙衫的时候要小心,别每天穿那件天蓝色的。爱的问候。妈妈。"

她穿的当然恰恰是那件天蓝色的,因为她有生以来第一次可以自己决定穿什么。太阳消失了,天空和绿草也消失了——那混合着泥土和粪便气息的风——连那些有着温柔目光的小牛她也看不见了。从那灰色的牛皮纸上升起熟悉的家的气息,逼仄的起居室和尘土飞扬的街道,工厂的浓烟和焦油沥青。她看见他们在家里坐在桌边,《社会民主党人》报作桌布，三只盘子里盛满颤巍巍的米粥，上面撒着肉桂粉，中间的圆洞里满是人造奶油。哦，回家去！热泪在眼眶里燃烧，一切都在闪烁。她熟悉胸中这种刺痛的空虚，当她收到信时就会出现，而更糟糕的是在收不到信的时候。那时她会想象最可怕的事情。父亲在工厂里受了伤，卡尔从自行车上摔下来，或者他像经常威胁过的那样真的把师傅杀了，然后在监狱里度过余生。而她坐在这里，几百里之外的地方，得不到消息，可能永远见不到他们了，也不再有机会告诉他们自己后悔的一切，今后一定改。——她对着信发出救命的呼喊：你们为什么不告诉我出了什么事？

"你上哪儿溜达去啦？"玛尔塔尖锐嘶哑的声音可以跟没上油的轮椅转动声比拼。"来跟我玩！"她同时转动着那双可怜的眼睛，让艾斯特不由得想起丽莎那双小小的灰色眼睛，她笑的时候睫毛下的眼睛总是水汪汪的。她不在的时候什么事都可能会发生！丽莎会忘掉她，去跟一直磨磨蹭蹭追着她的卡拉交朋友。也许她病了，发高烧说胡话，拉开那灰色的抽纱窗帘朝五楼上看，而艾斯特却可怕地遇阻不能现身。——哦，不可挽回的事情会发生的。这条街道在呼唤她。街上的喧嚣通过沿着道路的电报线在风中微颤的嗡嗡声传达到她那里。

她终于在回家的路上，她的向往在火车前面飞奔。思绪飞溅，像落在街石上的欢快雨滴。嘀嘀，嗒嗒——"小小咖啡馆"的门口还亮着蓝灯吗？她不在的这段时间里警察又到过"死猪肉店"吗？男孩们还在"人民之家"门前说黑话吗？所有的房子都还立在原来的地方吗？——绿色大门的17号，后面总是有啤酒的气味和那些酒馆关门后在这里继续喝的男人身上散发出的别的气味。美男子路德维希还在摇晃着他巨大的脑袋走来走去吗？她想念所有这一切，就像人想念自己哪怕是不成功的孩子。她痛苦而不可救药地爱这一切，就像南日德兰那家人爱他们残疾的孩子玛尔塔。

  在火车站，是母亲站在那里。她头戴草帽，手拿阳伞，那么美丽苗条，面颊鲜红。艾斯特没有搂住她的脖子，她也没有亲吻艾斯特的面颊。不过她说："哟，你晒得真黑！"艾斯特说："今天晚上咱们吃什么？"她的声音沙哑，把手臂伸进母亲的臂弯里。

## 十五

艾斯特长呀长。当艾芙琳娜姨妈,母亲那个嫁给鞋匠师傅的姐妹,带着三个吵吵闹闹的红头发表兄弟来做客时,总是喜出望外地颤声说:"上帝啊,艾斯特,已经长这么高了,什么时候才是个头啊?"——不错,什么时候才是头——没人知道。坚信礼近了,毕业礼也近了。还有别的那么多没人知道是什么的事情都近了。空气中飘荡着变化,一种不安、不好的变化。别人也感觉到了,但欢呼着迎接它。

卡尔痛苦地拖过艰难的岁月,他目不转睛地瞄准着一个幸福的、全面胜利的人生,出师找到工作,也许成为师傅,有自己的工厂和学徒,那些可以对他们进行出其不意的嘲笑,几乎逼他们发疯崩溃的学徒。

奥尔加现在已经17岁,她不再朝学徒们的方向看,她和一个大兵出去,每天晚上钟敲十点时回到吵吵闹闹的家。她用年轻、强壮的双腿站立,扭动屁股,眼中含着梦想,计算着日子,她很快就要满18岁,甜美的18岁一满,谁也无权阻止她在十点以后继续爱她的大兵。12岁的小伊琳娜的成长和丽莎一样停顿了,她会突然出现在一切地方,一切时间,只要附近有雄性动物。她不再玩,只是一言不发懒洋洋地站着,打着哈欠看别人玩装饰大头针、跳房子和打球。她已经最喜欢黑暗,斯蒂安纳戴尔太太不再请她进门做客,出于为盖尔达的考虑。

爱伦已经行过坚信礼,她穿着次日礼服①,歪戴帽子,踏着高跟鞋在街上欢蹦乱跳地跑来跑去,体验胸部变得令人讨厌的绷紧和双腿成长的力量。她挤进了垃圾箱旁特权的一群,她们在一天的劳累后聚集在这里,带着工厂里憋出的苍白、牙缝里的晚餐和眼中的饥饿。她们容忍她,因为只要是女孩就不能抵抗丝袜和漂亮裙衫的诱惑。可她们并不喜欢她。她只是歪嘴站在那里,把她们的小故事吞下去,而没有一点儿要提供回报的迹象。只有当话题是衣服的时候,她才精神抖擞起来,骄傲地展示衣裙上她自己缝的细密针脚。她没有工作,只帮助母亲。有时候她会走进自己的"房间",窗户是朝院子开的,她坐在窗边让所有人看见她在缝衣服,在没放稳的旧铁床上费尽心机保持平衡。铁床是和别的许多破烂一起扔到这间极其奢侈的空房间里的。她用鼻子嗅着新鲜诱人的空气,没有向往,没有欲念,因没有能力做不一样的人而贤淑。如果忽略那歪嘴,她就很漂亮。棕色的眼睛水汪汪的,还放射出一丝光芒。

丽莎现在一起玩得最多的是卡拉。艾斯特受不了这个卡拉。她长着淡黄头发,满脸雀斑,一双愚蠢的大眼睛,蓝色的,没有眼睫毛,和尼尔森太太的所有淡黄色系后代一样。——丽莎还只是一个孩子,她最后厌倦了艾斯特眼中那不断增长的忧伤。"唉,她变得没劲透了。"她对卡拉说。

---

① 次日礼服(andendags-frakke/kjole/tøj),在坚信礼或成年礼次日穿的礼服。丹麦、德国等国家的风俗,青少年在坚信礼或成年礼的次日(通常是星期一)结伴进城去玩,那天穿得不那么正式的新衣服,称为"次日礼服"。

丽莎教卡拉做出格而危险的事情，因她内心的隐秘力量和刀枪不入的坚强，很快就让卡拉成为她言听计从的忠实走狗。并不是因为她具备某种统治者本能——她那无忧无虑的性格，不论走到哪里都让每一个人感到完全安全。她的父母都在嘉士伯啤酒厂工作，不把每天三十瓶的啤酒配额喝光就不舒服。所以，星期天就是没有啤酒的可怕一天，丽莎可以感觉到。老账都被翻出来，在阳光下再算一遍。当母亲的拳头毫不留情地落下时，孩子只是闭紧眼睛躬起背，大声地回骂。然后她就不再殴打，无声地消失在厨房门后，迅速吞下一块肉饼或者一坨面包。她不回头看，不记仇。甜美的心形小嘴天真地微张着，让那里出来的每一个誓言都表达得更可爱，更幼稚……

13岁的艾斯特坐在行军床上，心事重重地看着楼下院子里酸涩的情景：丽莎单薄的小小身形，她用手臂搂着卡拉的脖子，坐在自行车棚顶上晃着腿，要不就是大喊大叫着朝临街房的后楼梯跑，手里拿的帽子里装满点心渣，那是不会和艾斯特分享的……这时一阵沉重的巨大悲伤贯穿她的身心，她呜咽起来。灰色的天空益发灰暗，一连串无穷无尽的尘土飞扬，寂寞的平常日子滴落到她身上。"丽莎。"她喃喃地低语着，把头靠到冰凉的窗玻璃上。下面的二楼挂着破旧的抽纱窗帘，紧紧地拉着。没有小手轻轻地将窗帘分开，点上两支高高的白蜡烛。也没有那个熟悉可爱的身形在烛光下一本正经地打开她的百宝箱：一个娃娃、一块跳房子用的石头……她的生命中某种美好的、理所当然的东西，消失了。可见事情会变化和消失。没有什么是确定的,甚至友谊也只是人们愿意相信它才存在的东西。那些曾经有过的经验都到哪里去了?再也没有回来的一天吗?眼睛在燃烧,思绪漫无目的地随处飘荡。看来,在这个世界上快乐是再也不可能了。人生第一个"再也不"来临了。她不再像别人那样向往未来,而是奢望返回那美好、鲜活的日子。那时如此美好,其实只不过是因为已经消失了。

## 十六

这时发生了一些事情,让她忘掉丽莎,把她的生活一刀截断,变成崭新的、没有过去的生活。

年老的班主任约恩森小姐退休了,替换她的是一位比较年轻而时髦的新老师海尔堡小姐。她身材高挑,皮肤白皙,金发碧眼,一双大眼睛直视人们,对她此时此刻相关的那个人的命运来说事关重大而且值得担心。

七年级的女孩们有一个传统,相信能让她在第一节课上发现自己被非常狡猾的诡计所捉弄,点名时每个人报的都是同桌的名字。在一节课或者更长的时间里艾斯特·索伦森可以自称南希·奥戈尔,反过来也一样。南希有点儿犯嘀咕,因为她不是很清楚艾斯特会顶着她的名字干些什么,而全班的保障又恰恰在于都有错,谁都跑不了。年轻的女教师走进教室,她步履轻盈,带着灿烂的笑容。显然,她的基本原则之一是:永远用信任来对待孩子!"大家好,我的名字叫海尔堡,"她的声音很清晰,"现在让我们来互相认识一下。点名册呢?哦,就在这儿。"于是她开始高声点名,每叫一个名字都看着那个孩子,试图记住。女孩们用空洞的眼神追随着她,嘴角带着微笑。"让我看看,今天我们要上丹麦文课。你们学到哪儿了?好,第53页:最后的庆典。这首诗是谁写的?南希。"她对艾斯特点点头。此刻艾斯特正在南希的皮囊里蠕动,贫穷、顽皮而固执,还有虱子那件事的耻辱在头顶飘浮。她眯缝起眼睛,咬紧嘴唇,用南希那种伤风似的哥本哈根腔调说:"是德拉赫曼①写的!""说对了!请你把第一段读出来。"

艾斯特·索伦森离开座位在教室里游走,快乐地暂时脱颖而出,而南希·奥戈尔挣扎着读诗,磕磕绊绊地,领会了内容的艾斯特绝不会这样的。她无与伦比的调皮捣蛋让别的女孩乐不可支,而真正的南希则很生她的气,她应该把本事收敛一点儿。女教师听完朗读,在点名册上打分,这时候教室里传过一阵轻微的骚动。"怎么回事,第一堂课就打分呀?"完全不合习惯和算计!她们现在怎么办呢?当班长黛西·穆勒被让人瞧不起的伊尔莎·奥尔森冒充来解释第三段诗时,气球破了。她害怕地盯着又漂亮又笨的伊尔莎,她完全没有能力保护黛西的地位。伊尔莎舔了一下嘴唇,读道:"破晓时分,湖面是一个洞穴……"

"好,停一下,黛西,"海尔堡小姐热切地看着伊尔莎,"你认为,德拉赫曼说湖面是洞穴是什么意思?"全能的主啊!伊尔莎棕色的大眼睛像接受了催眠术似的看着老师的绿眼珠子。黑色的辫子像两条细长的蛇从肩上滑下,两根辫子之间雪白的大板牙在微开的嘴唇间闪光。海尔堡小姐的目光稍稍冷了一点儿,以示对学生一视同仁,不论她们外表有没有优势。"你不知道,好,但这也确实不容易解释。"她清清嗓子,躬身在讲台上双手互相紧握,热忱地开始那关于空洞的湖的冗长讲解,是那么难懂,几乎让人能听到德拉赫曼在坟墓中的呻吟。

---

① 霍尔格·德拉赫曼(Holger Drachmann,1846—1908):丹麦诗人、记者、作家和画家,北欧"现代突破"运动的领军人物之一。

"好,"她又回到假黛西,"请你告诉我什么是'破晓'?"伊尔莎茫然四顾,她不认识这个词,估计也永远不会用到它。她目瞪口呆,每一个不能从她口中出来的解释都让她显得更漂亮也更笨。这时候,黛西再也不能继续隐瞒身份了。她把手高高举到空中,没等得到许可就高声喊起来:"我知道,老师,意思是清晨。"

"没问你,伊尔莎。"老师严厉地说。顿时,黛西的眼泪夺眶而出,从圆圆的面颊滚下。"我不叫伊尔莎,"她放声大哭,"黛西是我。我们全都换了名字!"

这背叛性的揭发带来了一片死寂。其实,大部分人都松了一口气,当玩笑带来无法预计的后果时还是早些结束为好,再说,不论好坏都还是做自己最好。艾斯特感到有一只无形的手抚平了她脸上的南希特征,她自己的精神也从一个什么地方飞回来,长叹一声回到原来的皮囊里。现在做回自己,人必须带着自己度过一生。对自己的脸不满意也没用,它一旦被发给了你,请——你就得顶着它走来走去,直到那苦涩的终点。

年轻女教师的脸微微发红,但她控制住自己的愤怒,戴上温和的面具。她那么年轻,真的满怀好意。所以,她成功地笑出来说:"嗯,那真是个好主意,我应该能想到的。我自己上学的时候,我们也总是在第一堂课上开老师的玩笑。不过嘛,现在报给我真名字。"这堂课剩下的时间就用来第二次点名。这次是按字母顺序点名,艾斯特就成了最后一个①。当海尔堡小姐点到她时,意味深长地看着她,也许她看人都是这样,也可能是她的习惯。但艾斯特被这目光

---

① 艾斯特的姓"索伦森"(Sørensen)开始的 S 在字母表靠后的位置。

吸引住了，感到一种奇怪的、甜蜜的晕眩。一种新的、奇异的感觉突然让她忘掉了世上的一切。在这双清澈的绿色眼底有一种东西在召唤她，触动她，同时又让她痛苦。也许，她想，老师看出我和别人不一样。这是第一次出现的想法。她和别人不一样吗？确实不一样，她不如伊尔莎漂亮，不如黛西聪明好学，自然也不像另外几个那么笨——但也不可否认，大体上将她和同学们区别开的并不是优点。

　　她独自走回家，还绕了一点儿路。总的来说在最近的将来她宁愿独处。她非常幸福，然而却是以一种特别的、痛苦的方式。她在这些日子里失魂落魄地走来走去，头脑风暴呼啸着歌唱着：哦，这位海尔堡小姐！她会伤害她，她会大大地背叛她。她会领导全班伤害她，给她起闻所未闻的恶毒外号，让她像黑斯廷老师那样绝望。然后那双绿色的眼睛就会看着她，审视着，充满忧伤。也许她会说："艾斯特，你让我失望了，没想到你竟然会这样。"眼睛转入冷漠，直到艾斯特跪在地上祈求原谅，让一只柔软的手轻轻抚摸她的头发。

## 十七

爱情就是这样来到我们身上。不是作为自天而降的启示或奇迹，不是作为性的有意识或无意识的召唤，不是作为现代人与生命意志的相遇。它来得比我们敢于承认的要早。它自内心喷涌而出，准备好随时爆炸，势不可当，因为它出现在我们的精神处于最容易接受的状态之中的时刻。它来时戴着面具，扭曲着，捉弄着它的目标。张皇失措中我们把它叫作别的东西，并躲避它。然而，鲜红的血液在歌唱，街道在歌唱，一切都唱着那幽暗而简单的歌，将我们和儿童的纯真游戏分开。迷雾从这条街道上升起，让一切显得美丽而忧伤，就像泪水迷蒙的眼睛。灯火将光芒射向四方，让浓妆艳抹的姑娘变得美丽，也将阴影投到工人们的脸上，给他们的神情以生命和希望。即便是黄昏时分缓缓爬行的汽车，里面寻欢作乐的人和欢乐的牺牲品，也有了一层浪漫、神秘的幽光，好像握方向盘的是童话中的王子，而不是一个放纵的、胖胖的纳税人……

艾斯特的丹麦文成绩是"尚可"，别的科目也好不了多少。海尔堡小姐在成绩单上用她那大大的、好看的字体写着："艾斯特表现得有些注意力不集中，和同学相处也心不在焉。"她还和别的老师讨论过她突然退步的原因。她在这方面想得很多。一天，艾斯特表现得特别差，怎么也想不出一个好词。下课时她把她叫了回来,拿出那种对待困难和易受惊吓的孩子的最友好的态度。"到这里来,艾斯特。"她说,抓住她的手腕,把她拉近自己。13岁的艾斯特几乎和她自己一样高。她低头站着,脸红到脖子根儿,目光茫然,失魂落魄地,好像被提升到了楼上。教室对她来说太小了,她膨胀起来穿破天花板,突破它的界限。同时她又一动不动地站着,僵硬而沉默地面对她如此熟悉的万丈深渊,天堂和地狱好像离她一样近。一种强大的力量触动了她,电流从手腕穿过全身,那是一种炽热的、天旋地转的幸福。

"你怎么了,艾斯特?"声音从远处传来。"家里有什么事吗,不然就是有别的事让你烦恼?"

没有回答。声带像是被剪断了——她想说点儿什么,但她却不知道怎样说。她急促地呼吸着,像是发烧。

海尔堡小姐有点儿不耐烦地摇了摇她的肩膀。

"说话呀,孩子,你很快就要长大了,像个小姑娘似的站在那儿可不好。别那么倔。"

艾斯特还是沉默不语。即便用烧红的钳子夹她也挤不出一句话。

"好,不让人帮助你,"现在声音变得生气了,"那你就自己看着办吧,可你再这样下去,在世界上一定生活得糟糕。"

手消失了,声音消失了,门重重地关上。艾斯特走到窗口,夹紧肩膀,咬着手指头。不错,她将来会生活得糟糕,比任何人梦想的都更糟糕。她从这想法里得到极大的满足。她看见自己向海尔堡小姐走去,苍白而瘦弱,大大的黑眼圈和街上那些浓妆艳抹的姑娘一样。她嘲讽地笑着说:"哈哈,看我过得多么糟糕,您高兴了吧?您说得真对!"这疯狂的笑声跟着海尔堡小姐,不论她走到哪里,站在哪里。那双绿色的眼睛惊恐万状。她会在一堂课中间突然停下来,危险的阴影笼罩着她。她苦涩地环顾四周,皱起额头。"我觉得有人在笑。"她喃喃地说,搜寻着艾斯特那瘦削的、带威胁性的脸。

## 十八

卡尔交了一个名叫奥斯卡的朋友,他是一个瘦弱苍白的小伙子,和卡尔同龄,在一位画家那里学素描。他和母亲一起住在15号。她靠做清洁工和领取遗孀抚恤金生活,关于后者她有如假包换的灵敏嗅觉和汲取能力。早在中学阶段,这个男孩就配备了优质的素描工具,老师和同学都预测他会有远大前程。出于这个原因,他在四年级就退学了,尽管他本来可以继续上学,可那与其说是他有值得一提的强烈意愿,毋宁说是野心勃勃的偏执寡母们经常代表孩子拿主意的结果。现在,他走来走去,一绺头发落到额头上,致力于并非上帝创造的东西。女孩们完全被他迷住了,用最不可思议的努力引起他的注意。他对卡尔说:"她们感兴趣的不过是作为质料的我。"他一本正经地拿着素描本和铅笔坐在"小小咖啡馆"门前,嘴角叼着一根绿包塞西尔,疯狂的崇拜者们从他的肩膀上看着那些线条会变成什么。线条们也许会组成一条街道,有路灯和商店,还有行人和高楼,按照透视完全正确地消失,诸如此类他花费高昂代价从老师那里学来的东西。所有这一切都很好看,很正确,很认真,但奇怪的是,这些好看的小素描总像是临摹,聪明而巧妙地制作成的副本,和一切仿制一样苍白,二手,没有艺术家的灵感和新鲜经验。奇怪的是……

他和卡尔觉得自己已经超越于一切世俗快乐之上,他们每天晚上面对面坐在图书馆阅览室里读关于艺术的巨著。卡尔不再出现在"人民之家"门前的小型集会上,他还用最可耻的方式缺席社会民主青年团的晚间会议。原来是他把偷偷写的那些小诗从那上锁的抽屉里拿出来,奥斯卡认为具有永恒的价值并可以和他自己的素描一同发表。狂热烧红了他们的脸,直到脖子根儿,舌头几乎要掉出来,他们坐在一起,给报社编辑部写信,把小诗配上素描,大量地寄出。好心的图书馆管理员答应给他们填上地址,而且渐渐获得机会练习用遗憾的态度拿出一封厚厚的、打了戳子的信,说道:"这次还是没有成功。"两位艺术家看上去满不在乎,说:"没事儿,还有别的报刊。"然而,当时那个上锁的抽屉里渐渐塞满了写着下列字句的纸:"来函惠投之诗与画均略显幼稚,倘若假以时日……"或者直截了当地说:"尊稿碍难大用,特此奉还,并致歉意。"这些都让卡尔和奥斯卡带上了怀才不遇的忧伤容颜和自命不凡的品性,让奥斯卡的母亲多打一份清洁工再支付一年的学费,让卡尔在工厂受更多嘲笑,挨更多的打。但他还是把叔本华、康德和达尔文的大部头从图书馆拖回家。其中最对他胃口的是第一位。他从悲观主义中得到巨大的安慰,带着快乐的苦涩采纳这位哲学家蔑视女性的观点。当他看到奥尔加和她的大兵在一起时,就想:"哼!这个大屁股短腿的可怕娘们儿——我们的欲望冲动让我们成为假象的牺牲品。"

这些冲动暂时还在休眠。这个17岁的少年在成长,在写诗。时不时地,某个地方出现了一个句子落到纸面上,一个美丽而新奇的句子,以前从来没有人说过的——不幸的是它仍然淹没在大量矫揉造作的模仿、空洞、粗暴、虚假的表达之中。这些纸片凌乱地躺在那只上锁的抽屉里，与此同时，这个孩子的头脑也日益强壮、成长，形成精致柔软的纹理……

这个面孔苍白精致的奥斯卡，举手投足间有一种青春的慵懒，他也许会在将来的某个时刻频繁现身于艾斯特附近，而在关键时刻介入她的命运。不过此时此刻她的全部身心还是被海尔堡小姐所占据，那有趣的、被所有其他女孩所追捧的奥斯卡，不过是她哥哥的朋友，会画画，还不像卡尔那样隐藏特长。艾斯特对那上锁抽屉的内容一无所知。再说，比起画画或演戏，一个男孩似乎更不好意思承认自己在写诗。——然而，奥斯卡还是在她的意识中获得了一个难忘的位置。一天晚上，天晓得是为什么，他请她和卡尔一起去看电影。艾斯特有生以来从没看过电影，丹麦国旗街上"跳蚤"影院里一张儿童票卖35欧尔，这么大的数目她从来没凑够过。母亲先有一点儿犹豫，但是最终被奥斯卡说服了。她对他有一点点心软，已经把他的一张素描装进金色的镜框，取代了祖母的照片。她远在洛兰岛，所以不会抗议。另外，她早就看过卡尔的诗，她当然给那个有争议的抽屉配了两把钥匙。她简直无法忍受生活在无知中，不知道那里藏着什么可怕的东西。她没有在那里找到令她担心的东西，让她大大松了一口气，而从那些诗里发现的却让她充满了奇妙的感觉，让她回到女佣学校的时代，那时候所有班级的女孩都在看《鹿的逃亡》[①]，她们把诗从报纸上剪下来，贴到书页上，旁边是红色蜡光纸剪成

---

[①] 《鹿的逃亡》（*Hortens Flugt*）是丹麦作家克里斯钦·温特（Christian Winther，1796—1876）的著名作品，丹麦浪漫派文学的代表作之一。

的心，铅笔画的箭从中穿过。而现在，她自己的儿子也在写这样的诗！她觉得这些诗很美，她开始做关于这个男孩的梦，忧虑的梦，断断续续发育不良的梦，它不敢让自己显现，因为那不受注意之物会活得最长……

艾斯特坐在两个男孩之间，那是成人的位子，票价1.05克朗。她一字一句认真地读着正片开映前的广告，那些字互相重叠着，有时候是东倒西歪的，到处是雨线般的裂纹，当一条游泳衣广告自上而下裂开时引起一片狂欢。然后是一个牙膏广告片，艾斯特张大嘴巴，着迷地跟着一对年轻夫妇在豪华的顶盖床上醒来，然后在歌声伴唱中刷牙。卡尔恼火地小声说："好好坐下，这还不是真的电影呢。"奥斯卡则用半闭的眼睛盯着她，这显然意味着，她对"作为质料的他感兴趣"。这时候真的电影开演了，片名是《船之子》，仅在丹麦放映，艾斯特在很多年里把这当作一种保存或另一部作品。扮演主人公的是那个可爱得无法形容的杰基·库根①，他在船上可怜极了，受到船长的欺负，那是一个满脸黑胡子的土匪。最后，他在一次海难中为了拯救全体船员而牺牲了生命，睁大满含泪水的眼睛沉向海底，浓密的卷发在风中飘扬。

"走吧，艾斯特，电影演完了。"卡尔摇晃着她，灯光亮了，座椅噼里啪啦翻折起来，孩子们尖声叫着，一位查票员打开门。艾斯特睁眼看见周围那些粗野的、伤风感冒的、丑陋的脸，一阵厌恶穿过全身。她缩起身，低下头，不让

---

① 杰基·库根（Jackie Coogan，1914—1984），美国演员，无声影片时代的杰出童星，因在查理·卓别林经典影片《寻子遇仙记》中成功演绎孤儿角色而被世界观众所熟知。此后，他又出演了20多部影片，是当时好莱坞片酬最高的演员之一。

人看见那黑暗中无声地落下的热泪。"她哭得真伤心。"卡尔笑着说,清清嗓子,来掩饰他自己所受的感动。可奥斯卡眯起眼睛看看她,却没有说什么。回到家,她坐在行军床上,仰望灰色的天空。她在那里看到杰基·库根英俊的脸,他不再在那里了,他沉入汹涌的波涛里。这让她痛苦忧伤。生活就是这样。在这条街道之外还有另一个世界,那里有不幸和梦想,也有欢乐,一个永远无法进入的世界。那不幸、梦想和欢乐在哪里?怎样才能追求到这些?她的身心在成长,浸润在解放的哭泣中。杰基·库根和海尔堡小姐——有一些东西,一些话语,一些人,将深深地介入她的命运——而会和她有关的一切,对她还都那么遥远,那么无关紧要。有朝一日她一定会经历那宏伟壮丽的、那不可言说的一切——有朝一日,当她不再如此无望的年轻而孤独。

## 十九

艾斯特慢慢地产生了一种知觉,它产生了,还不能用言语来表达。经历过的事情和景象连接在一起,直到不可理解的偶然事件突然发生,才获得了危险的深远意义。你不再能确定任何事情。某种不确定的东西在空中盘旋,某种狡猾而不洁、无从捉摸的东西。街道在窃窃私语,黑暗在诉说,夜晚包裹着孩子,就像对罪恶浪潮的认可。粗糙的手拿过性来,给赤裸的它穿上衣服,遮挡闪避的目光。真相残酷地揭示自己,从来都不美好。我们的心灵如何对待真相?心灵走在自己的道路上,孤独地探索那不可解之物……

在一天早晨,母亲们血腥的遗产将把羞耻和创伤带给那未经触碰的地带。所有生命的日子组成一串闪光的珍珠项链,每一粒珍珠都是已经消失的稚气的一年——道路在面前升起,未知的、非如所愿的、充满黑暗的暴虐统治。只有在地平线上闪动着一丝苍白,那是什么,要由距离和希望来解释。我们迈着迟疑不决的脚步向那里走去,道路坎坷,就在万丈深渊的边缘。

## 二十

艾斯特在秋天要受坚信礼,她已在夏天走出校门。在家里无所事事的三个月她过得糟糕极了,好在快要结束了。受过坚信礼之后她要找个家政工作,最好离家不远,这样她就可以住在家里。

毕业考试后在教师办公室有一个小小的聚会,桌上摆着葡萄酒和杏仁馅饼①。海尔堡小姐分发毕业证书,并和每一个毕业生握手。"记得每年十一月最后一个星期日来看我。"尽管她只教了这个班半年。艾斯特马上明白,她绝不会来,她也不会忘记去年十一月的最后一个星期日,全班聚在那位大家都非常喜欢的女教师家里,唯独艾斯特缺席,引起了大家的注意。自从唯一的那次尝试之后,海尔堡小姐就一直在回避她。学年的剩余时间里她用一种中性的冷淡对待她,再也没有单独和她在一起,也没有触碰她。不过,她给出的丹麦文打分提高了一点儿,也不再向其他教师抱怨这个古怪的孩子。严格地说她可能松了一口气,艾斯特从她的世界里消失,再也不会去碰她。

---

① 杏仁馅饼(kransekage),北欧传统美食。用蛋白、白糖和杏仁和面烤制而成的糕饼,常为圆圈形,可以金字塔形垒起,插上国旗等装饰。用于圣诞节、新年、生日、坚信礼等节庆场合。

艾斯特要受的坚信礼其实是行世俗成年礼，这让她有点儿失望，去牧师那儿多有趣呀。男孩和女孩在一起，他们一点儿也不尊重那和善的老牧师蒙特，他向这个街区的所有孩子问好，因为都是他施洗的，也都由他施行坚信礼、婚礼，然后送他们入土，如果他自己活得够长的话。她曾多次和别的孩子一起，星期天站在教堂大门口，为了看一眼那些受过坚信礼的孩子。她们做起卷发，身穿白色裙衫，手里拿着赞美诗和粉红色康乃馨，从教堂出来，身后跟着打扮得面目全非的父母，钻进出租汽车，风驰电掣而去，尽管从教堂到家只要几分钟就可以走到。

现在轮到了她，要在奥德兄弟会大厦①行成年礼，没有牧师和祝福，因为父亲说，既然没有宗教感，仪式也就没什么意义。卡尔行的也是世俗成年礼，尽管那时候还不那么常见。

她和别的14岁孩子一起坐在那间华丽的大厅里，虔诚地倾听那位身着大礼服的秃头市长的长篇讲话。她穿着一件带披肩的粉红色丝绸裙衫，那是大降价时买的，可那看不出来。她脚上穿着瘦长的尖头缎鞋，微微发黄，因为那是艾芙琳娜姨妈二十年前结婚时置办的，头发在她有生以来第一次做成了卷，像开瓶器那样的螺旋式。她不时歪过头去看从肩膀垂下的发卷走没走样。她觉得自己无比精致，无限长大了。她的指甲为今天的庆典而修剪过，清洗干净，看上去像是一双全新的、陌生的手放在膝盖上。她听着那声音在说责任和义务，童年过去了，不要忘记父母，思想和兴趣要健康，全新的丹麦青年，等等。她心不在焉地

---

① 奥德兄弟会大厦（Odd Fellow Palæet），哥本哈根城内的洛可可式建筑，建于1751—1755年。

听着,但是接下来,一个下巴凸出、挺着大肚子的高个子男人开始唱"写信给家中的妈妈"时,她却大受感动,她的鼻子有些发酸,这时才发现,原来没有带手绢。这是另一个世界里的折磨。每当音乐响起的时候,她就抓住机会把鼻涕擤出来,而音乐停顿的时候都是折磨她的地狱,她如坐针毡,盼着赶快结束回家。——回家路上在汽车里,她坐在父母中间,幻想自己是个富翁的女儿,懒洋洋地、无忧无虑地乘车从一个宴会到另一个宴会,而对车外那些骑车走路的可怜群氓一无所知。

大门口站着丽莎、卡拉、伊琳娜和几个尼尔森家的淡黄头发的男孩女孩,他们看上去羡慕又嫉妒。丽莎蹦蹦跳跳地走到汽车跟前,向她祝贺,问她过会儿要不要下楼来玩。"也许吧。"艾斯特说,理所当然的傲慢——她忽然很愚蠢地宁愿时光倒流,是她自己站在这里充满羡慕地看着——比方说奥尔加,手捧鲜花和赞美诗,扭扭捏捏地从汽车出来。

父母送给她一只小小的腕表,她高兴得叫了起来,瞬间忘记了矜持的表情。父亲在洛兰岛上的老家发来几封贺电。家里到处闪闪发光,厨娘在厨房里汗流浃背地做饭。她不许母亲踏进厨房,让母亲有些不知所措。"是我们花钱把她雇来的。"她愤怒地对父亲说,她一定觉得短暂的老板地位很光彩。艾斯特冲下楼梯,她穿着镶皮边的次日礼服,头戴正当流行的时髦帽子,小腕表"嘀嗒嘀嗒"活泼而甜美地敲击着她的手腕。她依照风俗在大门口接受赞美,行使每一个受坚信礼的人在这条街上的权利。伊琳娜抚摸着柔软的皮边问多少钱。"50克朗,"艾斯特说,尽管这是真相的整整两倍,但这却能增加赞美,她平日并不能得到很多。男性受礼者们则站在"小小咖啡馆"对面抽香烟,烟熏着他们的眼睛。黑色的漆皮鞋和白色硬领的闪光传得老远。已经到了秋天,院子里落满了棕色和铁锈色的落叶,风把落叶吹起,拍打着人们的耳朵。寒冷盘旋着钻进这条街道,抓住孩子们的鼻子。冬天就在屋后,张开潮湿的臂膀,渺小的人们奔跑着投入它的怀抱——面色苍白的受礼小人儿眼里充满向往,四肢里藏着童年。

六点钟,客人们来了。小时候在教堂唱诗班唱过歌,长大"嫁得好"的艾芙琳娜姨妈,身穿绿色塔夫绸衫,风驰电掣地来了,身边是她那个牙齿掉光、挺着大肚子的鞋匠丈夫,身后紧紧跟着三个红头发的表兄弟。随后来的是莫恩斯舅舅,他没有结婚,沿街卖鬃毛刷子。"诚实而正直。"母亲总是这样说,好像有必要强调指出那些鬃毛刷子不是偷来的似的。最后来的是玛丽姑妈,父亲这边在城里的唯一亲属,她嘴里总是骂骂咧咧的,她离了婚,至少50岁了。只有天晓得她靠什么生活,从衣服上看有些危险。她穿着褪了色的破烂夏季外套,脏兮兮的变了形的鞋。艾斯特有点儿担心她出席成年礼会被同院的邻居们看见。宾主挤在五斗柜和沙发之间的餐桌旁坐下,客人在回家前绝对站不起来。食物很丰盛,饮料也充足,母亲严密地监视着,艾斯特只能喝汽水和白啤酒,卡尔只能配冰激凌喝一杯葡萄酒。过了一会儿,家庭之外的唯一代表奥斯卡来了。他热情洋溢地向全体在场者客气地问候。艾芙琳娜姨妈做出绝望的努力试图站起来,"不必,不必。"他飞快地说。他是那么礼貌周到,让那三个害羞的表兄弟更加害羞,觉得自己更加笨拙。艾斯特隐约感到,他其实有点儿捉弄在场的各位。他给了她一张5克朗的钞票,用审视的目光看着她,像那天在电影院一样。然后他就在卡尔身边坐下,艾斯特清楚地看到,莫恩斯舅舅站起来发言时他们俩在偷偷交换微笑。发言的主题是论证,他肯定不是演说家,但有着美好的愿望。这让艾斯特瞬间有些不开心,不舒服。这时,在一个停顿的间隙,她清楚地听到奥斯卡那轻柔而有教养的声音:"有没有注意到,你妹妹快要变得好看了?"她心里涌起强烈的快乐,生出小小希望的萌芽。那么现在是什么呢?变得好看?可能吗?她会不会突然从丑小鸭变身为白天鹅?像蝴蝶一样化蛹而出,振翅高飞,在阳光中闪光?她的心情变得无比轻快,无比高亢。她是那么愿意相信,那不是为了让她高兴才说的,因为那不是说给她听的。难道就是说给她听的?她犹豫着向奥斯卡看去,但是她从那双不时飘向她的眯起的棕色眼睛里看不出什么……"干杯!恭喜!""这杯酒为受礼者……"艾斯特的脸涨得通红,感到温暖和幸福。她不时偷偷溜到走廊里去照镜子。好心的,宽容的。她当然好看,在这样一个日子里很容易相信这一点。她得到 50 克朗,还有腕表、皮包和手套。上冰激凌的时候艾芙琳娜姨妈唱了一首曲调欢快的歌。副歌是这样的:

  愿你在道路上与上帝同在,
  幸运和幸福就总会到来。

  她忘不了在唱诗班的那些流金岁月,认为这种世俗成年礼有辱门风。
  艾斯特渐渐有点儿累了,另外她也吃得太多。玛丽姑妈拍拍她的脸,站在她身边很好,因为她比艾斯特高一个头。莫恩斯舅舅捏她的胳膊,在她头上喷出酒气,那位挺着大肚子的鞋匠姨父跟父亲讨论政治,一拳砸在桌子上。父亲的鼻子红了,眼里几乎含泪。他亲吻母亲,母亲穿的黑色丝绸衣服胸前有朵红玫瑰,很好看,他说:"妈妈,孩子们长大了,我们就老了。"最后她觉得恶心,不得不走出去呕吐,而其他人在干杯和唱歌。玛丽姑妈跟出来,抚摸着她的额头说:"不用担心这个,人一辈子只有一次成年礼。"艾斯特喜欢她,尽管她住在布莱梅霍尔姆①,"靠什么生活只有天晓得"。她睡觉前最后看到的是卡尔,正站在厨房里喝杯子底的酒。

母亲为她找到一份工作。腕表收了起来,那50克朗存进银行。

---

① 布莱梅霍尔姆(Bremerholm),哥本哈根老城内一个街区,历经变革到1930年代仍然有卖淫等行业,因而声名欠佳。

## 二十一

  童年就这样过去,留在我们内心深处的是一条湍急的深流,我们从中汲取痛苦和欢乐。它是幽暗的,充满秘密,原因和结果模糊地混为一体,景象变换,来而又去。这条河流挖掘自己的河床,当心灵如同海岸的细沙般柔软时,只有在罕见的宁静时刻,我们能在河面照见自己。
  孩子们在逼仄的院落中长大。他们就像惨白干枯的茎秆一样,从砖石的缝隙中伸长而出。岁月迟缓而坚韧。时间停滞了,他们如饥似渴地盼望变化,即便他们的心灵也如其所是的多变而柔嫩。他们将成为什么样子?谁也不知道,然而现在已经决定了,就在现在,被不为人知的神秘力量所决定。偶然的话语会具有致命的含义,一次爱抚,女教师声音中一点儿出乎意料的温柔,都足以令人哽咽。不公不义深深地沉入河底,在细沙上划出深痕。孩子的手在恐怖中摸索着禁果。
  这条河流挖掘着自己的河床。

# 第二部

## 一

艾斯特在学校的最后一季，每当母亲见她做了什么不合心意的事，总是说"在生人面前可不许这样"或者"就等着吧，看到了生人面前你还能不能这样"。"生人"这个词里有些威胁的意味。母亲有时还会讲她自己的那个时候，为了每个月的8克朗不得不从早晨六点工作到半夜十二点，还要受人欺负。"现在不一样了，"她宽慰地说，"你一上工就能挣25到30克朗一个月，还带管饭。""不错，可我宁愿进工厂，"艾斯特哀求道，"像奥尔加，她一星期就挣25克朗。"母亲可不想拿这事儿开玩笑："嗯，看上去是不错，可她也像别的小女工一样毁了——满口粗话！"其实母亲担心的并不是这个。艾斯特也很清楚是怎么回事。那是关于奥尔加和她的大兵，尽管他早就不是兵了，人们还是改不过口来，就像恩格花园路上的面包店，从人们记得起就一直叫"新店"的。所以这位大兵也是一样。他到厂门口去接奥尔加，带她去"游乐园"①，她跟家里就说是加班。现在她挺着肚子走来走去，显然很快就要生孩子，而那大兵却

---

① 原文 Bakken，意为"山坡"，哥本哈根以北约十公里处"鹿苑"（Dyrehaven）的一部分，是世界上现存最古老的游乐场，也早于市内的"趣伏里"（Tivoli）游乐场。

不见了！她18岁，圆圆的脸变得尖了一点儿，神情也不再那么满不在乎。她的父亲开始喝酒，他本是侍者，所以不难做到，可他以前从来不喝酒。母亲挽着奥尔加的胳膊，看上去痛苦而戒备。在乳品店里，她提高嗓门儿说："嘿，我要做外婆了，高兴事儿！"乳品店老板娘说，她完全理解这个，可那大兵也真不地道——边说边和别的顾客交换会意的眼神。但奥尔加的母亲两手一拍大声喊："嘿，感谢主，幸亏奥尔加摆脱了他，不然他死缠着不放，跟牛蒡藤似的。她很快就能另找一个，她才不过18岁，用不着替她操心。"——这样就让说闲话的人显得更恶毒了一点儿，不过也难免会提出一点合理的冒犯：这个奥尔加，人人都看到她的身子日益沉重，将要生孩子，或许竟不是这条街的事，也不关大家的事？

　　这件事在艾斯特心头盘旋不去。那随风吹过街道而从来没有被抓住过的那种不确定的腐败，已经在奥尔加那里落脚，让传说变得清晰可见。不然人们不相信那传说，至多是将信将疑，但现在终于得到了证明。当艾斯特在街上或者院子里迎面碰上奥尔加时，就像陌生人一样打招呼："奥尔加，你好！"紧盯着她的脸，生怕目光不经意间落到下面。奥尔加则说："你好！近来怎么样？"她遭到背叛，被"带一个孩子回家"而受到的伤害深入她那双受惊似的圆眼睛，尽管她昂着头，挺起肚子。她是"可怜的奥尔加"，这条街上的同情是很糟糕的，如果你不愿意屈从的话。

　　对奥尔加也是这样。伊琳娜说："上帝啊，可怜的她真不走运！"可去了解她怎么会不走运的却是不好的，因为——就像在教堂里要说"阿门"一样——做这件事肯定会有孩子。而因为别的女孩没有孩子，她们就开始吹嘘和编造自己的各种故事。她们都有点儿躲着奥尔加，和她们父母的态度一样。当她偶尔悄悄地走来向她们问好时，她们全都不说话了，原来的话题不再继续，又没有别的话可说。好像让如此清晰可见的罪孽出现在她们中间未免过于残酷。于是奥尔加也开始回避，没事不上街。她终于满了18岁，不必在晚上十点钟准时回家，尤其是已经清楚地表明罪孽完全可以在十点钟以前犯下。但是她不论在十点钟之前还是之后的几个小时里都无事可做。一个大兵践踏了她的生活，并留下了残酷的、不可抹去的痕迹。尚未发育完成的身体膨胀起来很可怕，充满了世界上罪恶的秘密。艾斯特坐在行军床上，眼睛紧盯着前排房子四楼的窗户，她可以看到奥尔加洗碗时吃力地移动着身子。她变得有点儿驼背，一个男人欲望的标记，一定要变成这样，让别人警惕保护自己。

　　从垃圾角传来伊琳娜尖锐的声音，她大声说："上帝啊，所以是她傻，那么个笨蛋。——一定是她自找的，还好别人不是这样的白痴！"其他人笑了，带着鄙视和同情，却没有一个人提出疑问，伊琳娜为什么就不会这样呢？

## 二

每天早晨,艾斯特都要在母亲喊醒她之后在床上再躺五分钟,为了摆脱那无望的厌恶和睡眠之外随处可见的那种模糊的、令人窒息的迷雾反复进行艰苦卓绝的斗争。我为什么要起床?她想道,她宁愿死去,患上肺结核、癌症或者随便什么别的病,只要能再次闭上眼睛,滑落到那美妙的虚无之中去。每天她都要重新准备,如其所是地看待生活——试图找到一种态度,一种苍白的小小哲学,能带她平安度过这天里那些无法预计的时刻。前一天的愚蠢还留在她身上,她说的错话,做的错事,她蒙受的羞辱。有时她不得不想象自己是,譬如说,一个百万富翁的女儿,为了确保继承权而做一年的女仆,不能让任何人知道。她试图开朗自信地走向街头,不要害羞,不要跌跌撞撞,像以前那样,只要有一个小伙子迎面走来,或者晚上回家路上走过一群出来寻欢作乐的青年,她就想闭上眼睛不看他们,几个小时之后才想出怎么回答他们的喊话。也许等她到寄宿舍就好了。正想着,却被吓得出不来气——那矮小年老的奥尔森小姐蹑手蹑脚走到她身后大喝一声:"干吗呢?!母亲从来没教过您怎样拧干抹布吗?"百万富翁的女儿随着炉灶发出的令人作呕的油烟冉冉升起,消失在熏黑的屋顶。

别的日子里她鼓足劲儿起床,超脱自己说道:"我不是那个可笑、难看、笨手笨脚的艾斯特·索伦森。她只是我的替罪羊。谁也不能限制我。我站在艾斯特右边一点儿,所以你们从来就打空了?那么她是谁呢?看吧,她不能忍受太多的挫折,一个甜美、严肃、敏感的人,她美丽的外貌和美好的内心一致。有朝一日她自然会揭示自己,不过现在还不行。所以目前她还深藏不露,也许已经有了裂缝,很快就要崭露锋芒。有一个人已经看到并且说过,她会成为体面人。这并不是梦:曾经有人说过,她快要成为体面人了。"

但是在晚间她不需要幻想。这时她会自己承认惊恐中彻骨的寒意,其中也有一丝不灭的希望。固然,她看上去很不幸,太高,胳膊腿都太长,动作古怪而笨拙,一张可笑的娃娃小脸,头发像黑色的窗帘一样直僵僵地垂下。当她走在街上不巧看了一眼镜子,马上把脸别开,很久才能慢慢地走出沮丧。她渴望着长大并结束成长的过程,那促使她长大和改变自己的多变而不可捉摸的东西,最终会厌倦了这个游戏并找到自己的形式。她看上去应该是这个样子。就这样。句号。就像父母和莫恩斯舅舅和艾芙琳娜姨妈和所有大人那样不再变化,一点儿不变,不再让隔一段时间才见到的人们吃惊,竟然长得比他们高,说话声变得低沉,长出胡子和青春痘。哦,但愿有朝一日能长完,坐下来长出一口气:我是这个样子,这就是我,这就是我的品性——然而一切的希望也都在这变化之中。当她"快要变得体面",她也就会变得体面,也许变得好看,也许还有别的——或许在这世界上有一个地方,对一个女孩来说好看不是那么残酷的必要,而不好看也不是那么可耻。

到目前为止艾斯特还乖。她正处在一生中最纯真的时期,为了掩饰那些可耻的不良行为她暴跳如雷地撒谎。关于美德她并没有提及,在艾斯特的年龄,美德和老处女一样可笑。时间宝贵,这条街道是匆忙的,青春的时间并不能卖出高价。

　　最得这条街惠爱的女孩们美好、和谐而轻快地从童年走向成年,似乎在一夜之间绽放盛开。不论是好是坏,她们举手投降,气喘吁吁地投入这条街道的怀抱,过去、现在和未来的一切罪孽都得到宽恕。她们只要在这条街上一天,就会得到护卫,她们爱这条街道,不愿意有任何改变。她们和它结婚,和它生孩子,从来不想离开。但艾斯特已经是无家可归的例外。

## 三

艾斯特去工作的那间寄宿舍位于西桥路上接近市政厅的地方，归奥尔森太太和奥尔森小姐所有。她们俩都那么老，之间相差的二十岁已经没多少意义了，她们俩是那么像，只有母女才能像得那么令人绝望。艾斯特刚到那儿的时候根本分不清她俩，弄得一团糟，而她俩也总是发出相反的指示，结果当然是乱上加乱。后来渐渐好了一点儿。当妈的那个矮一点儿，凸出的上唇上长了一点儿胡子。但她也比女儿友善一点，譬如她惊讶地发现女孩们非法偷喝咖啡，或者犯了偷懒的死罪时，很可能默不作声。然而糟糕的是她们跟奥尔森小姐打交道的时候更多。那是一个其貌不扬的失望女人，一个真正的魔鬼。工作是这样的，只有艾斯特尽最大努力，在两个女孩和奥尔森太太的帮助下才能完成，而她大体上就是在那三间住人的房间里东闻闻，西摸摸，装模作样地抹灰，再就是以极大的热忱品尝食物，以至于剩下的都不够上桌了。奥尔森小姐像飓风一样从一间起居室冲到另一间，她的尖叫、抱怨和怒吼在女孩们的头上旋转，她们手提扫地机和水桶跟着她跑，弯腰低头随时准备挨耳光。另一个女孩名叫露特，她16岁了，每个月挣35克朗，外加免费食宿。她瘦小而苍白，红头发，满脸是浅棕色的雀斑。她的嘴唇鲜红，在天寒地冻的时候也张着嘴，她更不能忍受太阳。尽管外表瘦弱,她实际上远比艾斯特强壮,几乎从来不知疲倦。有的住客会在她开门的时候动手动脚,她挺直身体却不做反抗,平静地接受悄悄塞给她的慷慨小费。

当奥尔森母女一点到三点间午休的时候,女孩们洗午餐的碗碟,她们轻声说话,随时准备好一听见奥尔森小姐拖鞋踏地板的脚步声就闭嘴。不是因为她们不许说话,而是当只有她们俩在一起的时候讨论的当然是最好不让别人听见的事情。

"艾斯特呀,"露特说,"你爸爸是社民党吧?"

"是呀,当然了。他为党做了许多事情。"其实她并不清楚他到底为党做了些什么,她只有个感觉,这样说会给露特留下深刻印象。

"那你为什么不参加社民青年团呢?"

"我也不知道。我哥哥是团员。"

"嗯,完全正确,"露特那像面粉一样白的面颊上浮起一点儿红晕,"如果咱们也团结起来参加工会,咱们最终会有力量。倒霉的是他们,我就不再理会奥尔森小姐,这寄宿舍里的破事儿全让她自个儿干。"

这个甜美的想法把女孩们聚在一起,让她们感到是一个秘密团体的重要成员。

"打倒资本主义!"露特说,小心翼翼地把一叠洗干净的盘子端进餐厅。艾斯特紧跟在她后面,伸出手臂,忽然想出一个疯狂的主意,应该把脏碗碟留在原处不洗,要求双倍工资和更好对待,不满足要求就不复工。但是露特严肃地摇摇头。"罢工的时机还不成熟,"她说,"我们应该先组织起来。"——艾斯特一下子失去了兴趣,和以往一样,只要是不即刻发生的事情就没兴趣。一个热情的小火苗偶尔会抓住她，隐约让她明白，忘掉自己却仍然快乐这样一种可能性是有的——但她不能抓住它，不能相信它，不相信她炽热的愿望能得到永久的栖息之处……

最开始的一段时间，她被小心地和那些住客隔开，他们在开饭时间拥入，让餐厅充满喊声和笑声，这噪声通过走廊一直传到厨房。那里，艾斯特穿着脏兮兮的布裙装，汗流浃背地把汤舀起来，露特则穿着黑制服和雪白的围裙，把盛汤的品锅端出去。偶尔，当有人按门铃，而别人都没空的时候，她才在门背后用抹布擦干手指，把头发弄弄乱，不让它好看，慌慌张张地穿过餐厅，目不斜视地直奔大门。铃声震耳欲聋地在她沸腾的脑袋里轰鸣。她完全昏头涨脑地打开门，一位先生微笑着说："哦，今天露特怎么没在？"说着就解开外套的扣子。她站在那里想要不要帮他脱，就在她终于决定要帮的一刻，他已经打开了餐厅的门。她悄悄地尾随在他身后，回到厨房，才喘出一口气。

"那是谁？"奥尔森小姐问。

"一个男的。"

"那叫'一位先生'！您连这么简单的事情也得教吗？说，他叫什么名字？"

"我不知道。"

"那就进去问他！"奥尔森小姐愤怒地推了她一把，她跟跄着朝走廊走去，正好和露特擦肩而过，她正一手拿着一只空盘施施然从餐厅出来。"喂，露特，"她小声说，"刚才进来的那个人叫什么名字？小小个子，黑头发的那个。"

"汉森。"露特说，没有停住脚步。她并不知道给艾斯特帮了多大的忙。

"还要肉排?"奥尔森太太惊叫一声,"上帝啊,这些人怎么吃得那么多!"她叹着气切出肉,摆放到大盘子上。女儿给甜点浇上奶油。艾斯特站在炉灶半米远的地方与面包圈搏斗,被那冲向天花板的疯狂火苗吓得浑身发抖。

又一天,艾斯特为一个脸色惨白的男人开门,他把她推到一边直奔餐厅,喘着粗气一屁股坐下。"拿饭来,快!"他说,伸出一只手向厨房方向招呼。艾斯特吓得转身就跑。

"一位先生,"她说,"他要吃饭。"

"不错,他们都要吃饭,"奥尔森小姐说,手里搅动着酱汁,那口气就像是个为无家可归者提供义餐的领导。

"可他要得急。"艾斯特嗫嚅着说。

"您可真聪明!那是谁?"

"我来看看。"可爱的露特飞跑出去又返回来,像是有鬼在身后追她一样。她一句话也不说就把肉和土豆盛到盘子里。奥尔森小姐转过身来。"哦,是他呀,"她平静地说,"您快点,不然他就要昏过去了。——那是迪布戴尔股长,他有糖尿病,有时要及时吃饭。"后来,当艾斯特也穿上黑制服,学会了从左边上菜,右边撤盘子的时候,她总是先给他上餐,每次都感到满足和快乐,好像她救活了一个人。

不然她其实并不喜欢上菜。沉重的盘子把她的身子都压歪了,她弯腰从食客的肩膀上凑过去,那人没完没了地挑挑拣拣,直到他自己觉得合适了才取食。而且,那帮人说话是那么蠢!"喂,艾斯特,今天有什么菜?"

"小牛肉浇芥末酱汁。"

"嗯嗯,这道菜挺好吃的,对不?别那么生气似的呀。"

艾斯特勉强挤出一点儿病态的笑容,头箍自然掉到盘子里，引起哄堂大笑。

"您放假那天都做些什么呢？"摩根森先生说，他是这间寄宿舍里最风趣的人。"哪天晚上咱们俩一起出去玩玩，然后一起回家好吗？"

"不用了，谢谢！"艾斯特说，那些年轻的女士们笑了，送来调皮而羡慕的目光。

"干吗这么严肃呀？您就没有个小朋友吗？"他仰头看着她，丝毫没有自己取食的意思。她这样长时间端着盘子肩膀疼得要命。

"没有。"她说，脸羞红了，恳求地看着他。

"啊，那太可惜了，您是那么好看。"他轻轻碰碰她汗湿的手臂，和那个小个子阔太太一样，很久以前，她和丽莎在忏悔节串门儿的时候遇到那个。终于,他把手伸向盘子。

事后她想了一下，他说她长得好看，真是那个意思吗，还问了露特。

"上流社会就这样说话，"露特说，"千万小心离他远点儿。"尽管摩根森先生在幽暗的过道里拼命挤压她，但她不让任何人知道，并且保持住自己的美德。不管怎么说，她也比艾斯特大一岁。

回到家，艾斯特靠在行军床上，想象手里端着盘子。"得了得了，"她笑着，"别操闲心，摩根森先生，取您的餐，不然我的肩膀快撑不住了。"

## 四

也对,她放假那天做些什么呢?每周三下午两点她就可以走人,如果她像被追赶的野兽一样跑掉,把洗碗的苦差事全扔给露特的话。但是,在合理的范围内,她可以随心所欲地行事。母亲不指望她干活儿,她连自己的衣服也不用管。她每月挣的30克朗里有10克朗先存进银行,让她能老有所依。母亲甚至有一个近乎骇人听闻的预感,觉得她永远嫁不出去,这感觉肯定是对的,因为时间很快过去,却没有追求者现身,不论真心的还是假意的,都没有。后一点尤其让人失望,她确实练习过很多次,说:"先生,您错了,我是个好女孩,虽然穷。"这句话到目前为止还在她心里燃烧。剩下的20克朗里她要给家里10克朗,支付洗澡和住宿费用,还有10克朗归她自己支配。她勇敢地存了三个月,什么都不买,只买了一块糖,剩下的钱都给了巧手的伊芙琳姨妈,请她缝制了一款棕色套装,最新流行的时髦上装配同样质料花色的裙子。她在休息那天钻进这套衣服,马上变了一个人。松散的四肢聚到一起,整个人也显得不那么细瘦了。她自己觉得穿这套衣服长大了几岁,看上去也更庄重一些。也许会有人把她当作办公室女职员或诸如此类的人物——如果她能把发红开裂的手藏起来,装作忘了戴帽子的样子。这次实在是置办不起帽子了。

"上哪儿去?"母亲问。她第一次穿上棕色套装。

"去找露特。"艾斯特理直气壮地说,希望母亲不要想到,她们俩同一天放假有什么不对。

"早点儿回家。"

"知道了。"

她出门走到西桥路上。她每天早晚都从这里匆匆走过,穿着破衣烂衫,长袜永远有洞,指甲永远是脏的。现在她慢慢地走,腋下夹着母亲的漆皮包,向路人展示,她有时间和钱,只要愿意就可以每天在这里散步。她走过那寄宿舍,满怀恐惧地想起,此刻是汗流浃背的忙碌正统治着那油腻的厨房。而她今天放假,走过这里。真不赖。她穿着新衣服,想象着自己十分标致。她很开心,此刻她成功地既不想昨天也不想明天。这是五月里温暖的一天,一个美好早春的日子,人人盼望着园林里的树长出幼嫩的新叶。她穿过整条步行街来到国王新广场,然后从对面路上返回。她感到奇怪的昂奋而充满期待。在这样的日子里一定会发生什么事,古怪的、不同寻常的事,才能够满足那正在萌发的渴望。比方说,遇见海尔堡小姐,和她一起走进咖啡馆喝咖啡,轻松地谈话:

"哦,海尔堡小姐,我那时候还不过是个孩子。"

"不过,您其实对我来说非常重要。"

她没有遇见海尔堡小姐。一片云遮住了太阳,穿着棕色套装有点儿冷。天色暗下来。艾斯特看着周围的人,但他们都无动于衷地和她擦身而过。她的脚疼,寒冷自下而上穿过全身,鼻头红了。蜡像馆[①]那边一个穿大方格衣服的

---

① 蜡像馆(Panoptikonbygningen),哥本哈根市政厅附近的多功能建筑,因内设蜡像馆而得名。

矮胖先生在她走过时打量着她。他的目光让她害怕又让她满足。嗯，他一定是觉得她很好看，值得看。幸好街上人还很多，如果他打坏主意的话。

"日安，小姑娘。"① 他从后面凑上来，二话不说抓住她的胳膊。她吓得倒抽一口凉气，但他笑了，继续说了好多错误百出的话，她一句也听不懂。他比她还矮一点儿。突然，他一把把她推到墙边，艰难地想着词儿说："小姑娘，别害怕——没有关系。"他的瞳孔在眼白里游移着。她紧盯着他的脸，想说"先生，您错了"，但却发不出声音。她在一瞬间想到红胡子和所有童年时经历的惊恐。这里有邪恶的东西在她身边，非常近。她必须跑，但他仍然紧紧抓住她的胳膊。她的脑子飞快地转——可是在最后面，在所有害怕和悲惨后面，却有一个小小的精灵在欢呼：真刺激呀，真刺激，这是第一次发生真正危险刺激的事情，第一次有男人有求于你。"站在这儿别动。"方格子说，终于松开了她的胳膊。他走进一个门洞，他去那里做什么永远没有答案。他又走回来，他紧盯着她，却也还不算凶恶。"别跑。"他竖起食指。她也注视着他片刻，转身就狂奔回家，心中充满了感激涕零的奇怪感觉，她在最后一刻避免了可怕的命运。

回到家，她一屁股坐下，"有一个男人，"她气喘吁吁地说，讲出整个故事。很可惜卡尔不在家。"畜生！"母亲听她讲完，被吓着了。"幸亏街上还有人。你为什么不乘电车回家呢？"父亲的嘴角挂下来，阴沉地说："白奴交易！在今天这个时代，你必须小心照顾好自己。"而这就是他关于这个问题的所有理解和警告。

---

① 原文是丹麦文和英文的混合。

艾斯特一边深深地点头，一边脱掉那只在休息日穿的棕色新外套。不过她想得更多的是，如果她不跑，站在那里等方格子的话会发生什么事。也许他是一个腰缠万贯的孤独外国人，一见倾心疯狂地爱上她，想和她结婚。她竟然紧张了，害怕了，真愚蠢。对露特她是这么说的："昨天有个男的追我，一个穿方格子衣服的外国人。我爸爸说一定是做白奴交易的！那是什么呀？"

"卖到南美洲去做舞女。"露特说，她懂得真多。

艾斯特顿时哑口无言，为自己的逃跑后悔透了。这次大冒险竟然无声无息地让她错过了。

## 五

深秋时分,第十四组在"人民之家"举行成立庆祝会,这是艾斯特第一次被允许去参加这样的活动。舞会的时候她站在入口附近,其他陌生年轻人背后,试图做出很享受的样子,父亲和母亲坐在楼上,可以看到下面她的头。卡尔和奥斯卡也在,全程在跟大厅里最漂亮的女孩子跳舞。艾斯特的头发做成小卷,每一个波浪都用夹子别住,她穿着成年礼礼服,配黄色缎子鞋,带披肩的裙衫。她站在那里看了半个小时,母亲下来对她小声说:"到前面去,这里谁也看不见你。"把她推到最前面一排。她不知所措地站在那里。她觉得大厅里所有人都在笑话她,每当有一个小伙子走近,她就抬手抚平头发,一条腿在前,一条腿在后,生气地环顾左右。她自以为有一种冷漠而清高的态度,意思是她习惯于与众不同的高雅,这里有点儿低于她的价值。这只是一丝微弱的安慰,女性人数大大超过男舞伴,全程酸着脸坐着,伸出她们光滑的腿,供跳舞的人们落下目光。母亲同情她,下来几次带着她跳,以免她的腿完全站僵。她跳的是老式的左转华尔兹。她是怀着确定的母性意图来做的,就像其他母亲带着平常忽视的孩子去散步。可对艾斯特来说却差不多比干站着当替补还要糟糕。她被比母亲高一头的人们包围,他们不断地过来踩她的脚。但母亲不知疲倦。夜深了,她斜穿过大厅去找卡尔,他正搂着一个黑发女孩坐在乐队旁边。"听着,卡尔,"她大声说,"你完全可以也跟妹妹跳几次。"黑发咻咻地笑,卡尔无精打采磨磨蹭蹭地走过去,一言不发地拉起艾斯特,好像她是一把扫帚。他和她跳了一曲,沉默着,气鼓鼓地,把她送回原地,然后就飞奔回到乐队旁边的黑发女孩身边。

感觉真不好,但后来发生的事情更糟糕。不是所有男生愿意走到他们中意的舞伴那里去。有时候他们只要越过整个大厅捕捉住她的目光,微微点头,她就得兴高采烈地朝他跑去,而他则手插在裤兜里,懒洋洋慢腾腾地迎接她。有一次艾斯特的目光落在一面长墙①边上的小伙子身上,他也看着她,一边朝正要开始演奏的乐队方向走。她不敢相信自己的眼睛,只是站定了呆呆地看着他。他也看着她,微笑着点头,这样就无可怀疑了。她开心地向他走去,不看紧跟在她身后的那个女孩,生怕晚了。可他擦身走过她,跟那另一个女孩翩翩起舞。艾斯特的脸红得像火烧一样,稀里糊涂地穿过半空的大厅,可怜巴巴地装作她不过是碰巧要到另一边去。耻辱在她心中沸腾,因为她的痛苦实在太大,接踵而来的竟然是一闪而过的、不可描述的、几乎是身体的快乐。一种要哭出来的甜蜜飞快地穿过她的血液,让她感到一种神圣的东西,一种她有朝一日会懂得的快乐,一种只有她自己体验到的宝贵和美好,因为这都是她的自我,是她最需要的。不必思考用语,她感到讥笑、嘲讽和陌生人的鄙视都无限的无关紧要,在她只是遥远而不可解的隐约噪声。这一切持续得不长不短,恰好相当于她穿过舞池,

---

① 长方形房间或大厅里的两面较长的墙。

内心沉入那些巨大的不可知草原的时间。在小吃部的一张桌边坐着奥斯卡和卡尔,还有那黑头发女孩。他们在喝巴伐利亚啤酒。艾斯特走过时,奥斯卡一把拉住她的胳膊。"坐下,"他说,给她拉过来一把椅子。"你看上去那么不高兴,想跳舞吗?"他带她回到大厅,现在她突然可以跳舞了。奥斯卡坚定而沉稳地搂着她,用难以觉察的动作指示她的腿朝哪里移动,让她一步也不会错。他对着她的耳朵低声吟唱着那段副歌:

不要让任何人独自拥有你
永远记住你太好了不能只为一个人——

她在跳舞的时候瞬间经历了变化,脚步变得轻盈,心跳得轻快。节奏、歌词、旋律在她都融为一体。她忘了去想别人的反应,超越自己,专心致志地做她的探戈女郎,低声吟唱着那首辛酸而又轻灵的歌。她要从一个男人滑到另一个那里,他们都爱她,都爱她,可谁也不能拥有她——

回到小吃部,奥斯卡给艾斯特点了汽水,她向他送去充满爱意的一瞥,让人们以为他俩已经订婚了。卡尔恼火地看着她,因为他不喜欢让妹妹在场看着他和黑发女孩搂搂抱抱。母亲突然跑过来:"噢,你们原来在这儿。我们坐在包厢里,正纳闷你们都上哪儿去了。快一点儿,他们很快就要结束了。艾斯特,你没有喝啤酒吧?"

奥斯卡带着她旋转,大厅也为她而旋转。

忘掉一切遗憾和悲惨。这是夜晚,现在是夜晚,小偷们在行动。一切都笼罩着狂野的速度的快感。一些男人手拉手围成圆圈,女孩们坐在他们手上尖叫。再过几个钟头他们就要到工厂和作坊去上班。做父母的，作为美德的守护者坚持到最后，才放心到楼下衣帽间去取大衣。他们耐心地在那里等着。灯光熄灭了，在黑暗的楼梯上交换着匆忙、亲密的爱抚。

奥斯卡把艾斯特搂紧了一点儿，在她的耳边唱着："哦，亲爱的你，让我——"他突然吻了她，她并没有明白是怎么回事，音乐停了，灯光又亮了。她好奇而充满期待地看着他，"你为什么要这样？"她说，"你——爱我吗？"他笑了："这个上帝才知道，我不知道。你觉得人会吻一个不爱的女孩吗？"

这件事她想了很多，并不能更了解他。这是她的初吻。他的嘴唇是干的，像皮革一样硬。她并没有从中得到多少快乐。

## 六

这条街上出了大事。一天，伊琳娜的母亲开煤气自杀，被火速送去医院抢救。几天以后她回来了，受伤的小脑袋上戴着殉教者的光环。她丈夫老实了一段时间，就又开始喝酒和打她，引起这座楼里居民的极大鄙视。他们谈了多次"介入"，却并没有行动，因为介入意味着惊动警方，而警方总得要比打打老婆更大一点儿的事才会管。无产阶级恨警察。闪闪发光的纽扣出现在街头，"打闪了！"孩子们大喊一声向四面八方跑散，不管那里是不是暂时禁止通行。星期五晚上，"色拉碗"① 在"小小咖啡馆"门前按喇叭，五个全副武装的警员挤出来，把一个烂醉如泥的工人塞进汽车。一个沉默、危险的人群围着他们站着，一阵充满敌意的，几乎听不见的低语向他们袭去。从外围传来清晰的高声评论："五个警察，上帝啊，至于吗？""你们看见他用警棍打他了吧，高个子的那个？""看见了。五个人对付一个，可真勇敢！"门"砰"的一声关上，"色拉碗"滚了，背后留下来自另一个世界的嘘声。

这条街上远一点儿的地方发生的事情要等到结束后才

---

① 色拉碗（Salatfadet），洗蔬菜色拉沥干用的小筐子，形容窗门有铁栏杆的警车。

让人隐隐感到不安和危险。美男子路德维希突然失踪了,他的小妹妹现在也开始上学,下午放学后独自一人慢吞吞地游来荡去,凑到大男孩们那里,可那些男孩自己也有小妹妹,顾不上她。他们说路德维希住进了精神病院,被关在橡皮房间里,因为他一次又一次地跑回家。另一些人,属于这条街上的路灯和送牛奶车似的人物,也消失了。孩子们长大了,老人死去。"新店"换了主人,新老板不肯给那么多隔天的面包,对忏悔节讨面包的孩子们毫无热情。一天早晨,14号门外的排水沟上堆满家具,一个警察来回踱步照看着。傍晚时分一辆卡车装着这些东西前往松德霍尔姆①,一家人坐在这些东西的顶端,像是一圈圈摞起来的杏仁馅饼上悲惨的装饰。红色的洪流彻夜流淌。从大门洞和楼梯上传出压低的声音。新的长腿女郎,春天还在跳房子,玩装饰大头针,现在细声哧哧地笑着说"别,别,我不愿意",却并不做进一步的抵抗,因为那红色的、跳动的洪流不会等待,它会从那些惊恐的、相信其他神祇的人们身边奔流而过。去年站在这里的人们到哪里去了?他们在世界上继续前行,带着这条街道留在他们眼睛里的那略带粗野的欢乐,它那急速的、夜间的魅力渗透他们的四肢,它的忠诚向他们发出温柔的召唤,留在他们血液中的一个愿望——对他们人格源头的一个朦胧的无意识渴望。

黄昏时分,姑娘们出现在火车站附近。上了年纪的浓

---

① 松德霍尔姆(Sundholm),哥本哈根旧城区以南阿玛厄岛上的强迫劳动营地。从1960年起逐步增添了照料项目,到1976年完全停止强迫劳动,从2000年起成为无家可归者收容照料中心。本书写作年代松德霍尔姆仍然是强迫劳动营地,所以这家人愁眉苦脸地前往。

妆艳抹的女人,不加挑剔地向男人们呼喊。而年轻的新手怯生生地站在街角,迟疑着坐进缓慢行驶的汽车。小旅馆谨慎的门房带领旅客走上楼梯,登记不过是个形式:汉森先生太太,来自克厄[①]。"好,这边请。"门关上了。黑夜是一只沉重的巨兽,艰难地喘息着,呻吟着。

---

① 克厄(Køge),哥本哈根西南约45公里处的小城镇。

## 七

　　一天，艾斯特被派去给维多利亚街上养老院里一位老太太送两桶食物，却碰见丽莎手拉着一个4岁的男孩走来。不过她已经从那条街上彻底消失了，因为她住在雇主那里。"你好，"她说，"你上哪儿去了呀？这两桶东西送哪儿去？"

　　"去维多利亚街那边，我在四号的寄宿舍。"

　　"真巧，我就在对门儿，咱们可以互相招手。"

　　丽莎跟着走到养老院，然后说服艾斯特到她那儿去。"你就说遇到熟人。"她完全弄不懂艾斯特那许多的顾忌。她干，她跟着。她旷工一整个下午，享受着又惊又喜的痛苦乐趣，就像她和丽莎很久以前在伊尔玛商店偷巧克力和糖果一样。

　　丽莎的雇主是一位白天坐办公室的离婚女士。这套公寓有两室一厅，丽莎就带着小男孩住在那间小卧室里。他长着一张甜美的女孩脸，嘴边的表情有些阴郁。当艾斯特躬身问他叫什么名字时，他充满疑虑地紧盯着她，一言不发。"下楼去自己玩吧，亨利克。"丽莎说，把他赶到院子里去。他刺耳的喊叫声随即压倒了别的孩子。他走后，两人都松了一口气。"呼，这孩子，"丽莎说，"说什么他都马上跑去告诉他妈妈。——你觉得怎么样，这里还不错吧？"

　　艾斯特好奇地四处转着看看，轻轻触摸着各种东西。她的手抚摸着光滑的三角钢琴，深陷在铁锈红的躺椅里。

她跪在书架边读着令人肃然起敬的书名。其中许多书是国外的,她觉得踏入了禁地。"她不会突然回家来吧。"她担心地说,她不明白,丽莎怎敢什么活儿也不干,既然她在那里都领了钱。电话铃突然响起来,她站起来就想往门口跑。但丽莎拦住她。"你真傻,"她笑了,"跑什么呀。"她拿起听筒:"喂,太太不在家。好,一定。谢谢!再见!"这些都给艾斯特留下深刻印象。想想看,丽莎是那么举重若轻,她完全平静地走过去接听电话,好像一辈子就是专干这个的!

"好,"丽莎说,"现在我要吃午饭了。"她到储藏室拿出两个盘子,每一盘上有四块切成两半的黑面包,上面整齐地放着咸肉和奶酪,抹好了猪肝酱。但是她的做法很奇怪。她把咸肉奶酪掀起来,在每块面包上舔舔,然后根据一种神秘的系统进行调换。"你这是干什么?"艾斯特不解地问。

"一份给那男孩,另一份给我,"丽莎公事公办地说,"老太太给我的面包上抹麦吉林,给儿子的抹黄油。给它换换,我们俩每人两块黄油的,两块麦吉林的。我也需要营养,我也还在长身体呢。"说完她就端着一个盘子跑下楼到院子里去。"没用,我叫他了,"她回到楼上说,"他非要在院子里吃。"厨房门上挂着一块硬纸板,上面用打字机打着"亨利克的饮食表",那是根据最新维生素理论制定的。早饭:啤酒面包,11点:玉米面糊糊,嫩煮鸡蛋,1点:黄油面包,4点:热可可和烤白面包。开始她一丝不苟地履行职责,每次吃东西都强拉那不听话的孩子上楼来。可是他哭号得那么疯狂,楼里的邻居们飞奔而来,以为她在虐待孩子。于是她改变做法,只在他上来并且饿的时候给他点儿东西吃吃了事。为了避免废话，她乐得把面糊糊吃了，可可喝了。东西必须消灭干净，她和那男孩都对这安排很满意。艾斯特不明白。在丽莎看来一切都那么理所当然。没有问题，没有废话。她用自己14岁的小小头脑安排一切，凡事从来不想那是好，还是不好。

艾斯特帮她把碗碟洗干净，一直想走，却没有动。最后她已经出来这么长时间，早回去还是晚回去半小时已经无所谓了。丽莎给讲她这里的日常生活。她打开衣柜，给艾斯特看女主人的裙衫，对女职员来说太考究了一点儿。她结婚的时候非常有钱，她解释道。她还讲起那个神秘的"克里斯钦叔叔"，他有时来这里过夜，经常和女主人还有那男孩共进晚餐，那时丽莎就坐在厨房里。那是一个游手好闲的家伙，他以男主人自居，对丽莎呼来喝去，亨利克经常不肯问他好，他就破口大骂，很吓人。一天，丽莎走进客厅，女主人正坐在他腿上，他吃惊地跳起来，活像瓶中释放出的魔鬼，女主人走到窗边去整理头发。"您进来之前为什么不敲门？"他吼叫道，"人不大，就是一副下等人样子！"

"嗯，那他不是斯文人了吗，"艾斯特迷惑地说，"他也有这样骂人的时候？""斯文！"丽莎笑了，"他俩都不斯文。一对老糊涂。""他们老吗？"艾斯特惊讶地问。

"老。我主保佑，至少27岁了——他俩都是。"

艾斯特又朝四周看了看，想起那个忏悔节星期一，她俩串门儿到有钱人家的事。这里没有人，只有家具、地毯、气氛。这些东西站在那里好像为挤进两间小厅而有点儿不好意思。很明显可以看出，它们原来在比这里宽敞、舒爽的房间里相互之间离得很远。它们好像并不真正属于这里。它们头上笼罩着一个家解体的骚动。它们向艾斯特发散出敌意，她不安地想起露特说过的关于富人的尖刻的话："他们是我们的天敌。"这些话让她忧伤。有天敌是件残酷的事，如果连朋友也没有的话。这些人都做些什么？他们的生活让她好奇。他们一定有一个秘密把自己同她、丽莎和她们家那条街上的所有人分开。也许是他们天生就有的什么东西，也许是某种显而易见的东西，就像让他们钱包鼓起的那成捆的钱，也许写在他们书架上那些神秘的书上。那些有烫金外文书名的书。艾斯特想象着，仿佛女主人姗姗而来，她在钢琴上弹了几支曲子，整理一下花，看着手表。这是童年时代在忏悔节见到的那位太太。克里斯钦叔叔躬身向着她。丽莎不了解这个，不了解艾斯特想知道的那些事情。哦，这些古怪的人哪，你可以和他们迎面撞个满怀却根本没有接近他们。她有一个渴望，一直有着那个渴望。她怎样才能进入那扇关闭的门？哪一个"芝麻，芝麻"才能有朝一日打开那扇门？

亨利克大哭着跑上楼来。"呜呜呜，本特打我。"他的眼睛上方有一道出血的口子。"那一定是你先去惹他了。"丽莎干脆地说，把他拉过来。她比那孩子高不了多少。"让我看看，"她小心地擦去血迹，涂上酒精。"现在让我吹吹。走，下去玩吧。"艾斯特很害怕地走进厨房。"我来过他会告诉他妈妈吗？"她问。"也许吧，"丽莎满不在乎地说，"可那也没什么关系。"

三个小时之后艾斯特走下楼去，心中一片空虚。院子里，亨利克在跑，在玩。他对着她吐舌头。她在寄宿舍的楼梯下停住脚步，突然决定再也不上去了，顿时感到无比轻松。她不愿意为自己旷工几个小时辩解。她不敢面对暴跳如雷的奥尔森小姐。她要离开这一切，开始新的生活。这是一个巨大的、破坏性的想法，不会有什么好结果的。她和遗传得来的责任感搏斗：如果你被放在生活的一个地方，就待在那里——她感到胜利就是在脚下敞开了万丈深渊。她感到好像采取了致命的步骤。可以自己做决定是一种新鲜而奇特的体验，她如果不想做一件事，就可以不做。回家路上她充满疑虑。不可能这么容易，明天她还是会迈着沉重的脚步去接受那刻薄的奴役。可是，她离那里越远，心情就越轻松。走到家，她的决心已经不可动摇了。她再也不想待在那乌烟瘴气的厨房里，她再也不想端着沉重的盘子躬身给客人们上菜了。当她穿过院子走到楼梯口时有点儿头晕。她的轻松感和自杀者一样，沉入死亡就再也不需要和生活搏斗了。

然而一切都奇怪地轻而易举。完全直觉地，她找到了唯一能避免被送回去的方法。"有一个住客想亲我，"她对母亲说，"他搂我的腰。——我再也不去那儿了。"

"当然不去了。"母亲鄙视地说，第二天就去把奥尔森小姐臭骂一顿，因为她竟然让这样的流氓住进来。奥尔森小姐没有料到这一招，慌乱中付了一个月的全薪。她对露特说："我不懂谁能干出这样的事，天晓得是真是假！"但她不能在住客中调查。

"艾斯特能照顾自己，真好，"母亲对父亲说，"不过为了一个吻闹这么大还是有点儿想不到。"

## 八

兄弟姐妹间的相互了解难得能走远。他们在一起吃饭、睡觉,经常在同一房间,呼吸同样的空气。但一出家门,他们就分道扬镳。他们有各自的朋友、兴趣和经历。在日常共处中已经有太多强制,让他们不再自愿互相关联。他们之间会存在一种古怪的敌意。他们感到自己处在被偷窥的地位。任何行动,甚至是最亲密的行动,都不能够逃脱注意或赞赏。任何愤怒、忧伤或心事,都不完全属于自己。他们无法完全由自己来笨拙而朦胧地认识生命的本质。于是他们渐渐学会了在共处中独处,因为这是像呼吸和饮食一样的必需。他们生成了拒人于外的面孔和封闭的精神。他们给自己建造了一道无感的小小围墙,并要求着它能得到尊重。他们用粗鲁的言辞和自以为是的表情来建墙,把软弱和无主见放在墙的后面,就像蛇在自己的洞里。他们互相把对方当作必要之恶,和无时不在、无处不在的父母一样。他们从来不讲自己的秘密,从不揭示内心最深处的本质。自恋而孤独,他们彼此只有表面的印象。一个偶然形成的印象是顽固的,就像童年形成的信仰或怀疑一样难以消除。会有这样的情况,你漫不经心地打开门却看见你的兄弟或姐妹站在门外,面色苍白,哭泣着,完全毁了,或者是带着敞开伤口的样子。你飞快地把门关上,也就飞快地关上了通向你私人空间的门。人们都同样经历过童年，但从来都不是一样的方式。父母对儿女一视同仁，公平对待，但一个感到的不公，另一个却认为是祝福。

然而我们的兄弟姐妹并不是门外的敌人。他们毕竟属于我们的人生，并参与它的塑造。他们属于童年、家和记忆。我们就是恨他们，因为他们在那里，阻止我们独处。唉，无产阶级的这个压倒一切、最为突出的问题：什么时候才能在起居室里独自一人！能够在一扇门上转动钥匙，独自进入一个四面墙的空间。这成为一个得不到满足的热烈渴望，一个本身就值得确立的目标。所以一满18岁就搬出去，所以粗野而傲慢地对待哭泣的母亲和暴跳如雷的父亲。万丈深渊在我们和他们之间裂开，我们盲目而无助地向他们呼喊，但很快就不再得到回答。而若干年后，我们兄弟姐妹又站在同样的深渊边上。因为我们以前恨他们不过是被迫，一离开家他们马上就会回来，平静地自行进入成人的生活——你会惊讶地发现，你仍然属于同一个家族，有同样的遗产和习惯，同样朦胧的、不可言说的青春向往。

艾斯特对卡尔那上锁抽屉里的诗一无所知，其实她对他的生活根本就不怎么了解。她只在晚饭桌上见到他，而他总是一言不发准备战斗，因为他在演习那一声大喊"我出去一会儿"，就飞快地跑出门去，让母亲来不及问他上哪儿去，是否有必要每天晚上都出去，记得11点前回家。他在哪里消磨夜晚，谁也不知道。这条街上从来不见他的人影儿。他和奥斯卡同来同往，渐渐也有了朋友的相貌和习惯。他把头发留长，经常抬手神经质地梳理头发。别人跟他说话时，回答要等那么长时间，让人以为他没听见，他这才慢慢地转身，用奥斯卡式的严肃而高深莫测的目光看着人。他说的话也变得陌生而古怪。站在"人民之家"门前高声喊"你脑子进水了吗?!"已经是久远的往事。这条街上从来没听见过的新名词儿从他嘴里蹦出来砸到铺路石上。他走到哪里，路灯杆子就满怀疑虑地跟到哪里。它们听得对吗？他说的是一种什么语言？他从哪儿学来的？对，他到底是从哪儿学来的？艾斯特开始注意这个，并且变得好奇。她先看了看他从图书馆拖回家的那些书，但没有发现什么。那是哲学、传记、德文和英文课本，还有奥拉斯特鲁普[①]和奥伦施莱尔[②]的几本薄薄的诗集。他生吞活剥的那些外国语文也溜进了他的语言。他用丹麦语的发音规则说"All right"和"Never mind"，这条街上没有人能纠正他。一天晚上，艾斯特坐在睡房里自己的行军床上，忽然看见钥匙正插在卡尔的抽屉上，她再也不能抗拒好奇心，于是满怀着羞惭和被发现的恐惧轻轻拉开了它。打破神圣不可侵犯的兄弟姐妹法，她小心翼翼地拿出那些写满字迹的小纸片来读，生怕有人会不期而至，害怕得要死。她读了很久都没有明白那是他自己写的。她觉得把语词这样放在一起的一定不是凡人。她惊喜地读着，被深深吸引了，有种东西从纸上汩汩流入她的内心，成为她的一部分。是节奏感动

---

① 埃米·奥拉斯特鲁普（Emil Aarestrup，1800—1856），丹麦医生，晚期浪漫派诗人，抒情情诗的更新者，并以在诗歌中运用副歌形式而著称。

② 亚当·奥伦施莱尔（Adam Oehlenschläger，1779—1850），丹麦19世纪上半叶"黄金时代"诗人和剧作家，浪漫派文学的先驱。

了她,她这样想。关于诗,到现在为止她只知道学校里的赞美诗,她看到报纸和书上的诗时总是跳过去,那和她无关。但是这里的诗触动了她内心最深处。这里有生命的孤独、渴望和忧惧。其中一些是用第一人称写的,那么个人化,她才意识到这是卡尔自己写的诗。她羞红了脸,把抽屉关上。她产生了一种奇怪的感觉。她感到尴尬,好像看见了不穿衣服的哥哥;尴尬,因为他把这些东西写下来,尴尬,因为他就这样把自己内心最深处的灵魂交付出去,只给了抽屉。然而那些语词继续活在她心中,那悲伤、沉重和激情的节奏——它们在夜半唤醒她,将她浸没在来自陌生大洋的海水中。它们释放了她心中的某种东西,让她开始模糊地理解在这飞逝而去的生命中存在着某种永恒而宝贵的东西。母亲也是这样。她热忱而秘密地追随着这日益增加的作品,却丝毫不露声色。她和艾斯特都在暗中观察这位年轻的诗人,他坐在晚餐桌旁,长发垂肩,心不在焉,对身边的家常话充耳不闻。一天,有一份杂志投入他们的信箱,一份完全陌生的杂志,专供年轻的新生才俊发表作品。杂志上在很多人之间有一首诗署名"卡尔·索伦森"。奥斯卡同时寄去的画却被这家杂志退稿,没有做出解释。卡尔在临出门前才把杂志拿出来,因为第一次评论他无论如何不想听家人的。不用说,最吃惊的是父亲,他用烟斗嘴挠着头发说:"什么?他现在写诗?"他把诗从头到尾反反复复看了又看,说:"真不坏。""很优美。"母亲说,这首诗还在抽屉里的时候她就看过了。父亲仔细地把杂志叠好,放到烟斗架后面。杂志上卡尔的诗之外的东西谁都没看。艾斯特的心中充满了羡慕和崇拜。"哦,我要是也会点儿什么,有朝一日能成个人物该多好啊!那么就可以留长头发,每天晚上出门到街上去。"卡尔变成了全家的希望和梦想。他给他们都带来一线光明。但是他们没有和任何人说起,因为他们一代又一代地习惯于看到梦想破碎,而破灭的希望还是独自面对的好。

奥斯卡来得比以前勤了一点儿。有时候留下来一起吃饭,母亲为铺在桌上的报纸一而再再而三地道歉,好像忘了奥斯卡的母亲不过是给人打扫清洁的,而他本人还在分文不名地游来荡去。但这是因为他的存在。还因为他并不是出生在这条街上,也不具备这条街的品性。他的根在别处,不过是偶然被风吹来这里,而风随时都会转向,把他吹回他所属的地方。一吃完饭他就和卡尔一起走了。他们像女孩子一样胳膊互相搭在肩上,并行着走过这条街道。

## 九

在十四天里艾斯特东奔西走找工作,并且享受自由,那种除了工作别无出路的人才有的自由。她永远不会成为好的工作者。好的工作者爱工作本身,失去工作会无聊得半死。可艾斯特不会无聊。她思考。她总是会有点儿走在人生边上,努力挣扎着试图找到一种这样那样的配方来与人生和解。有时候,她伸出手,试图抓住成千上万旋转的轮子中的一个,却从来没有成功过。无所事事地东游西荡对她很合适。早晨她躺在床上不起来,开始的几天有点儿艰难地和内疚斗争,现在露特不得不独自承担起全部工作,还要忍受奥尔森小姐的坏脾气。露特不是那种逃跑的人。她从不多想——那会让她突然陷入某些事情——也不会因为一件事就让她不想待在原来的地方。她想不到,生活并不像看上去那么糟糕。她也不知道,人随时可以摆脱束缚,开始做别的事。她是耐心的,直到绝望,就像一切革命者一样。她只有一个意志,也只有一条路可走。

艾斯特起床后,就下楼去买《贝林时报》①,因为那里的招工栏目里广告最多。她把毕业文凭、海尔堡小姐的推荐

---

① 《贝林时报》(*Berlingske Tidende*)创刊于1749年,丹麦发行量最大的报纸之一。

信、父亲的职位情况，有时还有照片，寄给那躲在广告背后、充满好奇心的神秘力量。帮母亲干点儿活儿，然后就独自出门去，她走得很慢，不慌不忙地享受不必按钟点完成任务的悠闲。一有空她就溜进睡房，坐在亲爱的旧行军床上，那床年深月久，已经补过多次，摇摇晃晃。她可以连续坐几个小时，陷入沉思，还有点儿忧郁。她想着正在成形的生活，它将来会变成的样子。总的来说，她对这十四天还算满意，但也有些着急，不能完全消除那不安的感觉，生怕会在这段无所事事的时间里错过了什么。她处在一种临时性状态，总是在渴望改变也渴望永久。

她最需要的是一个朋友。她所想的一切都可以变成词语，飞向世界，到一个人那里。无人对话谁也不能长时间地心安理得。固然，她身边有人，但是他们谁也不适合听她说。不能到父母那儿去，他们肯定会不安和担忧的。任何超出日常范围之外的事情都会让他们担心。卡尔，即便已经发表了一首诗，情况也还是有点儿糟。他不断和师傅发生摩擦，经常说彻底不干了，要"靠笔杆子吃饭"。可到目前为止笔杆子带给他的还只有开支。他分期付款买了一台旧的打字机、许多白纸和一只大纸篓，里面很快就塞满了抱歉的编辑发来的退稿信。他经常深夜才回家，浑身酒气，老远就可以闻到。因为他认为艺术家就应该是颓废的。艾斯特也不能和他谈，很简单因为他们之间没有什么共同语言，他们从来没试过谈话。奥斯卡进进出出像是个自家人，他还是让父亲印象深刻，因为把他画得"跟照片一模一样，分毫不差"。他好像对她完全失去了兴趣。他不再用深不可测的目光看她，庆典舞会之后也没有再试图吻她。院子里的闲话角在丽莎搬走后完全散了。同年的女孩里除了艾斯特之外只剩下伊琳娜和卡拉。伊琳娜有比臭烘烘的垃圾台更好的地方去消磨她的夜晚，卡拉和艾斯特之间横亘着源远流长的嫉妒，那是因为丽莎，而这嫉妒并没有因为对象缺席而随即消失。

孤独折磨着艾斯特。她的心里有一个巨大的空虚，不知道应该让谁来填满。丽莎和海尔堡小姐的影子仍然活在那里，但她们的影子像一切逝去的梦一样只会令人痛苦。她去找了丽莎几次，试图找回童年的友情，但她每次都失望地回家，终于不再去了。她期待丽莎的是什么？她期待人们的到底是什么？丽莎见她来很开心，可她要走的时候却并不难过。她坐在厨房桌子上，讲女主人、亨利克和克里斯钦叔叔，一边掀起冷菜看面包涂的是黄油还是麦吉林。"现在我不用尝了，"她解释说，"麦吉林的颜色更黄一点儿。"当艾斯特小心翼翼地试图触动她的记忆，加强一个或许从来不曾存在过的纽带时，她不过说一声"上帝啊，咱们那会儿真是疯了，不过也还是挺好玩的"，就没别的话了，她是活在当下的孩子。她从来没有要求艾斯特再来，也从来不问她现在过得怎样。她可以没有她，她可以没有她，轻而易举得可怕！而艾斯特迫切需要的却是一个没有她就活不下去的人，一个需要她的人。她心中有着巨大而狂野的、无家可归的爱，却没有人想要它。所有人都觉得有自己就行了，或者，至少是不需要她。也许她身上有某种他们不赞成、不想知道的东西。她看着丽莎那美丽的、发育完成的身体，似乎已经进入孩子和女人之间的过渡阶段，或许已经越过了它。大自然偏爱她。丰满的乳房勇敢地从纤细的腰肢上方弹出来。两条细瘦的腿，或许稍短了一点儿，但裹在廉价的闪光丝袜里行走如飞。只有脸还是孩子的。甜美的心形嘴上唇略短，湿润的，微张着，皮肤白里透红，绿色的眼睛里没有秘密，没有渴望。艾斯特不再去找她了。

后来到了一天，一封加盖了公章的来自"邦和穆勒"服装公司的信，约她到办公室面谈。经理名叫斯万纳先生，他亲自和她谈话，她坐在经理办公室写字台边一把深陷的靠背椅上，隔着玻璃门可以听到女工们在机器边的谈话。斯万纳先生向她要过文凭和推荐信的原件，认真研读起来，艾斯特则看着他遍布皱纹的长脸和雪白的衬衫领子，想着他有什么样的房子，结婚了吗，有多少用人。她很快就决定，回到那条街上的家要说，她在办公室上班，尽管严格说来她的工作在仓库。"办公室"比较好听一点儿，就像干净的指甲、香水、和老板结婚一样。

他抬起那张长脸，审视着她，直到她眼睛不知该朝哪里看。于是他说道："您可以从十月一日开始上班，月薪40克朗。您满意吗？"她当然满意。她在家里免费吃住，所以她挣得其实比寄宿舍多，而且现在每天八小时，工作也比较体面。她买了一件黑色的正式裙装，抱着好像对"邦和穆勒"公司的存在负全责的想法，开始了新的运行轨道。

## 十

艾斯特的新工作包括仓库和办公室保洁以及炉子生火。因此她和负责燃烧、燃料保管和其他粗活儿的外送员彼得森先生每天都要比别人提前一小时来上班。彼得森先生比艾斯特大一岁，在办公室职员们面前很压抑、害羞，对她却调皮而知心。"你以为我会对一个15岁的丫头称'您'吗？"她到的第一天他就这样说，后来只有他们俩在场的时候他就说"你"，尽管艾斯特仍然称他"彼得森先生"并且和别人一样把重音落在"先生"上，那是一个强调他极低地位的笑话。别的方面她很喜欢他，其实每天早到的那一小时是最好的，尽管工作本身最辛苦。首先，他总是心情愉快。别的人就说不准了。经理有时会低头把他的长脸凑近她问怎么样，鼓励她打起精神来。仓库管理员有时会像那些寄宿客一样小小地戏弄她一下，让办公室里的那四个都爱上他的女职员高兴高兴。可一转眼，她们就会劈头盖脸地骂她，总而言之，这些人靠不住。彼得森先生就不一样了。碰上他难得的生气时，她就用块煤在他脑门上划一道，说："上帝保佑！抬起头来。您就像是刚从您自个儿的葬礼上回来。""少管闲事，丫头片子。"他叫道，追着她跑过空荡荡的仓库，直到她躲进员工休息室，从里面紧紧抵住门。又一天，他们去翻斯万纳先生的抽屉，各自发现了有趣的东西。

如果时间晚了,彼得森先生会帮着把地板马马虎虎拖一遍。他们尖声唱着最新流行歌曲跑来跑去,解放了,没有别人,他们嘲讽地看着那四位穿着打扮一丝不苟的女职员很快就要坐上去的椅子。他们坐下来,模仿她们矫揉造作的腔调:"哦,汉森小姐,请来看一看这里的发票。""哎哟,芬尼凯尔小姐,您这件裙衫真可爱!哪里买的?"

不过九点钟一到,当一阵噪声和叽叽喳喳的说话声和尖细高跟鞋的踏地声涌入各间办公室时,他们就像潮水一样退去,拾起人们所期待于他们的那种谦恭卑微的表情。艾斯特的任务是整理订货单和包扎货品,彼得森先生被派出去骑着满载的自行车送货,路线由管理员斯文森制定。

一天早晨,经理突然在八点半开车进了院子。彼得森先生正坐在转椅上,脚跷得高高的,跟正在拖地板的艾斯特逗着玩,看见经理来了大吃一惊,赶紧从员工休息室跑出来。她抓起水桶,打算跟在他脚后跟也跑出去,但在门口碰上斯万纳先生。他说:"不打搅您。我不过是来办一点事情。"说着从艾斯特身边走过,踏进湿漉漉油布上的一摊脏水。她的脸红到耳根,躬身说:"我马上擦干它。"他坐下,向后靠在椅背上,观察她紧张地擦地板。她不看他,但可以觉察到他的目光越来越不老实。她用湿湿的手背把额头上的头发撩开,血涌上面孔。在他的注视下她越来越深地陷入羞愧,为自己的一切感到可耻,肮脏的指甲,沾上污渍的工作服,散乱的头发——总而言之就是她的存在。她一手提着水桶,一手握着地板刷子,想从他身边溜走,可是不等她走到门口他已经站在她身边,搂着她的肩膀——也就是说,他比她高一个头。"喂,您觉得这里怎么样?"他从牙缝里吐出这几个字,几乎没有张嘴。她的两只手都是湿的，不知道应该把水桶放下，也不知道他期待的究竟是什么。肩膀上的手搂得更紧了。"很好，谢谢！"她哑着嗓子说，几乎发不出声音。

"请您把水桶放下。"他不耐烦地说，慌乱中刷子也从她手里滑落，重重的一声落到地板上。他拉着她走到窗前。"让我看看您。"他用一根细长干燥的手指托起她的下巴，把那张受惊的脸转向自己。她以为也许要被解雇了。"笑一笑。"他要求道，像在照相馆里一样。她照做了，僵硬地站在那里，充满疑惑，他搂着她，摸她的乳房。也许，这只不过是一个错误，至少她不能把这看作是亲近的表示，这想法也太不靠谱了，像她现在这个样子。他突然放开她，在办公桌边坐下。"听着，您今天晚上能不能加一会儿班？"他说。"您可以帮助我做一些事情。""可以的，谢谢。"她傻傻地说，又提起了水桶。"先回家吃了饭再来。"他对着她的背喊道。

艾斯特五点钟回家吃了饭，说她要加班，但没说是单独给经理加班。彼得森先生说过，办公室里所有的女职员都不时要带引号的"加班"，这里边一定有猫腻。"如果他太过分，就别给他面子。"他说。她自然是不相信，如果真是这样他一定有一大堆孩子。但是她也知道，父母目前会相信这个。自从她讲了方格子和那个强吻她的寄宿客的故事，他们得到的印象是，所有的男人都在用最粗野的方式追逐她。她并没有进一步加强他们的信念，但糟糕的是已经产生了这样的效果，他们感到要优先更好地照顾她。而这次加班她不想错过。因为没有加班费，她很高兴和经理在一起，而不必总是在每月40克朗的压力下竭尽全力地工作。某种意义上这是她给他帮一个忙。"您今晚能不能帮我一点儿忙？"他对受信任的员工说。"当然愿意，完全免费，朋友之间不谈钱。"富人从来不想钱,因为他们的钱已经足够多。所以,若不是别人鼓足勇气提出要求,他们也就想不到给人提高工资。强调只按酬付劳是那么急功近利,那么不公平。"感谢您能为公司的利益而工作。"斯万纳先生说。他自己也那么富有牺牲精神,多次晚间加班,尽管他完全可以整天半躺在豪华皮沙发上抽雪茄。

晚间员工休息室拉上了窗帘,在灯光下很温馨。斯万纳先生像工人一样穿着灰色工作服,从这里也可以看出他不怕亲力亲为。工作服的翻领上面露出雪白的衬衫硬领,卡住他细瘦的脖子,低头的时候皮肤会从硬领上挂出来。艾斯特进门的时候,他正在翻阅着一些信件。"啊,您来了,"他说,好像完全忘了她要来,"现在,请您把这些信整理一下,按照来信公司的字母顺序排列,明天芬尼凯尔小姐办理起来容易一些。"他的声音很和蔼,友善地看着艾斯特。可以清楚地看出,这是私底下的斯万纳先生显现出来的,另一个暴躁易怒的面具当然只用在生意上,因为一旦谦逊示弱,那些下属马上就会松懈。

艾斯特舒舒服服地坐在他对面,不再害羞,但很紧张,不知道彼得森先生会不会是对的。想到他会真的勾搭她!其实她并非不想有那么一点点,只有那么一点,那么她就有机会说出早就背好的话:"先生,我是正经姑娘。"固然,他老得可怕,但在他背后站着那些神秘的客厅,静悄悄的,铺着地毯,充满宁静和财富。她有一种模糊的感觉,现在已经接近了这些东西。

"索伦森小姐,您今年多大了?"斯万纳先生突然问道,从眼镜上面看着她。

"15岁半,"她抬起头,看到他那审视的目光。

"啊,上帝!才15岁半。"他叹了一口气,好像听到了感人的故事,放下手里的文件。艾斯特的心"咚咚"地跳。她摸着那些信件,想不起来要拿它们干什么。

"您星期天都做些什么?去不去'游乐园'玩啊?"他坐在椅子上前后摇摆着。

噢,她高兴了,开始滔滔不绝地讲。他愿意多了解她一点儿,这位斯万纳先生显然是这样。就像她有过结识富人的炽热渴望,他也想知道这个平凡的女孩怎样生活。也许会为她做点儿什么,以这样那样的方式帮助她。他自然看出来她和别人不一样,她要上进,她思考人生,她还有个写诗的哥哥。她双手托腮靠在写字台上。"没有,我从来没去过'游乐园',"她说,"父母不让我去。我认识一些女孩老往那儿跑,就出事了。有一个叫奥尔加的,跟一个大兵去那儿,现在她有了个孩子。"

"对,那是很糟糕,"他摇摇头,"她怎么会这样傻呢?"

"是啊,伊琳娜也这么说。"

"伊琳娜是谁?"

"她是我家院子里的,她父亲总是喝得醉醺醺的,有一天她母亲开煤气自杀,还好被救过来了。"

哦,她的词儿不够用,夜晚也不够长。她愿意把整条街的故事都告诉他,讲自己的生活和向往,证明富人和穷人能够相遇互相握手,让露特说的那些坏话玩去。

但斯万纳先生更愿意回到奥尔加的事。他用手抚着下巴说:"呃,这个奥尔加,您认为那个大兵是她第一个发生关系的吗?"

"发生关系"——嘿,富人用的词儿!让什么都更美、更明白的词儿。艾斯特笑了:"是啊,他当然是第一个,她没有别的孩子。"

这下轮到斯万纳先生笑了,露出两颗金牙:"傻丫头,其实不需要生孩子。"艾斯特目瞪口呆:"那怎么办?"于是斯万纳先生非常和蔼地给她解释,用文雅的词儿,长脸上带着公事公办的表情。原来不是个丑事,像女孩们在闲话角说的那样。

"这是一个美好的行为。"他柔声说道,那声音又好听又自然。"人们为什么不能彼此相爱而不必冒那么可怕的风险呢?"

当然不应该!艾斯特那么喜欢他,他总是那么有理,一切都那么简单,让所有的疑惑所有的盘算都一钱不值。像他讲的那么美好的话。听上去差不多像卡尔的诗,她一定要记得告诉他,卡尔现在已经帮着养家了。"一切都消失了,小姑娘,那就像音乐……"她现在不喜欢音乐,但不能让他知道。他站起身,走到她的椅子背后站着,散发出好闻的生发油和牙膏的味道。艾斯特感到在万丈深渊的边上,享受着让她发抖的东西。为了让这一刻拉得长点儿,也因为不想知道他到底想干什么,她说:"您难道不是很喜欢您太太吗,斯万纳先生?"

"我太太?"他有些迷惑地说,好像她说了不太合适的话。"亲爱的孩子,她的年龄是您的三倍,到了共同生活有那么一点儿不符合审美标准的阶段。"为了结束这段谈话,他低下头亲吻她的头发。"那么年轻,那么年轻。"他喃喃地说。那苦恼的15年半就这样被他当作幸运和祝福送给了她。他搂着她的肩膀把她从椅子上拉起来。椅子吱嘎作响,她在扶手上碰了一下。她试着把毛衣下的胸脯挺出来,但那还是像男孩的一样平坦。她抬头看他的眼睛,他摘掉了眼镜,那双眼睛的神情让她晕眩。哦,她现在是个像电影明星一样可爱的女孩,快要被勾引了!他拉着她来到皮沙发那里,举起她的腿让她躺下。她什么也不想,只享受着从每一次呼吸传来的欲望。她,这个被鄙视的、被侮辱被忽视的——哈,你,那个来自童年祈祷节的小人儿,如今我战胜你,我是值得拥有的!但是当斯万纳先生还算文雅,比较平静地撩起她的裙子时,她却突然受惊地做激烈的反抗。"不要,不要!"她拼命把裙子往下拉,这不是出于矜持害羞,而是因为她的一边膝盖猛烈地抽筋。"不要傻。"他还是用压低的声音说,用手拍拍她的面颊。她突然哭了起来。从来没有人这样温和地对她说过话。他是好人,一个无限好的人。他也许想要一个女儿或者失去了一个很小的女儿,现在想给艾斯特当父亲,因为她像她。

"这是怎么回事,"他恼火地说,"我不咬人吧?还以为你是个懂事的女孩呢。"两只手在她瘦弱的身上摸索揉搓,她没有反抗。就像她不明白,这里发生的事情并不是为了她。她把这一切当作一种友情,一种完全是为她好的好意。

突然,他关掉灯,不再文雅,不再平静。落到她身上的话比街头混混说的还难听,以前她从来没听见过这么粗的话。两只手摸着,扒着。这个男人呻吟着,恶毒地咒骂着。在惊骇中她突然明白接下来要发生的是什么,就挣扎着要起来,但是他用50岁的强壮胳膊把她按住。她一挺身坐起来,喊叫,抓挠,像落水的人一样惊恐万状。"开灯,"她喊道,"开灯,开——"

"好好好,安静点儿。"他放开了她,把歪了的领子弄好。安静了片刻,这间办公室又在那盏浅绿色灯的照耀下恢复了庄严肃穆。斯万纳先生的脸涨得通红，眼神有点儿迷茫。他伸出手，微笑着从牙缝中蹦出来几句话："您得收拾一下，别像被吓坏了似的。那不过是一次小小的实验，它——呃，感谢上帝——没有成功。"

艾斯特站起来，有点儿可怜巴巴的样子。廉价的长袜脱线了，领子歪到一边，头发像是被一阵冰雹打过似的。她向前走了一步，小声说："我以为不是这样的。您说过——您说过，那是美好的。"

斯万纳先生拿出一面小镜子，擦去脸上被艾斯特的指甲划出的血。"不，"他说，脸上现出奇怪的疲惫，"那不美，特别是在我的年龄——或许，您还有希望。"

他为她打开门，问要不要开车送她回家。"谢谢，不用了。"她说，仰首挺胸地从他身边走过，很满意自己向他表明了，一个做工的女孩也会有骄傲。另外她也明白，自己并没有那么强的反抗精神。她不过是受惊了而已。因为很显然，那个男人失去常态，是因为她的缘故。她怎么能让一个男人失态呢？这想法新鲜而美好。如果她让他满足愿望呢，那又怎么样？她要是能做到就好了。出于好奇，出于惊吓，出于友谊，因为和上司闹僵很糟糕。但现在和当初她小时候偷东西一样：尽管她很想，但直觉不愿意。

## 十一

艾斯特没有把这件事告诉彼得森先生,也没有告诉别人。并不是因为这次经历造成了她的"永久伤痕",也不是因为"失去了对人的信任",但还是觉得这件事太严重,太性命攸关,所以不能说。从某个意义上来说,她还因为这件事多了一些自我意识。她很快发现,斯万纳先生并不试图接近她,或者对待她和以前有什么不同。出事后的那天,当她和他擦身而过时努力保持着原来的表情。但他完全忽略了她的存在,而且总的来说好像什么事都没有发生过一样,她不得不放弃。但是这件事以另一种方式对她发生了影响。这个冷冷的老商人能为她这样疯狂,她一定有一种力量,一种不寻常的意义,能像磁石一样让人无法抵抗,只能吸附过来。最初的几天,她走来走去盯着仓库管理员斯文森先生看,也盯着彼得森先生和所有走近她的雄性生物,看她站在旁边时他们会不会起反应。斯文森先生长得很像查尔斯·鲍尔[①],当他领着艾斯特到仓库去教她做工作时,她因为和他独处而心跳加速呼吸困难。他也一定感受到了她

---

① 查尔斯·鲍尔(Charles Boyer,1899—1978),美籍法裔演员,1920—1976年间参演八十多部电影。较为中国观众熟悉的有《煤气灯下》等。

发射出的神秘力量。可他和平常完全一样，冷冰冰地向她简单讲解应该怎样做，即便她装作无意地用手去触碰他的手，他也没有触电般地跳起来，更不像斯万纳先生那样扑向她。那么应该相信什么呢？彼得森先生也以最侮辱人的方式不接近她，尽管她为了让自己好闻，在耳后抹了一点儿卡尔的润发油，每天晚上用纸卷做头发，让发型摩登一点儿。她对自己的纯洁天真越来越不耐烦。这条街也真的不能忍受这个。每天晚上回家的路上，她看见前面走着手挽手成双结对的伴侣——有的比她还年轻。现在她已经明白，女孩们在垃圾台说的那些事情并不是吹牛，而是残酷的真相。她感到孤独得可怕。有时候她和母亲一起去看电影，但有点儿怕被人看见。已经长大出去工作的人还跟父母摽在一起，在这条街上被认为有点儿荒唐可笑。母亲尽最大努力，有时甚至请求卡尔和奥斯卡别出去，晚上留在家里跟她一起玩"大亨"游戏①，他们只答应过一次，可他们显得那么受罪，那么不情愿，游戏的乐趣全不翼而飞了。另外，他们还说着一种让人完全听不懂也跟不上的语言。除了天晓得从哪里学来的外国话，他们要谈艺术、美学、文学、透视，还有别的难懂的事情。这有点儿让艾斯特想起斯万纳先生，她现在已经不那么尊敬他了。

　　彼得森先生肯定还是发觉了艾斯特吸引他的努力。一天，他终于感到有责任高高兴兴地对她说："你，艾斯特，星期天想跟我到'游乐园'去玩吗？"说着把帽子高高抛到

---

① 原文 Ludo 是一种最多四个人参加的棋盘游戏，通过掷骰子，每个人必须尝试将自己的棋子移动到棋盘上的目标，并在可能时击败对手的棋子，让对方从起点重新开始。类似老北京的"升官图"游戏。

空中，然后把脑袋凑过去接住，吹起口哨，好像并不期待答复。"好呀，谢谢，"她高兴地说，又犹豫着加上一句，"可那是要花钱的呀？"

"你不用操心那个，我出得起！"

可怜的你，他直说愿意为她花钱！她觉得自己合格了，走在回家的路上，不觉照着办公室小姐们的样子将屁股扭了扭。现在她和别的女孩一样，也要到"游乐园"去，在明亮的傍晚骑车出去，深夜回家，衣服脏了，头发上沾着草。人们在"游乐园"被勾引，订婚，聚集在密密的树丛中互相亲吻。

回到家她说要去找露特。这个借口很快就要不能用了，因为母亲已经开始问，露特为什么从来不来家里找她。

## 十二

彼得森先生,现在知道他原来名叫汉斯。他穿着带肩章的深蓝色套装,裤腿很长,只露出一点脚尖儿。他和艾斯特约好七点钟在三角地见面,因为他住在东桥[①],一起骑车去鹿苑。现在是五月,"游乐园"刚开门不久。密集的自行车洪流涌出城向四面八方流去,就像郊外的别墅,为有钱人盖的红砖矮房子。艾斯特伸长脖子看着那些房子。在一个敞开的门口站着戴雪白头饰的女仆,正在和邮差说话。可以瞥见她身后柔软的地毯,油漆成蓝色的门和闪光的硬木家具。

"喂,汉斯,"艾斯特说,"你想不想发财?"

"想啊。"汉斯说。他的脚用力蹬车,上身前仰后合,好像车上载着很多货。"我想过什么时候讨个有钱的妞儿当老婆。"

最好别知道他是不是开玩笑。艾斯特允许自己有点儿嫉妒,本来他请她去"游乐园"应该是爱上她了。

"我以外你还认识别的女孩吗?"她问。

---

[①] 三角地(Trianglen)指三条干道交会形成的三角形广场。东桥(Østerbro)和前文西桥(Vesterbro)都是在原哥本哈根城门外发展起来的城区。同样的情况还有(Nørrebro)北桥和阿玛厄桥(Amagerbro),共四个区。

他盯着她，头完全低到车把上："你疯了吗，妞儿？咱俩根本就没订婚。"过了一会儿，他才满足了她的愿望，回答说："我亲过一个女孩，一次，不过那是整整一年前的事了。"

"她好看吗？"

"当然好看了。漂白的头发，小帽低低地压在脑门儿上——她现在跟一个大副在一起。"

艾斯特没有漂白的头发，小帽压在脑门儿上也不好看。她觉得和前任之间有悲惨的距离。她的情绪有点儿低落，老伤疤又被撕开了。她最好还是马上放弃这一切，准备好当老姑娘，攒钱开个女用内衣店，老了不用发愁。

不过到了"游乐园"，她的情绪就好了许多。彼得森先生——现在叫他"汉斯"还是别扭——挽着她的手臂，穿过高声叫卖的摊贩和旋转木马，来到过山车跟前，果断地掏出钱包给他们俩都买了票。艾斯特紧紧地靠着他，不知道他想干什么。她高声向彼得森先生抱怨着，眼睛紧闭，以为快要死了。小车飞速地滑动着，好像脑袋倒栽进深水里。兴奋的尖叫声传进树林。终于到停下来了，她腿发软，让汉斯扶着出来，脸苍白得像奶酪一样。他还不过瘾，非常想再玩一轮。她站不住，在一棵树背后跪下来。为了让她高兴，他花25欧尔买了两根特大号的棒棒糖，她像小时候一样先把椰子丝都啃下来，不管看上去有多傻。"现在咱们去跳舞吧。"汉斯说，拉着她穿过人群，舞厅里人挤人，除了背什么也看不见。女孩们像在"人民之家"一样沿着舞池站成一排，艾斯特同情地看着她们，又带着一点儿得意。她有自己的骑士，不需要展览自己。骑士很潇洒地走向乐队，放下两枚5欧尔的硬币，就拉着艾斯特跳起很地道的躬身式,他一只手握住她的手腕,另一只手垂直向下沿着她的背托着。他的上身前倾,她觉得背都要断了。她学着其他跳舞人的样子保持着平淡的表情,其实要跟上彼得森先生复杂的舞步紧张得要命。一对舞伴从背后推她们。那是奥尔加在和一个电车售票员跳舞,穿制服的人是她不幸的弱点。"艾斯特你好!"她洋洋得意地喊道,又恢复了苗条挺拔,就像瘪了气的气球。孩子被送去了孤儿院,奥尔加回到工厂,反正没必要垂头丧气了。他们跳了几曲,汉斯就说什么也要到树林里去散步了。一阵不安向她袭来,当他搂着艾斯特的腰向门口挤去时,眼睛现出斯万纳先生的那种神情。不错,他突然很奇怪地让她想起斯万纳先生。但情况毕竟不同。她在他那里是安全的,因为他们是平等的,随便什么时候都可以抡圆了扇他一个大嘴巴,说:"想什么呢,小子?!"

"游乐园"的喧闹渐渐远了。黑暗中林木间一片死寂。他们跌跌撞撞地走着,都不说话。月亮垂得很低,把一道洁净而柔和的光照到他们脸上。彼得森先生的眼睛不再像斯万纳先生的,它们坦诚而稚气。在树林深处,他站住,小心地吻她的嘴唇。他们俩一样高。"我冷。"她小声说,把冰凉的手伸进他的外套口袋。

"艾斯特,"他说,眼睛不看她,"你是清白的吗?"

"是。"他们站得那么近,呼吸中混合了树叶和树脂的气息。

"那,"他喘着粗气说,"斯万纳先生呢?他真的没有——"

她犹豫了一下,还是屈服于向一个人倾诉的冲动,说:

"他试过……"

他咬紧嘴唇。"老狗东西，"他愤怒地说，"总有一天让他收手。"

"可他有钱，"艾斯特说，"咱们不能拿他怎么样。"

他笨拙地把她拉进怀里，又吻了她。他们很长时间没有说话。他的呼吸变得沉重。艾斯特说："别，我不敢。"

"你敢的，"他像孩子一样求她，"我会小心。"

"好，如果你小心。"她急切地说，看着他脱掉外套，把它铺在地上。她冷，尽管有黑暗，有月光，有树木的低语，她并没有感到这个男人有如血液高歌的亲密感。别的伴侣从他们身边匆匆走过，像互相追逐的云层。树叶在枝头沙沙响，从远处"游乐园"方向传来快乐的叫声和热烈的音乐。艾斯特有点儿害怕，但不是怕这个男孩。她现在和某种东西如此接近，她担心它会突然逃走。她听见斯万纳先生那柔和而略带含混的声音："那是美好的，就是美好的，我的孩子。"

颤抖着的声音在她耳边低语。那些话我们将听到那么多次，相信和记住，然后忘掉。这些瞬间的话语会像风中的云彩、青草、夏夜的微风中散发着香气的树叶一样消失。

她的心中涌出巨大的快乐，一种温柔的、新鲜的、从未经历过的幸福充溢了她的身心。这幸福既是胜利也是虚荣，但也是纯洁的，因为它是那么年轻而谦卑。有人爱她。那巨大的无家可归的爱，现在缠绕住了一个名字，一种气息，林中的一个瞬间。有一个人爱她，需要她——有人将饥渴初次显露在她这里。这很好，很多恐惧和伤害一点一点地散去。她的手抚摸着他的头发，迟疑不决地提出那她梦境中永远的问题:"你明天还爱我吗?"回答像雨滴落在她的眼睑上。她不再孤独,她愿意和他结婚,对他忠实和永远感激。他温柔地靠近她,她从他的肩膀上看着渐渐明亮起来的树林,严肃而又温柔,像一个怀抱着孩子喂奶的母亲,一边完全可以想着别的事情。

## 十三

这条街道像一个女孩,仰面躺着,头枕着恩格花园广场,年轻而又纯真,有绿树、喷泉和救世军每星期三的集会,唱歌、忏悔和吉他演奏。但是从煤气厂路开始两条腿就张开了,轻佻地拉长,向火车站延伸。像雀斑一样洒在这两条腿上的有殷勤好客的小旅馆、热闹的小店里摆着蔬菜和血淋淋的肉,一家洗衣店地下室的窗户里,面色苍白的少女在熨烫衣物。健硕的女人站在街角吵架,失业男人无所事事地站在咖啡馆门前,帽子推到脑后,双手深埋在裤兜里,那么深,直到胳膊肘。疲倦的妓女们,没有化妆的脸上面色灰白,手拿奶油罐走进乳品店,被受人尊敬的女店员盯着看。在所有这一切的正中,在她的膝盖附近,立着一座教堂,严峻、矜持而凄惨,它的尖塔拔地而起,像是一根虔诚而贫穷的、长长的食指,点在这五色缤纷罪恶的鼻子上。

艾斯特给予这条街道的,就像一个不得不让父母伤心的好女儿。一种缺憾得到满足,但另一种又产生了。她觉得并没有被开门迎接进入应许之地,如这条街所许诺的样。这样的经验只在别人饱足的眼中。但这也足以让她不再绝望。然而又将走向何方?血液是惊恐的、害羞的,它不会因呼唤而在一个夏夜加速流动。它有自己的隐秘法则,不是这条街道的,也不是父母的。它渴望纯洁,而永远不会被外在的东西弄脏。

成长需要时间,而且不是免费的。艾斯特闭上眼睛,追随那红色的洪流。她放开了那个她处心积虑吸引到身边的男孩,并永远不会忘记他。她留在身后的一切都将永远用过去那轻柔的、幽怨的声音呼唤着她。血液在深处歌唱,童年的河流平静地汇入永恒。

日子从手指缝中流走,随着洗地板的脏水,随着紧张而用力敲击打字机键盘的细碎声音流走。后来,富人们用来掩盖忧伤、负担和一切罪孽的言辞变得美好了一些,然而黑暗撕去了言辞的伪装,将赤裸的人们抛向了深渊。在书中,只有言辞,没有贫富之分。言辞无形无相,从干燥的书页上滑出来,作为安慰和对永恒的许诺落到心灵之上。艾斯特喜欢干净的手和纯净的语言,像那些在地下长大的苍白根茎一样渴望光明。她转身离开了这条街道,却不知道她将永远带着它——在眼睛里,在声音里,在她飞奔的无家可归的心灵之中。

# 第三部

## 一

艾斯特现在住得离这条街很远。那张打了补丁的帆布行军床落满灰尘，被遗忘在阁楼上。自从卡尔也从家里搬出去，那张长沙发就完全归父亲所有了。他的抽屉又不上锁了，里面塞满内裤、擦碗布和围裙，恢复五斗柜抽屉应该的样子，离诗歌和别的不靠谱东西远远的。不过，父亲在长沙发上面钉了一个悬空书架，在《玛戈夫人食谱》[①]和从奶奶那里继承下来的破旧《圣经》之间放着一厚、一薄两本书，书脊上的烫金书名下面都有"卡尔·索伦森"字样。母亲每天把这两本书拿下来仔细掸灰，听任《玛戈夫人食谱》和《圣经》以最可耻的方式继续破旧下去，散架。她有时会拿起薄的那本诗集翻翻，心骄傲地跳着，想到这是她儿子写的诗，而且印出来，得到承认了。她从来没有走出这个不可思议的惊喜。在乳品店，卡尔是个被津津乐道的话题，她对认

---

[①] 《玛戈夫人食谱》，全名是《小型家庭食谱》(*Kogebog for smaa Husholdninger*)，玛戈夫人（Anne Marie Mangor，1781—1865）在1837年出版的食谱。她改变了用价钱计量的方法，首次将重量和容量单位应用到食谱上，并随着技术的发展不断修订。初版500册，到1887年已刊行28次，大部分每版3000册，共计34次，是非常流行的食谱，如本书中所提到的，深入工人家庭。她还著有其他多部食谱和儿童文学作品等。

识这条街上所有孩子,头发日渐花白的女老板哈沃森太太说:"呀,真是够奇怪的,他小时候和别的孩子一样,对不对?艾斯特更怪一点儿。""对呀,"哈沃森太太说,"可他一定有什么胎里带来的东西,我早就看出,这孩子跟别人不一样。记得我老公还活着的时候,卡尔来买一半全脂奶、一半脱脂奶的时候,他总是说:'又聪明又漂亮,真是个好孩子。'"

厚的那本小说母亲却从来不翻。哈沃森太太或者菜店老板或者别的什么人借去看了,都觉得伤害了他们的地方爱国主义,他们说:"嗯,在这本书里是能认出一些东西,这条街,说闲话的、喝醉酒的男人和所有这些东西,可我觉得他也应该写上好的一面,现在他有这个能力了。"她就用扉页上长长的献词名单来为卡尔辩护:"他不过是夸张了一点儿不好的方面,因为他觉得有那么多应该改进的地方。——确实有嘛。"最后一句是她自作主张的补充。他们觉得需要继续深入地问她,他描写的到底是不是自己的父母(父亲不喝酒,母亲也完全不是那样无能弱智),于是她以攻为守,采取卡尔结束讨论的经验大声说出下面的话:"为了达到预期目的,宣传总是需要夸张!"她就这样在沉默中完成采购,昂首阔步走出店门,茫然和尖刻的目光像针一样刺着她的背。可是当卡尔每月一次回来取送熨烫衬衫的时候,她总是穿着便鞋,戴着围裙,狡猾地用一种不确定的忙碌掩饰自己,"就缺"那么一点儿麦吉林,或者糖,或者别的性命攸关的必需品,卡尔"就跑一趟"吧。于是闲话就瞬间插翅飞遍这个街区,卡尔走在街上,像是来自另一个世界的,一道令人眼花缭乱的强光,头上飘着名誉荣耀的光环。一时间,说他不再回家的恶意谣言就止息了。母亲也在父亲面前为他辩护说:"他现在有别的兴趣,不能指望他总是在家里坐着待着，他有自己的朋友。"

可是他的这些朋友谁都不认识。他们不属于这条街道。就连一度和他形影不离的奥斯卡也不再来往了。他属于悲惨的过去。一天夜里他母亲突发脑溢血，被一辆拉响警报的救护车接走，离开这条街，就再也没有回来。奥斯卡的好日子也就这样过完了。现在他脚蹬着满载的三轮车跑来跑去，和别的跑腿送货的人完全一样。长头发和别的艺术家标志他都不得不放下，而让所有人惊讶的是，他原来也可以变成一个完全普通的小伙子，星期五领到工资，星期六喝酒胡闹，星期日睡懒觉。只有走近他和他谈话时，才会看到他精致的小脸和曾经那么轻松地握画笔的雪白细长的手指。他下工后站在大门口，嘴里叼着绿包塞西尔，帽子推到后脑勺儿上，女孩们还是围着他。"你不画画了吗？"其中一个问，有点儿想勾引这条街上的老浪漫奥斯卡，那个在"小小咖啡馆"门外路灯下"学习"的奥斯卡，即便他明显地越来越无所事事，成了越来越受编辑鄙视的艺术家。于是他满不在乎地说："不画了，没钱。"然后就越过女孩们的肩膀朝街上看去，好像在不耐烦地等什么人。有时候他会站在"人民之家"门口的人群里，但是他比学徒们老太多，也不喜欢谈女孩。他一直住在母亲的公寓里，当他拖欠了几个月的房租之后，在一天的夜里，把不多的物品装上那辆三轮车，悄悄穿过这条街，沿着那拉响警报载着他母亲的救护车行车路线离去，也和她一样没有再回来。

母亲把报纸上所有关于卡尔的文章剪下来，竟然积满了一个鞋盒子。父亲调水和面，用平底锅熬了些糨糊，细心地把这些纸片贴到孩子们的旧作业本上，下面标明年份和日期。自从只有两个人的饭要做，两个人的衣服要洗，两个人的袜子要补，母亲的时间多起来，她已经把儿子的书完全背下来，每天下午还是把书拿下来读一遍，带着同样不可理解的、不断增长的喜悦，就像孩子们反复读童话，直到记住每一个词。她也终于放弃了那种奇怪的东西，让她多年来心不在焉、神思恍惚、烦躁易怒的东西。不再有什么外在的东西呼唤她，胸中不再有模糊的不安，不再为孩子们不能停留在童年而忧愁。她终于变成了艾斯特小时候所梦想的样子：强壮，有点儿八卦（时间充裕时很容易养成的习惯），一切欢乐和痛苦都植根于孩子们的母亲。

艾斯特比卡尔回家多一些，因为她的办公室在西桥路上，但她坐不住，总是偷眼看表，急着又要走。母亲问她吃晚饭了没有，她总是回答吃了，因为她不愿意回家白吃饭。母亲就煮咖啡，把一整块黑麦面包切片抹上黄油。面包一片接一片地消失在艾斯特的喉咙里，变成了晚饭。

日复一日敲击坚硬按键的手指不再是红的，也不再粗糙开裂。它们变得修长，有着美丽的形状和保养得很好的指甲。办公室工作对那些想隐瞒身份的人很有利。所有阶级在这里相遇。有的人不过想挣点儿零花钱，也有人完全指望着每个月150到200克朗活命。别装，能活的，但这不可避免地要影响到伙食。艾斯特在家里喝四次咖啡，省下的晚饭钱就可以买一双真丝长筒袜。这是她的弱点，因为这种丝袜穿在身上那么柔软，那么熨帖，有一种精致低调的品位和奢侈。不过她只在星期天穿丝袜，另外六天，她小心翼翼地将补过的袜跟藏在脚底，不时给袜子缝几针，以免它在一天里的某个时间再次脱线。

## 二

她还是难以找到生活的态度。她还是有一种不安,还在寻找,还是有无根的感觉。她好像在世界上没有可以常住的地方。人们走进她的生活,给她留下一点儿东西。她努力让自己和别人一样。成为一个人特点的,拿香烟的一个姿势,头的摆动,笑声,陌生女孩头发上美丽的光线效果——都给她留下深刻印象,让她充满艳羡。她摆脱了自己,无家可归地游荡,准备换一个形体,哪怕是一秒钟,一个小时,直到幻想破灭。她看到每个人都和谐地限制在自己的本质和意愿之中,只有她自己不是。那么她究竟是谁?她为什么是这个她,而不是,比方说,在打字室坐在她前面,日复一日,一年到头俯身在打字机上,头发剪得很短的麦尔戈小姐呢?她寻求过体验,她把自己的可能性弯成极端的拱形,然后从这个颤动的窄门爬出去寻找自己,但她找到的总是另一个人——另一个人的冲动,另一个人的幸运,另一个人的信仰。

她努力让自己的日子变得可以忍受一点儿。她是一个年轻的女职员。她和同伴们谈论丝袜、口红和电影,而和于斯特森小姐——这位龅牙、戴眼镜、夜校法律系的在读生——她就严肃地讨论妇女解放和其他高大上的问题,而且能眉飞色舞、兴致勃勃地贯穿谈话始终。可是她就没有自己的意见吗?有时候会有思想出现,可是那像河流拍击岸边的浪头一样沉重——来自内心深处,来自童年、遗传和本能,那是她愤怒地推回原处的东西。她拿它怎么办?这个童年想要她怎样做才好——自从她离开这条街之后只像陌生人一样匆匆回来过,一半被那里散发的恶臭和保存在记忆中的条件所窒息。

她就这样一天又一天,半梦半醒地过着,既不快乐,也不悲伤,只是有些不耐烦,就像过境旅行的人野营一样,不得不将自己调整到一种临时状态。对她来说没有什么是已经决定了,没有什么是一成不变的。偶尔,她也会吃惊地停下来,想道:好吧,难道这就是生活?没有别的吗?难道我就应该永远这样:早晨起来,穿上衣服,洗脸刷牙,准备好,骑车穿过城市去打发掉八个小时——可以期待一点儿的是晚上的跳舞、调情,还有来得快也去得快的恋爱?生活就没有别的了吗?她内心的洪流奔腾汹涌,抗拒着,迫使失明的眼睛睁开,怯懦的心灵承认。但时机还没有到。她把眼睛闭得更紧,拥抱着身体和灵魂中那些微不足道的美好、善意和温暖——她就这样麻痹自己,在一片平滑的、无思无虑的死水上,只有那些可以理解的、切近的事物,漂浮在平静的水面上。

也有深刻的、基本的东西她不能逃脱。其中一个就是发愁,那灰色的、老姑娘似的发愁,从她记事起就一直是她生命和日常生活的一部分:发愁明天,发愁没做作业,发愁未被发现的罪行会随时冒出来要求她偿付代价——发愁被背叛的友情和飞逝的时间——发愁爬行的夜晚和狡猾的黑暗,发愁从坚硬的石头里蹦出来的话会刺破她用孤独修建的保护层,于是那赤裸的、受伤的心灵就会无助地滑出来，就像一只湿漉漉的蜗牛从它的房子里出来。后来，又要发愁谋生，房租要付，早已穿破的外套还要分期付款，为不能让世界满意而惊恐万状。最后，出现了全新的、潜入的一个：发愁人生会从身边溜走而她却抓不住。她现在已经那么老，足够回首成年生活，而发现成年的起点已经十分遥远。这想法把她压倒了。时间到哪里去了？她以为那是不久以前，倒回去半年就是童年……

有时候，她晚上坐在阿玛厄岛①上的女佣小房间里——那是从一位集邮家那里租来的——觉得被抛弃了，像不再希望能赢钱的赌徒一样疲倦。出租房间的无家可归感包围着她。发黄的壁纸满是挂过镜框又摘掉留下的痕迹。小长沙发被不认识的人坐塌了，他们就像艾斯特现在这样，夜复一夜，四仰八叉地躺在上面，然后打个哈欠，伸出一只手摸到开关熄了灯，坠入姗姗来迟的、短暂的睡眠。——生命的变幻无常感紧紧地咬住她的胸脯，但在这痛苦中，也有一种毁灭得到温柔和平的救赎，甜蜜而解放的感觉。而这种缓解作用同时也是危险的，经常是这同一种东西让她打落那些向她伸出的手。

---

① 阿玛厄岛（Amager）是西兰岛东海峡对岸的小岛，哥本哈根城横跨在这两座岛上。阿玛厄岛在1930—1940年代是工人区。现在属哥本哈根大区，电台、电视台和机场都在岛上。

## 三

麦尔戈小姐很穷。她的裙衫后背已经磨损,长袜永远打着补丁。到了月底,她半转过身,手臂架在椅子背上,说:"喂,索伦森,又没辙了。您能不能借我几个克朗?一号还。""当然可以。"艾斯特很快地回答,而且把这笔钱打入她每次领到工资都会细心制定的预算。贫穷对她来说不是暂时的、次要的,而是构成她之成为她的基本因素,她努力逃离的东西。如果她和一个很有钱的人一起出去——会发生这种情况——她还是斜眼偷看账单,而每次都为他们吃喝掉的那小笔财富小吃一惊,被这些钱应该派更好用处的想法压迫着。最好的是她基本上舒服的情况,她当初和那个叫汉斯的男孩一起看电影的时候总是自己买票,有时还给他买,因为得知他父亲长期失业,母亲下半身水肿,养家主要靠他。但是她羡慕麦尔戈小姐那快乐的贫穷,上面染着青春的色彩,充满青春本有的希望。她试着学习模仿,在家里练习着说:"麦尔戈小姐,这回是我手松,您能不能帮我点儿,一号还?"但是这些话定在嗓子眼儿,说什么也不出来。因为在这些话后面跟着一条长长的街道、阴暗的院子和藏在每个角落里的赤裸裸的恐惧。

这位麦尔戈小姐也不像别的女孩那样和衣服融为一体。她那男孩子般的脑袋高高地在褪色的衣服之上仰着,手拿速记本和铅笔，穿过摆着打字机的办公桌，每张桌子后面坐着一位女士的长长通道。这让人想起学校的教室。只不过中间那行前面坐的不是女教师，而是一位年长的女性高级助理，她往来巡视报效国家已经超过25年。她的名字叫约恩森太太，除此之外她哪里都像个神经质的皱巴巴老处女，一辈子就没有做好过一件事。当电话铃急促地响起，期待着前后左右的速记员跑步前去，尽管每个人的紧急任务都堆到了耳朵，她的脸红了，口吃起来，似乎她个人要为整个混乱的系统负责。"但是汉森先生，我们这里真的一位小姐也不能抽出来，您一定能够理解这一点。"她用放弃的姿势放下听筒，伸长胳膊。"他想要一位女士，"她说，"斯文森小姐，您能不能上楼去听听，也许并不是很长？"斯文森小姐正躬身像新月一样，两根指头飞速地敲着，其余三根指头紧紧攥住拇指。"我没有时间，"她穿过噪声喊道，"手上这份应该在一个小时前打完的。""嗯，那就找另一位，总得有一个人去的，"约恩森太太不高兴地用铅笔敲着桌子，祈求地从一个看到另一个。"上帝啊，"她小声嘟囔着，"让我怎么跟他说，他很快又要打来了。"但是没有人理会她。她们都在飞快地打着在秘书们的办公室积压了几个月，却被视为应该在送到打字室的那一瞬间就被誊清发出的文件。

不过于斯特森小姐，那位妇女权利活动家兼法律系学生，认为有义务在白天尽可能把精力精打细算，这样才可以在晚间放射光芒，推进学业。她教给艾斯特一个窍门。"您用不着做那么多，"她说，"没有人会感谢您，而只会期待您越来越多。看我，别把名字写在文件上，根本不让她们知道您在打字室，您就可以不受控制，想做多少做多少。"她照样做了一段时间，但有一种奇怪的不满意的感觉。她傻傻地并没有因此而少做。当有一份文件被退回修改,约恩森太太就会高声喊:"这份没有名字的是哪位的?"她就低头站起来好像就是她的错,想的却是于斯特森小姐说的:"根本不见得是我的。"然而,如果是别人拿去修改,她还是会过意不去,万一是她打的呢——也许这是一份很大的、制作精良的文件,复写了许多份,很容易让草率的修改毁了。——于是她又开始在文件上签名,在永远的、无望的忙碌中奔跑。

秘书穆尔瓦德来了,他是新来的,不想给人添麻烦,于是下楼来站在打字室门口扫视着,搜寻着如此乌托邦式的目标,例如一架没人用的打字机或一位没事干的小姐。当他发现好像没人注意到他时,就清清嗓子,用手指梳理着头发。不幸的是,他并没有固定的打字员,打死他也记不住上次用的那个的名字。他的目光扫来扫去,停在艾斯特身上,她正从打字机上抽出一张纸,喘口气。可是当他向她走来时,她赶快装上一张新的白纸,不让他觉得她时间很多。他失去了勇气,一声叹息卡在了半路。"小姐们都忙着呢,不能跟您走,"约恩森太太喊道,摆出一种她其实并不具备的权威架势,"过一会儿再来试试。"

这时艾斯特还是站起来向他走去,因为她实际上有时间,如果她真的想,还因为他看上去是那么规矩,他的口授应该很清楚,即便她的速记很糟糕。"如果您用我的话。"她说出口马上就乱套了,因为他乱。"好,非常感谢,"他松了一口气。"其实没有多长,您看——"

穆尔瓦德不像别的秘书有自己的办公室,他没有,就坐在顶楼档案室的正中,穿棕色大褂的男男女女走来走去存取文档。"请坐。"他心不在焉地说,从桌边拉过一把椅子。"文件都在这里,全都是回绝信,应该用同样方式来写,所以您一旦开始就会发现并不难。"他翻动着纸页开始口授,但他看上去一直在想别的事情——那么容易听懂,于是艾斯特的思绪也飞出了这间落满灰尘的阁楼。

  他似乎对她很满意,而且也没人争着做这件工作,于是她渐渐成为穆尔瓦德的固定誊写员。麦尔戈小姐转过半个身子好奇地说:"他不是有点儿古怪吗?他走路的样子很滑稽,会一脚踩到菠菜上的。"① "没有啊,"艾斯特为他辩护,"他一点儿也不怪,从来不逼自己也不逼别人。"她高兴为他打字,这样可以让她稍微离开那一成不变的恼人的忙碌。"如果您今天做不完就明天再做。"他说,即便文件上有纵横交错的红蓝加急画线。他不在乎。

---

①  踩到菠菜上(Jokke/træde i spinaten),丹麦习语,指动作行为笨拙,把事情搞坏,如说"大象闯进瓷器店"。

## 四

作业本上关于卡尔的剪报贴满了,再换一本新的。父亲负责熬糨糊粘贴,母亲走来走去,永远处在漏掉什么的恐惧中。她每天在雪茄店里买《社会民主党人报》,装作很随便地问:"今天报纸上有什么特别的新闻吗?"眼角却充满期待地瞟着柜台上整齐排放着的其他报刊。"没有,"那瘦小的老太太,雪茄店老板娘说,"除了日期没有新的。"但是她碰巧发现了一个,就说:"对了,我看见《周报》上有卡尔的,可能是一首诗。"母亲的脸马上明朗了,说:"是这样的啊,那么我要一份。"她高兴地夹着那杂志回家,然后仔细地反复读那首诗,直到差不多能背出来,她从那蓝色咖啡壶里倒出一杯又一杯的咖啡,就这样一整天。这些诗的内容渐渐远离了当初塞满上锁五斗柜抽屉的那些幼稚的、夸张的、反叛的诗。卡尔说这叫发展,如果有人叫它别的,那赞美的话也是不能深入这条街的人们说的。他的小说大获成功。本书颇有新意,批评家写道,在梦中写成的。说的就算不错,他现在看上去算是从那漫长的节奏性睡梦中醒来,快乐地摆脱了童年,写作就像是从他的腋下,经过铅笔,源源不断地落到纸上。母亲仍然认为卡尔写的东西很美。美是美,可不是那个当初每天晚上站在"人民之家"门外的高个子写的。他在那里为改善学徒工条件,为一个新的更美好、更值得在其中生活的世界而斗争。他的诗和这些都毫无关系,是关于夏天、森林、渠边的,其中的道理是,只要接近这些细小的事物、最简单的事物,向大地追寻,高高兴兴地坐在田野里,让风吹走一切匮乏和悲惨,因为"人在自然中",而且"太阳、风、雨都是永恒的存在,和它们相比,我们的生命和忧愁都那么狭隘而贫乏"。母亲端着咖啡叹息着,多么美啊,而且是那么真实而简单——只除了她从来没有觉得坐在田野里瞪着眼睛看有什么快乐,这自然是因为她不愿意坐着而不想别的事情,而且她似乎可以用别的更好方法来消磨时间。

很难得的,艾斯特和卡尔同时回家。于是他们四个人再次围坐在桌边,但现在孩子们只是来做客,很快就要走掉。父亲问他们生活中守不守规矩也没什么意思了,因为他们不是守规矩就是不守规矩,不论哪种情况他都不再有力量改变什么。母亲忙着煮咖啡,跑来跑去快乐得像一只母鸡。"上星期日杂志上你的故事真好。"她说。"噢,妈觉得好呀,"卡尔轻松地说,"那不过是应付约稿,我不再多想它了。"

"什么,"父亲说,"有人向你约稿?!"

艾斯特也看了这篇故事,却什么也没说。故事讲的是一个14岁的穷孩子,从母亲的钱包里偷出钱去喝酒,喝得大醉,因为他从来就没见父亲清醒过。这个故事让她产生一种奇怪的不舒服感觉——如乳品店女老板对母亲说的:"他应该也写上那些好的方面!"卡尔坐在那里,披着长长的头发,那双好看的蓝眼睛仍然带着稚气张开着,但已经失去了一度在里面燃烧着的无言的反叛——他不知道究竟应该对父母说些什么。挂着廉价复制品的墙、黄铜佩饰的餐具柜、长沙发、没有上漆的桌子和门背后的烟斗架子，都不能再让他产生印象——所有这些都被他照相式地写进书里，用一个孩子梦游般的精确。现在这些都对他不再有意义，不能产生灵感。家里整个长期的有尊严的贫穷气氛，像湿冷的手放在他脑门儿上，起居室里的空气让他呼吸困难。他和艾斯特一样有美丽的双手，穿戴花哨，眼下他穿着圆翻领上装，阔腿裤，丝绸手绢从背心口袋里伸出一点儿。他在寄宿舍里住着一间宽敞明亮的房间，窗外是人工湖[①]的美景。晚上他和一个精致得像水晶玻璃人儿一样的女孩一起到"竞技场"[②]去。他想跟这个女孩结婚。她跳舞时紧贴着他诗人的心，那里怀着和他15岁时类似的模糊观念——什么样的女人才唯一值得拥有。

他一喝完咖啡，就看看手表说："妈，我是来拿衬衫的，我该走了。"艾斯特看到父亲和母亲眼中的光芒熄灭了，为他们感到一阵绝望，愤怒的温柔，为不能让他们喜欢她而绝望和愤怒。卡尔把10克朗放在桌上。"上帝啊，"母亲说，"太多了，不费什么事的。"好像大吃一惊，跟自己孩子不能这么收钱。"可是一点儿不多呀。"卡尔出手总是很大方，来喝咖啡时总是带着很多面包，好像有一笔拖欠已久的债必须尽快还清。

---

① 人工湖（Søerne）是哥本哈根老城外防御体系的一部分，16世纪时为加固城墙挖土方而形成的人工湖，从郊外各处水源引水。历经多次修建成五段，又称"五段湖"。临湖的住宅时髦而昂贵，住在那里是身份的标志，卡尔尽管只租了一间房间，也说明他收入不菲。

② 竞技场，全名是竞技场歌舞餐厅（Danserestaurant Arena），哥本哈根1920—1930年代引领潮流的时髦场所，常有爵士乐等演出。

有时候兄妹俩一起走，下楼来到街上。他们说，夏天快到了，父母应该有一块菜园子①，星期天去散散心。卡尔说，他前不久在长堤②遇见奥尔加，和一个水兵挽着臂膀。他讥诮地大笑起来，还是老样子："她永远也不会变得聪明一点儿。他拍着一个脏兮兮的小男孩的脑袋，很男子汉、很哥们地说：小子，挪一挪，让你爹过去。"艾斯特感到一丝莫名的不快，她徒然地在他的眼睛里寻找那个曾经绝望地在父母的红色条纹被子下面哭泣的孤独男孩的影子。她为什么要为找不到而失望呢？如果她的哥哥幸福，难道不好吗？他潇洒地向街上走去，他的步伐像个不惜一切代价要用身外之物来提高自己的小男孩。失落的痛苦像以前那样经常地触动她，她再一次问自己：一切都会变成什么样子？我们到底会滑向何方？

---

① 菜园子（Kolonihave），城外大片土地划成规则小块的园地，经常包括一座小房子，可以买也可以租，是低收入者的消夏别墅。
② 长堤（Langelinie），哥本哈根港的堤岸，著名的美人鱼雕像所在地。

## 五

　　大家为麦尔戈小姐结婚在打字室聚集起来。谁都没想到她要结婚，甚至也不知道她跟什么人"出去"，直到她辞职，并得到特许提前离开。因为婚礼将在维堡①举行并同时庆祝公公婆婆的银婚。全体打字员一字排开站在打字室的一头。她的未婚夫是牙医，将永久免除麦尔戈小姐穿磨损的衣服和磨歪了跟儿的鞋。"哦，她真幸福！"一阵艳羡的低语从长长队列的一头传到另一头，耽误了不少部级急件。私人生活的一阵微风引起工作的轻微延迟，并将自己雾化，上升到顶级办公室，愤怒的行政总管把一份接着一份的文件发下改错。

　　艾斯特一直小心翼翼地把思绪限制在日常反复出现的事物中，不让它逸出常轨，但此时此刻却猛地一震失去了宁静。麦尔戈小姐要结婚了！快乐的不变之中又发生了改变，一种不安，一次小小的失去支点的滑动：她将看不见面前那棕色头发剪短的后脑勺儿，在思考时卷弄雪白前额上的一绺头发的女孩——另一个后脑勺儿，另一个女孩将接过那个位置，而她自己则将继续坐在这里，每天八小时，也许看着一个接着一个消失，就像约恩森太太那样，与打

---

　　① 维堡（Viborg），丹麦最古老的城市之一，在日德兰半岛中部。

字机们和绿色玻璃罩的台灯们永远同在。但是又怎么办呢？她是不是应该去找一个这样那样的人竟然如此友善地愿意和她结婚？麦尔戈小姐究竟是爱她的牙医，还是因为她看不到别的出路而要了他呢？艾斯特不相信爱情。固然有这样那样的人说过他爱她，但是自从太年轻还不会撒谎的汉斯那一章之后，她就再也没有相信过。并不是因为她相信，在一天晚上的某个时刻，一个在某些方面有些像她的女孩，会唤起一个男人的爱。但这却不是她。这是她在一个晚上扮演的角色：一个人造的幻象，在随后的夜晚不可避免地凋谢的花朵，变成这个男人欲望的空洞贫乏的投影。而她本人则是谁也不能理解，不会呼唤的。从她能记得起，就没有谁是为了她的缘故。

　　回到集邮家那里的家，她对着镜子里的自己叹息。如果她生得美，许多事情都会不同了，也许一切都会不同——可她不过是一个普通的女孩，喜欢漂亮衣服和长袜，愿意花费半小时在镜子前，涂上蓝色的眼影，给苍白的嘴唇涂上红色唇膏。如果她长得好看，街道也许会喜欢她，帮助她，亲近她——于是幸运就会展开巨大的翅膀一举击中坐在后排房子五楼上行军床上的她。现在她必须费劲巴力地追求——哦，不对，追求的不是像幸运那么伟大的东西，不过是一点儿值得相信的东西，所有这一切的意义。那很可能是别人匆匆走过而加以忽视的东西。她要小心地拾起来，用她的心来温暖它，就像它是一只从窝里掉出来的丑陋赤裸的小鸟。

## 六

于斯特森小姐穿得很马虎,因为她不把钱花在衣服上,几乎完全不化妆。她有时会请艾斯特到她在老城中心一个什么地方的阁楼公寓里去做客。她从眼镜片后面用敏锐而随便的目光审视着她,说:"您走来走去,像是在寻找什么。您是不是觉得生活很空虚?""也不是,"艾斯特说,还是期待着能和人谈谈自己,"我只不过总是觉得自己不能把事情做好。"她耸耸肩膀,手指抚摸着于斯特森小姐招待她的杯子边缘,"也许是我对生活的期待太高了。"她喜欢来这里,成为一个有趣的、聪明的、有追求的女孩,奇怪的是,这样一个女孩很容易让人想起于斯特森小姐。

"您有没有什么感兴趣的事情?"于斯特森小姐热心地问。"您完全不像别的普通文员。您喜欢文学吗,譬如诗歌?""喜欢的,我喜欢诗歌。"艾斯特殷勤地说。"那您看,这里有精彩的东西。"于斯特森小姐起身走向摆满关于司法和其他事物的高深书籍的书架,抽出一本皮革装订的小小诗集。"这是用丹麦文写成的最美丽作品,"她说,"您想听吗?"她不能拒绝,但说真话,于斯特森那枯燥平板的声音跟《克拉克道路指南》①差不多。诗歌不能这样感动她。人

---

① 《克拉克道路指南》(*Kraks Vejviser*),由卡拉克出版社(Kraks Forlag)发行的多种实用手册之一。

应该单独与诗相处,用内心最深处的思绪和一切痛苦与诗相遇。当初,她刚从家里搬出来,有时会在半夜醒来,在陌生的房间里,感到那古老的无形惊恐又爬出来笼罩在她身上。于是一行诗从记忆的黑暗中浮现,而节奏则在她周围画出了一道魔法的圆环,那不可解的和邪恶的就得到抑制。这种诗句可以是一首单纯的赞美诗,在学校里反复诵读并且被背下来,因为在人的内心深处有着对节奏的需要,并从中得到安慰。于是她在床上坐起来,抬起膝盖抵住下巴,手臂抱住双腿,让语词源源流出,就像一个没有意识到处在危险中的孩子。

在于斯特森小姐那里,她遇见了记者延斯·布洛克。他的个子极高,顶着个凹凸不平的脑袋,像是旗杆上的小圆球。当他听说她是卡尔·索伦森的妹妹,就说:"您的哥哥是一位天才,但是,没有海明威就不会有卡尔·索伦森。"随后他请她去阿波罗剧院看滑稽剧[①]首演,再后来去"竞技场"。他招手叫侍者过来,拍着他的肩膀说:"老朋友,你好啊!"然后他们吃花式黑面包[②],喝啤酒、烈性酒,还有许多别的好东西。艾斯特喝得有点儿高,觉得生活很美好。延斯·布洛克却一个欧尔也没出,在回家的汽车上他向她坦白,他有个贪心的老婆,每个月跟他要 1000 克朗,他得像匹小毛驴似的拼命干活。作为回报,他可以享受情色

---

① 原文 Apollorevyen,Revy 是一种从 19 世纪中叶开始盛行的滑稽剧形式,众多丹麦著名演员从事其演出。阿波罗剧院(Apolloteatret)在名园 Tivoli 正门附近,建于 1890 年,1945 年被炸毁。

② 原文 smørbrød,典型丹麦美食,在涂了黄油的黑面包片上摆各式冷菜。

自由,"绝对值 1000 克朗了,对不对?"话是这么说,可戏院、饭馆、汽车,他哪来这么多钱?他笑了:"我不过是在报纸上把这些写得漂亮点儿,此外我在哥本哈根到处都可以赊账。"他说,可是当账单来了还是得她付钱。"上帝啊!坐在这里的这个男人,欠着债,口袋里连一个欧尔也没有,却快乐得像只猪!为什么不能这样轻松地生活呢?卡尔他说得很多,还提示到他乐于见到他。她忽然想起来,她能接近这个男人是因为卡尔。对,谜就这样解开了。在她住处的街门口,他热烈地拥抱她,说她是他遇见过的最漂亮的女孩,"让我亲亲你甜美的眼睛,"如果他的手脚没有被绑住,他情愿和她一起到西西里去旅行,因为旅行是世界上唯一值得做的事情。艾斯特舔舔嘴唇,像是被吸血鬼咬了一下,浑身通透,美好而充满诱惑力。

　　第二天她被于斯特森小姐吓了一跳,她说:"暑假里您可以和延斯借用我的公寓。""谢谢不用,"她说,"我现在还不想,我们还不——这样——相互认识呢。""那又怎么样?"于斯特森小姐严肃地看着她。她主张情色自由和非传统的同居。所以,纯粹理论上来说,她随时准备好投向任何表达出一点点有关愿望的人,然而可惜的是到目前为止仍然未能加以实行。

## 七

艾斯特在下班回家路上碰见丽莎,却差点儿不认得她了。她抓住最后机会让自己长高,变成一个美丽的姑娘,纯洁而诱人,像一朵南田公园里盛开的雏菊。

"哦,是你!怎么在这儿,干吗呢?再也见不到你了,订婚了吗?"

艾斯特摇摇头,马上看见丽莎戴着光滑的戒指。"你呢?"她问。

"我早就订婚了,我们五月结婚。你一定认识他,他是卡尔的老同学,名字叫海尔穆特·拉尔森。我们要住在阿布萨隆街,他在那儿有家自行车铺子。也可以说不是他自己的,他不过是给师娘管理。他在那里出了师,然后师傅就死了。你应该看看他给店铺画的漂亮招牌。你不想一起去看看吗?"

艾斯特跟着她走。当她们走向那条街道时忽然有一种奇怪的感觉——两个年轻女孩,处在活泼的家庭主妇和大喊大叫的孩子之间的她们,不紧不慢地,端庄稳重地在一起走着。时光倒流,快得像是拆毛衣扯线。人们推搡她们,一个男孩打落艾斯特的帽子,丽莎停住脚步拉起掉落的长袜说:"咱们得来点好玩的!"突然她被推了一把:"想什么呢?"丽莎笑着说,"怎么不回话呀?你现在总是心不在焉的。"嗯，可是那个叫丽莎的孩子上哪儿去了？艾斯特小心翼翼地寻找着，在那含笑的绿色眼睛里，在那甜美的心形小嘴上，在那好玩的粗嗓门儿里找到一点点童年，宛如清晨草上残存的露珠。她轻轻叹了一口气："这些年里咱们拖着一些东西走，不管愿意不愿意。"

"对不起，你说的是什么，丽莎？"

"咳，说它第一百二十七次：奥尔加跟一个电车售票员结婚了，他有固定工作。他们把那孩子接回家，他现在也有6岁了。他们要住在前排房的五楼，她父母的楼上。"就没有丽莎不知道的事。"爱伦的母亲染上肺结核去世了。她在一家裁缝店找到工作，跟一个坐办公室的订了婚（她的事儿总得那么精致）。伊琳娜，老实说就是当了婊子，每天晚上在火车站那儿拉客。过的什么日子呀？"丽莎说，她停了一下，像别的女孩一样，对伊琳娜可怕的命运有些好奇。她在一家奶酪店有份工作，但在结婚前什么都不用干。"那个离婚女人和亨利克和克里斯钦叔叔，他们都怎么样了？"上帝啊，她连这个都不知道。有一天，克里斯钦叔叔跑了，从太太存钱的包里拿走了所有的钱和一块金表，还顺走了几个戒指。她垂头丧气地坐在那儿。真不是东西，不过还好，没影响丽莎的工资。可是从那以后那娘们儿完全疯了，对丽莎和亨利克呼三喝四的，真可怕！最后丽莎不得不辞职，可惜那可怜的亨利克辞不了职。"

突然，她抓住艾斯特的胳膊："就在这儿！"她胜利地欢呼起来，"看这个招牌，多漂亮啊！"艾斯特抬头看那是一块鲜艳的厨房蓝色招牌，上面写着白色的大字"特里尔比①自行车修理店"。"你不想进去见见海尔穆特吗?哟,门关着,他一定出去了,很快就会回来。我有钥匙,你可以进来。"艾斯特小心地走下三级台阶,直挺挺地站在那里,躲避着机油罐,吊在半空的自行车,以及无处不在的脏工作服和抹布。可是丽莎拖过来一把椅子说:"坐下,你站在那儿瞪眼看,像是在聚会上。上帝,我想起来了,还记得咱们跑去找泡泡糖,你在林荫南路什么地方打翻了一大碗巧克力的事吗?咱们那会儿真疯啊,想想咱们的运气也真好,从来没被抓过。"艾斯特注意到,原来很安静的丽莎变得话多了。她突然说:"我要告诉你一件事,"像个孩子似的藏不住秘密,"可你不会告诉你妈妈的吧?"

"当然不会。"

丽莎放下心来。她两眼放光地小声说:"我有了,三个月。"

"哦。"出于这样那样的原因,艾斯特不可能表现得欣喜若狂。她清清嗓子说:"那真不错。"她的声音是干巴巴的。一幅景象忽然从记忆的迷雾中浮现,随即又消失了,像是抹去永恒黑板上的字:一个白衣小姑娘坐在窗台上两根跃动的烛火之间。

"上帝啊,我也高兴,"丽莎说,"你答应也不让老人们发现。"她哧哧地笑了。"你应该看他们每天晚上和我们一

---

① 特里尔比(Trilby),法裔英籍作家乔治·路易·帕尔梅拉·布松·杜穆里埃(法语:George Louis Palmella Busson du Maurier,1834—1896)的小说,孕育了著名的人物形象斯文加利,成为加斯东·勒鲁创作长篇小说《歌剧魅影》的灵感来源。该小说改编为同名话剧在伦敦上演时剧中人戴的窄檐软帽后来被称为"特里尔比帽",作为优雅高贵的象征流行至今。

起玩'大亨',直到他们快撑不住了,就为了不要出事。海尔穆特在桌子底下踢我,我都快笑死了。哦,你要走了吗?等一会儿,艾斯特,海尔穆特就要来了。"

但是最后一点点童年嫉妒的残渣让艾斯特完全不想问候这个海尔穆特。

## 八

每天上午，艾斯特坐在顶楼上秘书穆尔瓦德那里，忠实地为所有案件速记下同样的陈词滥调，尽管她早就把这些拒绝信背下来了，而每件事其实都可以用几句话来解决。可穆尔瓦德先生好像满不在乎，她也不想缩短这些惬意的运作，远离打字室里地狱般的噪声和紧张。他们都很平静，尽管好处对艾斯特很明显，她还是不明白穆尔瓦德先生的兴趣为什么会浓厚到有时拖长时间的程度，除非这是他的习惯。一开始他总也记不住她的名字，她不得不每天重新自我介绍，有点儿为自己的无价值而伤心，竟然被日复一日地忘掉。别的女孩开她和他的玩笑。她们总是爱上秘书们，一方面是因为女性现在还难以把私人生活和工作分开，另一方面是因为把气氛情色化一点儿是那么容易，当一个长相还不太差的年轻男性就在身边的时候。大部分情况下这是纯真无邪、不求回报的，就像孩子爱上学校老师。但也会发生这样的情况，一个又一个秘书不得不屈服于那么多的女性辐射，没等他回过神来就已经订了婚，定好了婚礼日期，交了三个月房租的预付款。

"他接吻的技术怎么样？"斯文森小姐在午餐休息时间。

"您可真聪明。"另一个说，好像竟然会想到穆尔瓦德会吻什么人是件荒唐事。"我以为他接种了恋爱疫苗。"

她们都笑了。"他现在其实挺有教养的,"于斯特森小姐说,"不过总的来说他还是对什么都不在乎。他会不会忘记您坐在那儿,索伦森小姐?我给他做过一次笔录,我想他一眼都没看过我。"

"那可能是因为他怕羞,"有人建议道,"怕羞的人真的难以评判。我以前认识一个人——"

关于穆尔瓦德先生的性格和性生活的讨论,艾斯特没有发言。她也不为他辩护,不然就会被说成爱上他了。对她来说他是工作中一个愉快舒适的因素,日常的一点儿休息,一点儿消磨时间,如此而已。别的她就不会想到他,而且,很糟糕地清楚他的模样。她只有一个表面印象,那是一张苍白消瘦的脸,菲薄的嘴唇紧闭,说完字斟句酌的话就不再张开。

在一次短暂的间歇,恰如大自然在忙碌后的停顿——当职员们刚松了一口气,又不得不处理几份可有可无的文件,她们怒不可遏,最终让它们自生自灭,又为随时可能出现并点出下一个辞职者名字的人事主任害怕得发抖——一天,在穆尔瓦德先生的书桌上只有几份薄薄的无关紧要的文件,即便最狡猾的拖延也无法用完一整个上午,他突然转身用那双灰色的小眼睛看着她,食指和拇指捏着铅笔乱画,口里语无伦次地说道:"索伦森小姐,这当然和我没关系,"他挠挠头发,然后低头看看指甲,"昨天我看见您和延斯·布洛克在一起。他是我的同学。您跟他很熟吗?"

"哦?"艾斯特惊讶地说,"我们有点儿来往。也就是说,他偶尔请我出去。"

穆尔瓦德先生明显尴尬了。他鼓起很大勇气继续说:"嗯,我不过是觉得应该警告您——他这个人不怎么样——

我怕他对您没安好心。"铅笔画圈画得更快。他不看她。

怎么回事？一股柔和的热流涌出流过她的全身，欢乐让她无力，脸红和呼吸急促。她飞快地抓住这些话收藏起来，好像是怕他会收回去。这些从来没听到过的美妙的话：我怕他对您没安好心！她想让这些感觉保持一会儿，没有回答。他却飞快地说："这当然和我没关系，我不过是觉得应该说出来。顺便提一下，他已经结婚了。"他补充道，小心翼翼地看着她。他遇到了她湿润、散乱、感激的目光，极为困惑。她咽下一口气，说："您这样说真是好心，穆尔瓦德先生，但我并不像您想的那么天真幼稚。"现在他们之间有一种张力，一根楔子通过他们的心不在焉打进了彼此的心里。艾斯特看见，穆尔瓦德先生有一张三角形的脸，颧骨上皮肤绷得那么紧，好像呼吸都能抬起眉毛，把眼睛斜吊起来。她从一个奇怪的动作发现了这些，她想像打开宝盒一样打开他，看里面都有什么。他是以一种全新的、严肃的、前所未有的方式来接近她的。

这样看来，穆尔瓦德先生是她在这个世界上偶然遇到的人当中第一个带着善意的。

## 九

　　延斯·布洛克又请她出去了几次，她跟着去了，因为总得找点儿事情做做，不能一晚一晚地坐在租来的房间里干瞪眼吧。不过她也有点儿不明白，因为延斯不是那种为了蓝眼睛和女孩来往的人。他也没有试图进一步暗杀她的美德，不超出他认为属于一般教养的范围。一天晚上，他们在竞技场遇到了让他欣喜若狂的卡尔和他的玻璃人儿，延斯随即请大家吃花式面包，但不得不向艾斯特借10欧尔，因为他到了少数不能赊账的地方之一。卡尔总是很高兴见到记者，和延斯聊了很长时间的报纸和书的八卦，他不时还斜眼看看艾斯特，想着她怎么会跟他联系上，他们之间究竟是什么关系。那女孩将她白金色头发的头靠在他的肩膀上，涂着草莓色指甲油的细嫩小手扶着他上装的袖子，好像只有靠着他才能呼吸，如果他抖落她，就会像一道光那样熄灭。艾斯特不由自主地屏住呼吸，慢慢地也发困了像另一个女孩一样运动。她也靠向延斯一点儿，他伸出臂膀搂住她的腰，没有中断和卡尔的谈话，就像拍拍在腿上蹭的小狗。艾斯特突然想，穆尔瓦德先生会突然出现在这里酒吧的门口，站在那里用目光四处搜寻着，直到看见她坐在那里，让延斯·布洛克的手臂搂着腰，这个他警告过她的男人，这个他认为配不上她的男人。他的目光黯淡了，好像在说："您让我失望了，我没有料到您会这样！"第二天在办公室里，他会说："昨天您玩得很开心吧，索伦森小姐。"他试图让自己看上去是反讽，但她清楚地看到，他受的伤害有多深。于是她说："穆尔瓦德先生，我的私生活跟您有什么关系？"一个轻轻的声音对着她的面颊说道："您难道不知道我爱您吗？"

"把你的杯子拿过来，小妹。"卡尔那装腔作势的男孩子声音叫醒了她。她把杯子给他，他斟满了杯子，姿势优雅，手一点儿也不抖。"小心别喝醉了。"他喊道，想喝醉的其实是他自己。"对不对？"他说，眼睛看着延斯，后者爆发出高声大笑："对对对，当然对。你妹妹真是个可爱的女孩。艾斯特，干杯！"他把那张坑坑洼洼的脸转向她，成功地给他的目光一个亲密的深度，给人造成的印象是他们在每一个方面都有着最好的相互理解。卡尔有点儿不安地审视着艾斯特。玻璃人儿不喝烈性酒，吃东西像小鸟似的一点一点啄。她不时对艾斯特微笑一下，那是一种冷淡的、心不在焉的微笑，只不过是为了展示她的牙齿很美，她这个人还不算密不透风。艾斯特喝了两杯烈性酒，突然看见到处都是穆尔瓦德。他的影子出现在她和延斯之间，卡尔和他的女孩之间。那张苍白的苦行者的脸飘浮在华丽的吊灯上，用忧愁的目光对准艾斯特。她撒娇地抓住延斯·布洛克。她为什么现在要这样做？她为什么不更想看到那些快乐，充满爱和柔情的眼睛呢？她也不知道。一切都不过是梦境，在灰色的早晨就会破灭的肥皂泡。她也想到海尔堡小姐，她和穆尔瓦德先生合而为一。他们的品性和光线、温暖一起充满了大厅。延斯和她跳舞。他松松地搂着她，身上散发出汗味。玻璃人儿舞蹈着走过,她合上眼睛,甜美的头靠在卡尔胸前。一个瘦骨嶙峋的黑衣女郎躬身对着麦克风用幽暗不祥的声音唱着:

你在女人那里很幸运,贝拉米——①

艾斯特有点儿醉了,无处不在的穆尔瓦德,很好。

---

① 原文是德文 Du hast Glück bei den Frauen, Bel Ami。是汉斯·弗利兹·贝克曼(Hans Fritz Beckmann)作词、提奥·麦克本(Theo Mackeben)作曲的歌,1939 年由丽兹·瓦尔德穆勒(Lizzi Waldmuller)首次演唱,很快在欧洲各国流行。

## 十

然后,她就像一个在星星之间无休止游荡的可怜的野鬼孤魂,现在终于找到了一处尘世的居所。不过这处尘世的居所暂时还懵然不知,不知道他在世界上已不再孤独。他以迂腐的迟缓削着铅笔,把它们按长短顺序排列在面前,他的目光也难得越过旁边桌子上的速记本和一只手,因为害羞和一张脸的缘故,在本子上画着像是放大的细菌,和速记没多少关系的线条。偶尔会发生这样的情况,当他抬起头,目光和一双眼睛遭遇时,他就会困惑,让他想,像他这样心不在焉,是不是忘掉了什么。当他发觉身边坐着一个活的问号时,一种隐隐的愧疚感提醒他:一项义务,一个承诺。于是和她在一起不再惬意了,她给他的日子带来不安,期待着他的什么。她是一个什么样的人?他小心翼翼地摸索着,他的想法也变得更加切近。他看着这个女孩,看到她皮肤很白,深色头发,大大的嘴和一览无余的眼睛。上午,他不停地看表,如果她来得比平常晚一点儿,他就会焦躁不安。他们从来不谈工作以外的事,可在他们之间还是一点一点地出现了同样甜蜜的、令人窒息的张力,像从不互相触碰的兄妹俩。

穆尔瓦德先生正用拇指和食指捏着铅笔画圈时,忽然清清嗓子说道:"嗯,所以这是咱们最后一次坐在这里了,索伦森小姐。"

"不会吧,"她大吃一惊,声音沙哑了,"您——您辞职了吗?"

"不错,"他抬起眼睛,抬得那么高,看到她的下巴,"您一定已经注意到了,我一直带着温和的表情努力工作试图避免这种情况发生,直到最后一刻。而且没有什么可以说的,最后到达的人总是先被解雇的,对吗?"

她想道,可是他说话像一本书!于是她带着世上最后的立脚点溜进黑暗的感觉,说道:"您一定早就知道了——为什么——您以前没有提起过?"

关于这一点他有很多话可说。最切近的是,他看不出欠她任何东西。但是在她的声音里有那样的忧伤和损害,正因为他感到,实在是极其应该先把这事说了,所以就没说。穿棕色大褂的人们跑来跑去,手拿文件高声呼叫着。忧伤从天花板落下,带着陈年文件和申请书上积累的灰色灰尘。说话的必要让心在痛苦中缩紧了,就像搁浅在岸上的鱼。

艾斯特低头对着速记本上的白纸轻轻地说:"我真难过,再也见不到您了。"

他的脸红了,终于直视她的眼睛,在桌子下面抓住她的手。

艾斯特狂野的灵魂终于找到了停息的地方。她深深地叹了一口气,解放了。因为这是一个在手指尖上隐藏着人生秘密的男人。

## 十一

雨滴从苍白的九月天空落下。这条街在一个慵懒的星期天伸伸懒腰,不害羞地对着人们的脸打哈欠。五颜六色的商铺空荡荡的,内向地,在应付成千家庭主妇疯狂的星期六忙碌后疲倦地休息。只有在面包房里有一点儿生气;穿褪色连衣裙、头上打着蝴蝶结的小姑娘们踮起脚尖儿,伸长脖子扒在柜台上要半价的隔夜奶油蛋糕,脚踏便鞋没有翻领的男人们满载着配下午咖啡的面包和蛋糕步出这家商店。他们在门口站住,和手里拿着空牛奶瓶走来的其他男人说几句闲话。星期天是男人的日子。他们愿意屈尊做点事,因为一天很长,在天光下看看这条街道很好,在工作和睡眠之间,生活也要有趣些才好。

上午过半父亲下楼去买牛奶,和管理员闲谈几句,他正在院子里清理下水道,他的外孙,奥尔加6岁的儿子埃里克背手叉开腿站在一边看,像个小男子汉的样子。"喂,"父亲说,"你长大了,对不?""是啊,时间过得快,"管理员说,直起腰来,"你也快当爷爷了吧,索伦森?到岁数了。""咳,"父亲哼了一声说,"孩子们也得先结婚哪。"这倒不是为了讽刺奥尔加,而是对自己也对别人掩饰他已经开始有抱孩子的老年人向往。奥尔加下楼来倒垃圾,她对父亲点点头,重重地放下垃圾箱的盖子。她的身子又很重了，但不可否认的，这次她的动作灵活了许多，现在她终于和长长的制服系列中的最后一个结了婚，而且出乎所有人的预料，得到了经济保障。

  一个瘦瘦的长腿女孩蹦蹦跳跳地从楼梯跑下来，她穿着一件对她的年龄来说太短了一点儿的裙衫，5岁女孩似的半筒袜。这是盖尔达·斯蒂安纳戴尔，她很快就要行坚信礼，然后到乡下去学家政。"女孩子在困难的年龄离开城市到乡下去有好处。"斯蒂安纳戴尔太太，前保尔森太太说，她对别的女人吹牛，从来都是这样。她仍然把煤气工人请进门，随时准备好，当孩子们走过试图抓他们时把他们拉进来喝咖啡，满足好奇心。总的来说，成年人没有值得一提的变化。他们不觉得自己在变老。他们就像这条街和街上的路灯一样不变。对孩子们来说，一开始他们是高大的，高高在上笼罩着云雾，在自己的世界里忙忙碌碌。然后朝向他们攀登，他们有点儿惊慌失措地调整自己的尊严。"你长得这么高了。"他们兴高采烈地说。孩子们今天长到他们的肚脐眼儿，明天就长到胸前。他们看上去不再那么重要，很快就在他们的眼睛里看到他们是在岁月中永远不变的那个样子。当你长大成人，超出一切限制，带着新采纳的养料、生活视野和思想再回到童年的街道——他们仍然站在那里，仍旧是老样子。也许你会感觉到他们的背驼了一点儿，和最终消失又近了一根鸡毛的距离。只有孩子们在讲述时间的消逝：斯蒂安纳戴尔太太老了两条长腿和一双好奇的大眼睛，奥尔加的父亲离坟墓更近了一个外孙——这位当管理员的父亲在这条街上还是和别的父亲不完全一样，他父亲般热情地问候孩子们："小姑娘，你好！""小朋友好！"但现在是一些别的孩子了。当艾斯特和丽莎在楼梯上下乱跑的时候，他们的父母刚搬来这条街，他们还睡在婴儿床里。艾斯特回家的时候，他们睁大眼睛，手指放在嘴里，根本不认识她。他们认为她是一位高雅精致的小姐，盯着她看，只有这条街的孩子会这样看，不仅用眼睛，而且用竖起的耳朵、伸长的鼻子和嘴甚至全身来看。不过今天他们不得不盯着别的看。艾斯特星期天不回家，卡尔也有比跑回家陪父母更重要的事情要做。所以父母必须尽量自己娱乐自己。下午他们挽着胳膊下楼到街上散散步，也许会遇到丽莎和她的自行车修理工，一起来见她的父母。他们还在嘉士伯上班，因为没有啤酒，星期天难过。他们也有可能会碰上尼尔森一家，正带着他们淡黄头发的孩子们散步，长大了的卡拉发育成真正的美人，她的身后不再有影子部队，像以前手拉着小弟弟小妹妹一样。

  他们没有说话就很默契地离开这条街，转到西桥路上，那里不会随时碰见认识的人。但是这里走着的却是坏心眼儿的斯蒂安纳戴尔太太，她带着盖尔达出来透空气。盖尔达像一个巨大的婴儿，但是娃娃装和运动鞋并不能阻挡一个14岁的女孩身上那些该凸出的地方凸出。斯蒂安纳戴尔太太跑步前来在他们面前停住，像一只封口的气球："哎哟！您也出来遛弯儿啦——现在看来天要放晴了。今天孩子们不回家呀？""不回来，"父亲说，"干吗今天要回来呢，他们别的日子也不来。"母亲有点儿恼火地推了他一下，用鼻子在空气中嗅着。变成了小胖子的母亲经常出门散步，因为要做的事情太少，而咖啡喝得太多。她试着让自己的声音和斯蒂安纳戴尔太太的一样甜蜜："噢，我要跟您说呀，卡尔给杂志写文章忙得要命，艾斯特差不多订婚了——您知道，他们脑袋里再装不下别的了。"

"她订婚了?"斯蒂安纳戴尔太太的甲状腺眼睛凸出得要从脑袋上掉下来,"真有意思。那她不带他回家来见你们?"

"噢,"母亲说,后悔把她自己也刚知道的事说了出来,"还没有完全定下来呢。"

"是这样啊!"斯蒂安纳戴尔太太显得像是受到捉弄,母亲认为谈话结束了就拉着父亲继续向前走。这些星期天下午的散步并不特别有趣,但是必要。不能让人以为他们坐在家里伤心。他们都很自然地把卡尔嫉妒得要死——那里的人们只要有一个女儿能嫁给电车售票员或者送一个儿子去学徒,就能长出一口气。

可是有时候好像有两个影子跟在他们身边,一个男孩,一个女孩,挽着他们的手臂,听他们讲话,不知道世界上还有什么比星期天下午跟爸爸妈妈一起散步更好的事情。

## 十二

　　穆尔瓦德先生表明，和当初的彼得森先生一样，令人惊讶地有一个名字。他叫埃斯加，这个名字就像手套和手一样严丝合缝地适合他。一个像他这样的男人不能叫贝格或者卡尔或者汉斯。埃斯加！从这名字可以听到高高的天花板、柔软的地毯、保姆和鱼肝油丸——听到牧师、住宅、花园和成熟的樱桃，一个小男孩趴在洒满阳光的草地上，双手托着下巴做功课。埃斯加笑她，不明白她为什么那么急切地要知道他的一切事情。她把鼻子凑到他那里散发着阳光的气息，很好闻，她一个字一个字地从他嘴里撬出来，恨不得要知道带她回家之前他生活的每一分钟。那天她并不愿意跟他回家，担心他会以为她是那种最糟糕的女孩。可是当他更接近她时，她不再有意愿。只要他看着她，她的血液就会像汽水瓶打开那一瞬似的冲天而起。迷雾、星辰和火焰包围着她，而在那背后是一种温柔、温暖、摇摆的虚空，它环抱着身体像是卷起来的棉绒一样。她问了又问："那么，埃斯加，你爸爸死后呢？""嗯，他留下一点儿钱，妈妈就可以在城外买下一座小房子，但愿够她生活。"他打个哈欠，想睡一会儿，就消失了。他怎么能明白，她所经历的奇妙而狂野的幸福？对男人来说可能每次都一样。她记得，当她离开汉斯时他那双惊恐万状的眼睛。不，男人怎么会理解这样的东西？但是在她的心里有一种不知餍足。他睡觉让她痛苦。他的思绪不在她身上的每一分钟都让她痛苦。她把他当作自己的居所。从来没有找到自己的她，落入另一个人那里栖息，而当他离开她时，她只有一个空洞的躯壳，里面留下他的阴影、他的过去、他的童年。从她成为他的那一刻起，她的人生就被拦腰截断，她也终于摆脱了那条她逃出来的街道、她的童年和黑暗。原来那条街道的地方现在是一所牧师住宅，红墙上攀爬着常青藤，方格窗帘后面站着一位黑衣妇人，她有雪白的头发、温和的灰眼睛。在书房里，书籍覆盖了四面的墙壁，牧师坐在那里写东西，笔尖轻轻划过纸面。他和斯陶宁一样留着威严的大胡子，眼镜掩盖了有一点儿斜的小眼睛，和埃斯加完全一样。

埃斯加住在——真是巧得很——当初艾斯特累死累活给那阴森可怕的奥尔森母女卖命的那个寄宿舍。谢天谢地此期间已经换了主人。不过当艾斯特偶尔在那里吃晚饭时，还是没办法回答那些饭桌上抛来抛去的愚蠢意见，它们从她在的时候起就一直悬在空中，和不会说话的椅子们和餐具橱一样属于这间宽敞的餐厅。当初她打磨抛光了这只柜橱不下几百次，从来就没入过奥尔森小姐锐利的鹰眼。埃斯加向她投过来一个鼓励的眼神，她想：那是因为他以为我害羞，还不习惯正确地使用刀叉。如果门铃响起，她会浑身一震，她的一部分会跟在那额头上流汗，围裙上沾满油渍的女孩后面跑过餐厅。当上菜轮到她时，她总是飞快地捡了最近的一块，似乎上菜的女孩和住客们都在嘲弄地看着她，因为她不属于他们当中的任何人。"如果我现在仍然是这里的女仆，"她对埃斯加说，"那么你原来不认识我，还会爱上我吗？"他想了很长时间，当他被问到什么的时候总是这样的。"我不知道，"他说，"但是不太可能，我大概根本没注意到你。每天并肩坐在办公室里就完全是另一回事了。"这当然是非常准确诚实的回答，不过，他要是能暗示一点儿"一见倾心"，不管在世界上的什么地方遇见她都会爱上她，都会相见恨晚，那就太美了！但埃斯加不是这样的。他不奉承人，你总能明白他的态度。你也不能指责他好奇心太盛。他不问什么，不问她从哪里来，也不问她是什么样的人。只要她和他在一起，需要他，就够了。他还没有找到别的事情来做，尽管他从希律王到彼拉多①，四处奔走，每天写申请书。时间过去，他花掉越来越多的预支遗产，也许根本不会有什么遗产，如果他母亲活到一百岁，把遗产全部吃光的话。这种糟糕的情况以前也听说过。对了，他非常爱他的母亲，那样满怀深情地说起她，简直令人嫉妒。更遗憾的是，她远在日德兰半岛，暑假之前不可能去看望她。对艾斯特来说，埃斯加的父亲更加朦胧模糊。她会想到老牧师蒙特，他现在可能有点儿疯了，整天穿着牧师的法袍跑来跑去，好像没有别的衣服。"嘿，"父亲说，"去他们那儿没什么好处，教会税实在是扯淡。"他一辈子都在说应该退出国教会，但是到现在还没什么效果。②艾斯特从来不去教堂，尽最大努力也不能相信上帝。如果他存在，那么在任何情况下也不是无处不在的，他的脚从来就没有踏上过这条街道。她很小的时候大人说的话都相信，她会按照在学校里学的样子，晚上双手握在胸前祈祷主祷文——可是门背后的衣服像是一个吊死的人，黑暗就是淹死人的井，如

---

① 典出《圣经·新约》，二者都是其中的人物。

② 丹麦国教会（folkekirken）的信众需缴纳教会税，退出国教会就不必缴纳这部分税。

果你闭上眼睛哪怕是一秒钟。而且，你永远得不到祈祷的东西。于是她把这个上帝从生活中拂去，并没有因此而过得更好些，却也没有感到受到排斥。后来这条街上在星期三晚上有救世军敲锣打鼓的花哨游行，他们在恩格花园广场集合，有高声喊叫的见证和吉他的即兴乱弹，孩子们互相挽着腰跳舞，戴软帽的女人们恼怒地看着他们。——但是埃斯加告诉她另一种宗教，一种更陶冶性灵的、不附带多少身外之物的宗教。"你只知道宗教的无产阶级。"他说，当她提到救世军和主日学校的女教师的时候。

"不错，可是你很有宗教感吗？"她问。

"没有。"他说，并告诉她，他不愿意当牧师让他的父亲非常伤心。他开始读文学史，可是父亲的去世迫使他辍学，不得不尽快找一个职位来谋生。于是他改学法律进入办公室，可要说这工作让他开心那就大错特错了。

那什么事让他开心呢？噢，他喜欢独自散步，读书，享受自己，享受美好时光。他还喜欢解方程式，用硬纸板做成必须用特定的方式才能装进盒子的拼图板。"实际上我可能用数学的方法解谜。"他说，通过声称他能够在所有这些领域成功，他能够得到某种满足感。他还说，用一如既往迂腐而学究气的口吻说："我的能力不在他们能加以商业应用的领域。"这样一个句子让艾斯特透不过气来，但她却在不知不觉中也开始这样说话。当她不如以前频繁地下班回家时，说的话让母亲大惊失色：这种语言至少要教授才说得出来。

## 十三

他的眼睛清澈而宁静,更专注于一些小事。如果她在约会时迟到,那双眼睛会呈现出那样忧虑不安的表情,她喜欢看。所以她经常迟到。星期天她一整天都在他那里,因为他们既没有钱去森林里野餐,也没钱去看电影,只好躺在小沙发上聊天。她一定要知道他以前认识的所有女孩,为什么分手的,他是不是像爱她那样爱过她们。有的,他爱过一个,想和她结婚,但是她欺骗了他,仅只一次,就这样结束了。艾斯特觉得她的幸福悬于一线,取决于她不能控制的小事情。她说:"可是,埃斯加,你不能宽恕她吗?"他耸耸肩说:"谈不上宽恕,但我就是不再爱她了。""可是人不能这样控制一切,不然就没有不幸的爱情了。"他回答说:"我控制这个;如果一个女孩不再有我所爱的品质,那就是我犯了错误——那就没有别的办法,只能放手让她走。"

艾斯特的心猛烈地跳着,说:"埃斯加,如果我欺骗你,你也会走掉吗?"他笑了,吻着她说:"那我就吃掉我的靴子。我宁可相信月亮从天上掉下来,也不信你会欺骗我。"她小声说:"如果我现在就在骗你,现在,那怎么样?"他想了一下说:"那我会离开你。"他说得那么严肃,就像是放弃一道解不开的数学题。

可他为什么对她那么有把握？这让她不安，让她想得很多。他会不会是认为，她那么缺少吸引力，以至于没有人肯诱惑她？要不他就是很清楚，自己对她有着怎样压倒一切的意义？他是否知道，他不仅是她所爱的人？他处在她和那条街之间，是将她提升超越于它之上，带她离开它的人？他除去了她生活中的黑暗、荒凉和惊恐。所以，他才如此胜利在握？在所有这一切想法的背后有一种奇怪而痛苦的抗拒。也有一种向往。当她有时候将要向他揭示那条街道和关于它的一切，把它从她内心深处的裂缝中拉出来，让它在目光中、在声音里、在动作中表现出来——那条长长的、忧伤的街道，她所痛恨的、从来没有得到过快乐的街道，那些朦胧的灯光、幽深的门洞、那匆忙的黑暗浪漫、那强压住哭泣的痛苦。但他从来不问。也许是他太专注于自己，他看不到她作为瞬间的礼物之外的东西，她心里有些他应该打开看并深入进去的东西，如果他愿意去掉她精神上的不安并让她自己感到安全。他处在她和那条街之间，这很好，因为她不向回看。有时候她有一种模糊的感觉，这条街是她的私生子，她不敢让她的爱人看，但作为母亲她梦想着他们三个的结合。这样，这条街道不再能把她怎么样，不再威胁她，成为绕在额头上、禁锢她思想的紧箍。她敢于承认它，它的善与恶，深深吐出一口气，解放出来，伏在爱人的肩头对它笑。他自然知道她父亲是做什么的，他自然不在乎，只要他爱的是她。但是，如果她的父亲是医生或者工程师或者工厂主——他会不会在一个星期天问，他们是不是应该去家里问候她的父母？他会不会表达出认识他们的愿望？他会不会对她不那么有把握？这种信任不是完全没有冒犯她并让她疑惑。在她内心最深处有着那条街道关于嫉妒、轻率和骚动激情的原始梦想。成千上万个问题潜入了她的幸福。她在阳光普照中看到阴影,在晴朗的日子里看到黑暗。

埃斯加拿过一本书在灯下看起来,她坐在旁边给他补袜子或者给他的衬衫钉扣子,她感到自己像一只瓶子慢慢倒空了,而他则摆脱了她重新回到了自己。她不得不将手中的事情放下到这里来陪伴他,把书从他手里拿开,像个孤儿院里的孩子一样渴望爱抚。她看到,他的额头生出了令人恼火的皱纹,她感到他要和自己做一点儿斗争才不把她推开。一切她都在那双清澈的眼睛里读到,他头脑中闪过的每一个思绪、每一个愿望。"放下那本愚蠢的书,"她说,"你可以在我不在的时候看。"他叹了一口气说:"你真是被宠坏了。"他怎么会知道,正是因为宠爱缺乏得可怕,她才总是和他在一起?他和善地解释说,她应该把在场时他也可以做自己,当作一种恭维。人应该能够分开,他说,她不应该那么自私,不妨也走走神儿,对不?现在他们在一起,已经说了几个钟头的话,会有点儿累了。他有自己的兴趣,并不期待她分享兴趣。因为他们彼此相爱,但仍然是独立的人。——噢,原来是这样啊,可是他错了,她喜欢诗和小说,也喜欢拼字游戏。——他对她微笑,她生气地说,坐在那儿像个白痴似的瞪眼看空气她也会,一天到晚东游西荡无所事事对她也不是那么难!他被刺痛了,尖锐地问,她是不是认为,找不到工作是他自己的错,然后用他那善良平静的目光困惑苦恼地看着她。这是从她内心深处升起一股强烈的自然力般的被压抑的恶意,他是她的敌人,是她过去一切遗憾的隐秘根源——她有一种痛苦的愿望,看这张平静的脸因她而绝望地扭歪毁掉——她从来没有机会为另一个人点燃光明，她在世界上的价值还不如那条街道上的一块铺路石。这张脸不会因爱情而爆炸，那么就狠狠地打击它，现在你第一次有力量，有力量压倒另一个人。然而在背后却有着几乎让她落泪的温柔忧伤。他了解她那么少，他期待她的那么少。爱的无力感攫住了她，渴望着寻求两个伟大的、神圣的、不可思议的灵魂相遇。于是她扑到他的怀里闭上眼睛，用全部感官汲取他。黑暗中他的灰眼睛变得模糊而陶醉。

　　这种奇怪、冷酷而病态的好奇心，要看他失去平衡、出离自我的想法一而再再而三地出现，尽管她经常把它强压下去。"怎么回事，"她想着，"我不会是恶毒的吧？"埃斯加从来不会失控，他永远冷静理智、乐观开朗，随时准备宽容待她。然而也正是他的这种耐性成为她的一种压力，封闭他内心的一个盖子。恶毒的言辞悬在这间湿冷的寄宿舍房间里，但得不到回答。埃斯加不愿意吵架。他退回自己，苍白而果决，他摆脱她，他抽身出来。于是她回到自己的家，躺在狭窄的女佣房间里，伸出手可以碰到两边的墙壁。她不明白，为什么不能因为在他身边，知道他爱自己，就幸福快乐。哦，是这样的：她要超越一切界限的爱情，她要考验他，要把弓拉到最满，要沿着万丈深渊的边缘爬行。——但是现在呢？也许他已经厌倦了她，也许他已经发现了她并不具备让他爱她所必需的品质。可是在他之外是四面八方的黑暗，沉重，泪滴成河的黑暗，没有幸福的可能，没有任何形式的人生。这一夜充满了惊恐和愤怒——哦，现在她要永远乖乖的。他会后悔不让她回来，而她则将彻底抹去自己，安静地坐在一个角落，像一只小狗那样望着他，就因为在他身边而幸福。

## 十四

埃斯加给家里写信:

亲爱的妈妈!

你已经很久没有收到我的信,因为我想等到有好消息告诉你时再写。现在有了。而且是两个。第一是我在内务部找到一份工作,一开始薪水不多,但是有很好的升迁机会,只要我努力工作。你知道,我的兴趣在别的领域。薪水已经够用,不需要再给我寄钱。

另一件事是,妈妈,我找到了一个女孩,想和她结婚。你一定又高兴又有些担心,对吗?因为以前也有过不了了之的情况。说实话,我也必须承认,我曾设想过独自过完一生。我并没有寻找,她就以一种奇怪而感人的方式来到我的面前,现在她对我来说就像食物和空气一样须臾不可离开。我有了一个可以信任的人,这对我来说是决定性的,而在这一点上我确定无疑。现在你一定想知道一点儿关于她的情况,对不对?随信附上一张她的照片,不过从照片上只能看到她的嘴很大,额头不高,浅色眼睛和美丽的头发。此外,我还可以补充，她高挑而苗条，可能近乎瘦削，但那是因为营养条件不同于乡间。她有一点儿神经质，需要人对她好，首先是信任她并表达出来。她来自一个工人家庭，但她身上的环境影响少得惊人。我还没有见过她的父母，我觉得应该等到她提出来。我有点儿担心，我完全不了解工人，但我愿意尽一切努力来理解他们。我希望他们不会用不信任来迎接我。顺便说一句，我们还没有谈婚论嫁，不着急，还是听其自然的好。

你好吗？请快回信，我今年大概不会回家了。刚接受这份工作不太可能马上就得到假期。

请代我问候玛丽和城里别的熟人。

爱的问候和亲吻

你的埃斯加

## 十五

艾斯特给埃斯加打电话说,可惜她今晚不能如约前来。他并没有生气地问这是什么意思,她是不是更想和别人在一起,还有她随时可以来。声音里丝毫没有失望,没有疑心,"哦,你要到哪里去?"而只是简单地说:"好好,那没办法,我就早点儿拿本书上床。"可艾斯特放下话筒,咬紧嘴唇,强忍着不让眼眶里的热泪流下来。她看到了他的脸,三角形的、眼睛细小的脸,那么平静而和善。他很快就会上床,叹口气,从心底打个哈欠,躺下看一会儿书,然后伸出一只手关掉灯。没有骚动,不担心幸福会躲闪逃避,也不会因向往不可能实现的事物而彻夜无眠。

艾斯特的心中慢慢产生了一种需要,一种苦涩。她仰面躺着,头枕着手臂,眼睛看着天花板。窗户开着,夏夜进入房间,无法入睡。她的思绪围绕着这个男子。他的平静后面是什么?不知那个欺骗过他的女孩有没有看见他出离自己,绝望,害怕?至少是愤怒。哦,他的耐心就像一件羊毛的衣服包裹着他们俩,让人透不过气来。一定要把它丢掉,她一定看他处在自己本质可能性的边界,否则她得不到平静,否则她的爱得不到安宁。她一动不动地躺着,人们在窗外路上走过,低微的笑声像烟雾一样对着苍白的星星升起。空气是温暖而甜蜜的,像爱抚,落在她的额头。"哦,我的爱,"她悄声说,一切怀疑和黑暗都随之而去。他在她这里,她用双手捧着他的头。如果感应是可能的,他现在一定会感到她的爱,作为一只雪白的梦中飞鸟飞来落在他的枕头上。但他睡得踏实而深沉,像一个襟怀坦荡、神人无争的人那样睡着。

## 十六

关于结婚他并不提起。她想:他要我,只不过是因为容易。他为什么要和我结婚呢?他有完全不同的计划。他母亲一定也警告过他:要和自己一样的人结婚。离他母亲住处不远的小房子里住着一个年轻女孩,小时候和他一起玩。晚上她来看他的母亲,他们在薄暮中一起轻声谈论他,那个年轻女孩坐下来,在钢琴上弹奏一首埃斯加小时候喜欢的小歌。他和她结过一次婚。然后他必须做一件男子汉非做不可的事。长桥[①]下面的水在晚上是黑的,反射着细碎的月光。站在那里往下看很有趣。流水的声音是那么温柔,它在呼唤。水,是终极的出路,一个可以和它游戏的想法甜蜜而恐怖。当埃斯加离开她的时候,就——

但是他不离开她。他紧紧地抓住她,紧贴住他,有时候眼里出血发热,那凝视消解了她体内不断生长的、难以理解又无法驱离的一切。于是她幸福地想:其实一切都并不复杂,他爱我,当然会和我结婚。我们将会有不属于那条街道的孩子,有着快乐的眼睛和健康的面孔。他们将学习正确地使用刀叉,他们每个人都有塞在银圈里的餐巾。

---

① 长桥(Langebro),连接哥本哈根西兰岛部分和女主人公住的阿玛厄岛的桥。

他们将学会说"感谢盛情招待!""真高兴见到您!""感谢光临!"她将怎样向埃斯加解释,教孩子们这些是如何难言的必要?

也有这样的日子,当他专注于做一件什么事情、书中的一个问题、一件工作时——他会忽然变得遥远而心烦意乱,看透她好像她是玻璃做的。"你能不能做点儿事情,"他和善地说,"读书或者缝纫,你完全没有兴趣吗?认识我以前你都在做什么?""我在等你。"她小声说,而她自己也感觉到,至少她应该假装更加独立。像现在这样,他一定觉得她像是腿上的肿块,只是出于怜悯留着她,不想让变化太大而已。

一天晚上她给他讲那条街道,紧张地,很快就充满了奇怪的羞耻感。她讲到她的惊恐,讲到言辞和金钱的双重贫穷,讲到丽莎、伊琳娜和令人窒息的黑暗,讲到小酒馆、小饭馆和那些喝醉的人们,讲到红胡子,和对性最初的苦涩认识。牧师的儿子温柔地吻着她的嘴唇说:"可怜的小姑娘,现在这一切都过去了。"她推开了他,不知道自己为什么这样做,也不知道为什么内心痛苦,一个伤口开裂流血。"为什么要过去,"她惊恐地喊,"并不是那样的,也有好的东西,我们很开心。我不过是解释错了。你懂吗,在另外一些日子里,我坐在行军床上,对面是一堵灰色的墙壁。我有一次住在乡下,当我回到家时高兴得快要哭出来。星期天我们去买隔天的蛋糕,坐在后楼梯上吃。"她突然停住,默默地看着他的眼睛变得疑惑不解。"当然,"他说,"一个孩子不会永远不快乐。"现在他滑走了,她想,闭上眼睛,他们之间有万丈深渊。他不懂得那痛苦。我到什么时候才能赶上他呢?

她原来是什么样子的？她已经忘掉了。上天赐予她一个人，实在是太强大，压倒了一切，太危险，太不可思议了。她不能像别人那样去爱，同时保持着自我和人格核心的独立性。因为她的自我是童年和黑暗，是她不敢在河面自照的深不可测的河流。她紧贴着他，完全是他的，外面到手指尖，里面到鲜红热血，都根据他的意志沸腾。然而那冷酷可怕的好奇心仍然不能让她平静。在这张脸后面究竟是些什么？她一定要知道，这变成了一种执迷，一个罪恶危险的梦。她要用最极端的方式划开他的脸，用双手来感觉他赤裸的灵魂。爱一个人到如此高的程度令人痛苦。她几乎成为一只爱情饥渴的小兽。他不看她的时候，她就伸出爪子提醒他。从街上朝他扔石块。"喂，"她说，"知道我们在办公室怎么笑话你吗？'你怎么会跟他在一起，'她们说，'他长得难看，驼背，傻。他看上去不怎么聪明啊。'——你就是这样，"她笑着凝视那张平静的脸，"你是一个平淡、天真的傻瓜，对不对？"他的脖子梗了一下，脸色有点儿苍白，"你太简单了。"他说。"不错，"她高声叫道，"我是简单，我背后没有牧师花园住宅，没有一个愚蠢的神神道道的老妈。我来自一个凡事靠自己的地方，没有保姆来擦屁股。"她越痛苦，他的眼睛越平静越遥远。他消失了，如她所料的。她最需要的是一句话，找到一句能穿透进入她从来不准进去地方的话。但是她没有找到。他温柔地把她揽在怀里，苦恼地悄声说："为什么这样凶呢，艾斯特？""我不知道，"她呜咽着说，"我不知道。"

## 十七

埃斯加在哥本哈根没有伙伴。他的伙伴在他童年的那个城市。他和他们一起长大,他们属于他的世界,就像他一半属于母亲和老家一样。他不是那种交新朋友的人。如果办公室里的同事或者寄宿舍里的邻居请他去家里做客或者出去吃饭,他多半会答应,但不觉得有趣。他肯定会专注于自己,当他和人在一起的时候总是有紧张和不满的感觉,时间宝贵,可以用来做更好的事情。他喜欢用各种小事来消遣,再也没有比这些事情的成功更能让他快乐。如果不得不放弃什么或者把什么东西放在一边,会让他痛苦很久很久。他有个理论,一切都可以通过数学的方式来解决,数学中有着人生的秘密。他用深思熟虑的长句子向艾斯特解释这个理论,她耐心地听着,但是她自己并不能从这些枯燥的数字和公式中找到感觉。这里是一片封闭的领域,她不得其门而入。——在新的办公室里他不再像先前那么手足无措,在同事们中间赢得了某种尊重,因为他对待工作那么吊儿郎当。而且当上司因为什么事责怪他时,他会绝妙地表现出心不在焉,好像他脑子里在想着更重要的事情,完全不想听这种无关紧要的话。不过总的来说挑不出他什么毛病。他在上班的七个小时里做得和别人一样多,有条不紊地认真处理每一件事情。这里的女孩们认为他有趣而高不可攀，于是试着引起他注意就成为她们的一个游戏。不过她们可以省省。他像是在玻璃钟罩里走来走去，完全关闭了外在表情——有时候艾斯特和他一起在这玻璃罩子里，但更经常的是她发现自己和世界上别的人一起在外面。他从来不会想到，她在外面难以呼吸。

但是因为他爱她，所以他也会思考这个问题。晚上，他双手托着头。"她有一个什么样的心灵，"他想，"她想要的是什么？"他很清楚，一个需要刺激、吵架和紧张关系的女人是违背他天性的。但是她也很不快乐，这触动他并引起他的兴趣，让他更深地陷入这个问题，而不是任何数学题。上帝啊，有一个人来到他面前，完全放弃了自我，像一根从空虚中抽出的线，进入他的生活。他也尝试着排除一切感情，完全理智客观地思考这件事。于是他问自己，是不是又犯了一次错误。一道深深的皱纹闪电般地出现在眉间。他喜欢固定的、确定的、熟悉的东西。他在身边画了一个圆，确切地知道自己的能力及其界限。现在，骚动和怀疑来到他的交叉路口。

灯光转暗，冷冷地照在那光滑柔软的头发上。那双细小的眼睛看出去，看穿一切，唯独看不透他爱的那个女孩。

## 十八

一天,卡尔回家宣布,他要当爸爸了,必须立即结婚。那女孩的父亲极为保守,如果孩子在婚礼后九个月之前提前太多出生,他至少会进坟墓。"哎呀,"母亲惊呆地盯着他,"我们都不知道你订婚了!"咳,什么订婚不订婚,他反正已经和她来往了一年,现在出了大乱子。也就是说,他们互相喜欢,早几个月晚几个月,他们反正要结婚。"唉,"父亲长叹一声,"她至少是个正派女孩吧?"他用充满悲观的目光紧盯着卡尔,好像确信无疑儿子正以迅雷不及掩耳的速度走向毁灭。"我们哪天晚上顺便回来,"卡尔简单地说,"你们可以看看她。"

他走后,父亲的嘴角耷拉下来,阴沉地看着母亲,他什么也改变不了,只好换个形式来表达惊喜。"好好,"他说,好像有人征求了他的意见,"他们要结婚,这是一定的。""当然。"母亲说,脸上突然现出一丝嘲弄,不断扩展,终于爆发出大笑。"哈哈,"她说,好像现在才明白,"想一想,现在我要当奶奶了!"

于是她开始忙着擦洗餐具柜上的黄铜托盘,抛光洗涤,因为不能让这个女孩认为卡尔来自一个马虎糟糕的家。父亲在极不情愿的情况下还是装上硬领打上领带,还被逼着自己去刷干净指甲。要有儿媳妇了,还要当爷爷!膝边将会有一个小男孩,而不是那见了鬼的高个子小伙子追都追不上。——他们完全可以免了所有这些小题大做,烤粉团和采购,那水晶玻璃人儿目不转睛地望着卡尔。她像小鸟一样吃东西喝水。她很有礼貌地回答问题,只要卡尔一开口,她就笑盈盈地看着他。只是在谈到婚礼的时候她才活跃了一会儿。婚礼要在她那会计师父亲那边举行,他有个女管家会帮忙处理,因为母亲已经去世了,她要穿白色婚纱,配桃金娘花冠和其他一切配件,然后他们要到博恩霍尔姆岛①去度八天蜜月,她有个姨妈在那里——他们想住在阿玛厄,那边很自由,只要能找到一套公寓。——卡尔充满爱意地看着她,跟她说话时不自觉地放低了声音。她还是他15岁时的梦想,很奇怪地覆盖上血肉,一定要轻拿轻放,不然就会再变回尘土和星星点点的迷雾。母亲在围裙上擦着手,感到像是和电影明星共处一室似的局促不安。父亲看上去像是想说很多废话,只是找不到停止的机会。卡尔友好和蔼地对他们说话,好像是对待两个需要鼓励才有宾至如归感觉的孩子。

  他们俩走后,父亲和母亲吃掉剩下的粉团,再多喝一杯咖啡,讨论这位新的家庭成员。母亲觉得她不像能做什么家务,父亲则担心她太会花钱,天晓得卡尔能不能继续挣这么多钱来养家!父亲对卡尔的赚钱方式深不以为然,太容易,甚至是不道德、错误的。钱应该用严酷而诚实的努力来换取,同样的确定数额在每周发薪的那天到来——而那种轻而易举的不确定现金随时有可能断流,就像这世界

---

① 博恩霍尔姆岛(Bornholm)是波罗的海西南部的一个岛屿,在瑞典与波兰之间,历史上曾由丹麦和瑞典交替统治,现属丹麦管辖,并且是丹麦版图上的极东点。

上一切神秘疯狂的东西一样。父亲和母亲喝着咖啡聊了一个小时，比几个月聊的都多，平常哪里有这么多可聊的？父亲咂咂舌头："哦，再给我一块糖。"他把糖块在咖啡里浸一下，吸吮着那甜美的咖啡。热气从咖啡杯里升起，伴随着无言的关于生命循环的美妙梦想，它结束人生的圆环，让我们带着一点儿永恒进入坟墓。他们开始谈孩子们还小的时候，那些还没有记忆的岁月，那时候只要弯腰把他们抱起来，给贪婪的小嘴里塞一块糖，就能让他们幸福地笑起来。

那天晚上他们很晚才睡到床上，躺着又说了很久。最后母亲打了个哈欠说："现在就等着艾斯特了。"

## 十九

艾斯特和于斯特森小姐一起加班。打字室里有灯光、安静和夜晚的温馨。打字机都罩上了黑色的油布。没有电话铃响,没有心急火燎的秘书飞奔前来,指望人完成不可能的任务。她们商量修改信件,交替着朗读文件作为调剂。于斯特森小姐推推眼镜,把鼻子完全凑到纸上。她读得很快,很流利,语调中暗藏一点儿轻微的反讽,因为无可怀疑,她从来没认真对待这些,她坐在这里不过是出于需要和缺钱。她看看手表,说:"十点了,该死的,我一分钟也不想再做下去了。你愿意一同下去喝杯咖啡吗,索伦森?"她们下楼来到马路对面的乳品店,点了咖啡和每人一块蛋糕。她们并没有犯下暴饮暴食的罪过①。她们加班不是为了把钱变成奶油蛋糕和佛罗伦萨饼干②吃掉,像别的小母鸡那样疯狂地追逐这些东西。

"麦尔戈小姐要回来,你听说了吗?"于斯特森小姐说,"那牙医在最后一分钟跑了,他发现她不是处女。想想看,

---

① 原文 frådseri,是早期基督教宣讲的"七宗罪"之一,原意"暴饮暴食",引申为"浪费"。
② 原文 florentiner,是一种用大量的糖、黄油、坚果、糖渍樱桃等烤成的糕饼,通常没有面粉和鸡蛋,是比较高档的食品,比普通蛋糕贵。

居然还有这样的男人！他们都应该拖到公共草地上去枪毙，一点儿也不过分。"

"真的吗？"艾斯特大吃一惊。娇小的、活泼的麦尔戈小姐，辞了职，在羡慕的包围中在大型茶话会上被送出办公室和贫穷。没有人再想到她，现在她要回来，仍旧用短发的后脑勺儿对着艾斯特，坐在椅子上敏捷地转身说："喂，索伦森，您能不能借我一塔勒？"①

这件事让于斯特森小姐极为兴奋。"就是这样的，"她说，"她们在结婚之外没有别的机会，就出卖自己！不过，还好现在有别的出路。"她在这里想的是法律，有朝一日能让她独立于那个尚未出现的最可耻的男人。

麦尔戈小姐的命运像是一根悲惨的手指点在所有女孩子的鼻子上：这就是你的下场！很自然地，她们一致同意那牙医是个坏蛋，幸好她没有嫁给他。可问题仍然在那里：那又怎么样？麦尔戈小姐和她们大家都能怎么样呢？她们想到像约恩森太太那样在办公室里老去就不寒而栗。她们的期待磨损了一点儿：那个家伙已经追了多年，——不是什么伟大的爱情，可惜不得不说——可我还是要了他吧，千万别落到麦尔戈小姐的下场。——艾斯特也受到这一片惊慌的传染，感到她的爱情淤积成了胸中块垒，一种模糊的痛苦。她爱他，即便他一文不名，她愿意养活他长长的一辈子。完全不是这么回事，她的痛苦来自他至今还没有提起的结婚。这对她是一件大事，许多不同的事情都在此一举。他不仅是她爱的人，他是她记忆所及一直渴望的，那条街道之外的广阔、安全的土地。也许，他没有提起结婚

---

① 一塔勒（daler）相当于两克朗。

是偶然的，也许，这一切都和那条街道毫无关系。然而她有时会看到别人眼里那种遥远的、不确定的、冷淡的东西，让她置身在外，就像童年时在忏悔节遇到的那个男人一样。也许这不过是她自己心中的阴影和反射。一种攫住了她的关于命运和局限的莫名感觉，她就像一个农奴，一出生就属于另一个人，就像可怜的东方孩子，一来到世上就被嫁了出去。

又一天，于斯特森小姐说："哪天你路过的时候顺便来我家看看？"

"好的。"艾斯特说，有点儿不好意思，她完全想不起来"顺便看看"。

于斯特森小姐严厉地看着她，问道："你现在和延斯不来往了？""不了。"艾斯特简单地回答说。把埃斯加拉出来让人评判，做近距离的心理分析，她做不出来。延斯的事就么结束了，对双方都没什么意义，她从此再没有想过。现在她突然看到了他那滑稽可笑、凸凹不平的脑袋，不禁笑了："他是个怪人。""他！"于斯特森小姐喊道，生气地推了推眼镜。"他是一个彻头彻尾的同志，总是情绪饱满，那么和善，那么乐于助人。""是啊，不过他太太呢？"艾斯特问，她得到的是从无边眼镜后面投射出的鄙视的目光。于斯特森小姐摇摇头说："你的资产阶级思想太严重了。""真的吗？"艾斯特高兴地问，她半点儿也不反对资产阶级思想。"你听着，"于斯特森小姐像是要把艾斯特一眼看穿，毫无疑问她当然有最好的意愿，"你过得很无聊，需要多和精神自由、不势利的人们交往。也许你不想再和延斯多打交道，可是他能带你认识很多人，你和他们来往有好处的。他下次来电话的时候就答应他。"

"好吧。"艾斯特说,她有点儿惊讶,竟然有人为她想得那么周到。天晓得是不是延斯让她说这些的?"让我想想,不过我觉得他根本不会来电话,有那么多别的女孩呢。"

可是,她后来想,如果他来电话又怎么办呢?这是一个埃斯加警告过她的男子。一股甜蜜的骚动穿过她全身。你,这个目光中有世上一切平静的爱人会怎么办?如果我跟他出去一个晚上你会怎么办?如果我现在说我爱他,或者我做了那最可怕的事情,像那个你不愿意娶的女孩一样!你眼睛里那层蓝色的表面会破碎吗,就像把石子投进湖水那样?我能终于看见水底吗?她吃惊地驱开这些思绪,焦虑将那小小的幸福抓在手里,就像挡住烛火,不让它被风吹熄。

## 二十

这座城市在下雨。小饭馆门外湿漉漉的蓝色路灯有气无力地发着光。汽车们小心翼翼地转过街角,以免打滑,把脏水溅到人们的腿上。艾斯特穿着浅色夏装,站在大门口等延斯·布洛克。她不抱希望地低头看看路,又抬头看看,天上积累的云朵看上去够下几个月的雨。要说世界上有什么她习惯不了的东西,那就是下雨。现在,等不到汽车来,裙衫就已经打湿垂了下来,鞋子沾上泥。延斯当然是开车来的,让他用没劲的交通工具电动自行车之类的,那是想都不用想。哦,她竟然会接受邀请也是真蠢——一定是那个多事的于斯特森小姐让他打的电话。她着凉了,咳嗽几声,换条腿站着。如果他在五分钟里再不来她就进去,铃响也不开门。她就可以上床,看书,吃糖,想着埃斯加。咦?如果他现在看见她!这是她第一次对他撒谎,说要回家给母亲过生日,嗯,这个主意不错。她想,当你爱一个人,他也爱你,就应该能像玻璃一样看透,她还费力做出撒谎的样子,声音变了,眼睛不看他——但是没有用,还是没有用。他无条件地信任她,如他对她解释过的,这恰恰是他的爱必不可缺的一部分。

再等五分钟,她要上楼去了,如果他还会按门铃的话——她真冷,要是有件雨衣就好了,但是那件方格子的雨衣上星期天被雨淋坏了，就像一切便宜的衣服一样。——一辆汽车的门"砰"地关上。"最可爱的孩子，你能宽恕我吗？时间溜跑了，你真是美轮美奂，快上楼去穿件外套，不然你会着凉的。"她叹了一口气，穿那件大甩卖时买的方格子雨衣还不如倒赔 30 克朗。"这鬼天气。"她再下来时说。延斯伸出手掌，慷慨激昂地说："没有坏天气，只有穿错的衣服，哈哈！"

在一间地下室酒吧里，延斯根据例行仪式安排，招呼老板，请坐，然后很快会讨论一篇评论，干杯，"你这个老——这是卡尔·索伦森的妹妹，奇怪吧？他们一点儿也不像。"然后他们俩一齐盯着艾斯特看，好像她是什么珍稀动物。老板有一张大脸，黑色油腻的头发，面颊松弛，粗野的大嘴里面金光闪烁，像是镜子里的阳光。"为业余爱好者的晚会请到诗人极为困难，"他说，"歌曲、音乐和踢踏舞，所有这些我们都绰绰有余，可是人们要见诗人，长头发大胡子的真正诗人。可我请不到他们，他们不肯来。他们是那么敏感，受不了快乐的人们向他们欢呼。"他显得有些忧郁，弯起食指放在鼻子上。但延斯原则上什么都知道。"包在我身上，"他说，好像一辈子没干过别的，专门说服冥顽不灵的诗人，"我认识一个家伙，还没出名，但才华横溢。明天我去找他谈。"老板的脸顿时阴转晴。"一言为定，"他说，"可我也只能付 25 克朗，还有合理范围以内的餐饮。"

然后是花式面包、啤酒和烧酒的队伍，再后来差不多只能自言自语。雨如鼓点般地敲击着窗玻璃。每张桌子上点着一盏灯。人脸透过香烟的迷雾出现，又再消失。乐队结束每支曲子都那么突然而惊人，好像成千根弦一齐轰鸣。所有人的脸都有点儿像埃斯加——舞池里有节奏地摇曳的人形也都让她想起埃斯加。当延斯躬身向她时,她可以闻出他抽的是和埃斯加同一个牌子的香烟。艾斯特还没有完全进入状态。在微醺中产生了对埃斯加的向往,还有一种温柔可爱的恐惧,她坐在这里让她觉得自己罪孽深重,当延斯用腿挤她的腿时,她竟然面不改色也没有躲开。他站起身,走向舞池,她看到他比埃斯加高,小脑袋几乎完全消失在宽肩膀之间。他的舞步自信而乐观,简直无法想象他会处在无能无助的状态。可他到底是谁呢?他是一个于斯特森小姐所说的同志,还是应该相信埃斯加?好玩的是,她有一次问过他,为什么警告她要当心延斯·布洛克,原来唯一的原因竟然是,他在学校有个习惯,让所有人相信,他考试前从来不准备,并无情地嘲笑那些死用功的书呆子,然后在考试时把书从头背到尾,再从尾背到头,把他们全都捉弄了。她看不出这有多不好,可能让埃斯加能这么反对一个人,就够了!

可是现在,她还要一杯烧酒,别的不管——只要他别散发出和埃斯加同样的气息。这毕竟很好——她现在——有——一个弱点——蓝包北国牌的烟。"你真的聪明吗,延斯?知道别人怎么想的吗?""没什么比这更没关系的了,小丫头!""你真好看,真惊人!"他歪起头,像一只发疯的鸟——他有世界上最由衷的笑声,不可能不跟着笑。为什么把一切都当作悲剧性的,她要自由,如鱼得水的自由。埃斯加总是那么一本正经的,现在怎么样?她忘掉了什么——上帝啊,像这音乐一般轰响——关于埃斯加的什么事——他的眼睛。"不要,延斯,你疯了,你真像个疯子,给我一支烟。"她昏昏欲睡,振作起来,站起来:"我要回家。""好好,当然。"他像只皮球一样跳起来,拖着她出去。能有个支撑点真好,地板像是剧场里的地板一样倾斜。咦!要是有办公室里的同事现在看见她就好了!但她现在是那么开心地不在乎。人们在看她,那是一点儿关系也没有,比迈开脚离地容易多了。

"哦,延斯,我从来没想到你会帮助人哪。"很普通的一句话,可是听上去那么奇怪的轻浮,当汽车门"砰"的一声关上的时候。很刺激,也有点儿忧伤。这扇门曾在那么多怯生生的年轻女孩身后关上,给一切顾忌画上一个干脆的句号。男子的嘴唇是不同的,但谁也不像埃斯加的,没有人。从一个地方生出一幅雾蒙蒙的景象,所有人都应该彼此亲近,这样就可以解决一切问题,人世间的孤独就结束了。雨还在下,雨滴打在汽车顶上——那些湿漉漉的小灯,在家的那条街道上。哦,它们和她有什么关系呢?一点儿也没有,那条街道和她又有什么关系呢?

汽车门又关上了。"现在我要进去睡觉。"可这是怎么回事?他紧紧抓住她的手臂,打开临街的门。她有点儿不确定地笑了,眼睛一眨一眨地看着他。雨从他脸上流下来像是从雨刷坏了的汽车的挡风玻璃上流下一般。"放开我,"她说,"你像是要把我吃了。""给我钥匙。"他简短而尖锐地说,这声调在她的余生中回响。汽车不见了,也看不见任何人,楼上楼下的灯都熄了。雨滴从小小前院的树上落下。空气中弥漫着晚季的花香和湿漉漉青草的气息。他扶着她穿过走廊进入房间。"你想干什么?"她暴躁地咕哝着,好像一个孩子被打断了游戏。"你要是以为我也是那种人,可就大错特错了。"他飞快地转动着门上的钥匙。"不带这么玩的,"他嘶哑地说,"你把一个男人的胃口吊起来,就得奉陪到底。"她张开嘴,呼吸急促。醉酒让她喘不过气来,她想把它甩掉，但是它在她的四肢内爬行，瘫痪了意志。仍然清醒的头脑焦急地低语："现在你已经到达了边界，现在已经接触到了那最后、最可怕的。"她好像被施了催眠术，不是那里的男人，而是她自己内心的东西。火焰在她全身燃烧。那驱使着她的可怕的力量究竟是什么？她没有受到诱惑。她始终知道，在这一切的背后。所以她跟着他去了，所以她对埃斯加撒了谎。她是谁？为什么要对自己这样做？她僵硬地站在那个男人面前一动不动。那凹凸不平的头凑近了，眼睛睁大，眼白像一道圆环围绕着瞳孔。

外面雨还在下着，穿过黑暗，就像人们为那不能改变的事情而永远温柔地低泣。

## 二十一

"坐下,艾斯特,半小时之内别说话。我在这里发现一些精彩的东西,整个方程式系统的简化,还不知道能不能成功。"埃斯加咬着铅笔,头发垂到额头上,深深的皱纹像一道闪电划过眉间。艾斯特的心急促痛苦地跳着。他和他的系统多么无关紧要,当人不能把全部神经和感官投入时,一切都那么无关紧要。崇高的事物总是有那么一点儿可笑。有一次她在商店里偷了一块巧克力,然后若无其事地走出门去,世界并没有在她头上崩塌。这件事只不过偷偷溜进她的内心发出空洞的声音,就像一座沙堆沉下,埋葬一个孩子。她现在为什么想起这件事?他坐在那里,头是三角形的,好像不能期待他理解她做过的事。他的嘴唇薄而苍白。她躺在浴缸里,放水,放水,总也不够。她站起身,让水流过仰起的面孔,她哭着,冻僵了,无情地敲击着她嘴唇的是雨水,雨天总是让她充满忧伤。然而全世界的水也无法洗刷她的耻辱。

如果他愿意和她结婚,也许一切就都不同了。这样就不会再有恐惧、忧伤和怀疑。这样半夜醒来,伸手就可以摸到他的皮肤、他的头发,倾听他轻微平静的呼吸,用他整个的人来充实自己。男人们总是非常小心:一定要明白我们的责任,不让不受欢迎的孩子来到世间。非婚生的孩子是一种不幸,但还有更大的不幸,来自内心的不幸像一个天生的肿瘤,它不断地生长,直到身体不能再容纳它。

埃斯加在工作。他抬头看她,笑了:"你坐在那儿那么安静,像是在做'拜客'的游戏。我这里很快就完了。""等一会儿,"她想,"再等一会儿我就会知道他爱不爱我,还有别的事情。如果他爱我,就会完全理解我。不对,他也爱过另一个女孩。但那是另一回事,类似的一切都永远不同。"但是,有一个可怕的声音在对她耳语:"他永远不会理解,永远不会,不论他爱你还是不爱。"而她却没有一刻想到过,根本没必要告诉他。

"现在你该停下来了,"她说,听听自己的声音,缓慢而平静,和埃斯加的一样,"我要告诉你一件事。"他显出吃惊的神情,扬起眉毛。她开始艰难地,用和埃斯加一样佶屈聱牙的枯燥学术语言讲述——她没有思考,只是因为她表面上如此软弱,她总是这样接受:"你看,是这么回事——"

她必须抚摸他,靠近他。他的手在桌上,但是不等她碰上就挪开了。人与人之间的语言只不过是言辞,她不知道那些能够解释不可能事物的言辞。但是眼睛不肯离开他的脸——即便现在她的生命和幸福悬于一线,在悔恨和羞耻背后仍然出现了那冷酷而病态的好奇心:他的脸,他的脸。——他现在离她很近,狂喜在一秒钟里贯穿她全身心。他面色苍白。"现在他要吻我了,"她想,"现在一切都好了,一切。"

他举起手。她闭上眼睛。她的身边升起蓝色的雾。他的声音遥远而颤抖。打人的不是他,不是那只世界上最柔软、最温和的手。现在怎么办?她昏昏欲睡,沉没,自己爬出来。一个孩子惊恐地盯着一张苍白扭曲的脸。——黑斯廷老师——黑板上的香蕉——墙上的柜子,生命绕了一圈,一切都有原因,一切都曾经经历过。毫无意义。你斟满一杯酒,太满了就会溢出来。所以你不会因忧伤而死,却是为那忧伤的原因而死。有人抓住她的胳膊拉她起来。她挨了一个耳光。她仰头看去,怔怔地托住面颊。"你打我,"她小声地说,"为什么打我?"哦,他的脸,那雪白、窄瘦的脸——这是什么?它毁了,它湿了——雨——泪水!为她流的泪——他哭了——她成功了,一个人为她而哭。她让他伤心了。现在她知道了——他爱她,他爱她。一切都很好。她自由了。有什么东西呼啸着掠过她,像一只白色的大鸟,有着长长的美丽翅膀,载着她的灵魂飞向永恒和无边无涯的幸福。一种别样事物发出的神圣气息,一种更高的认识,一个投射到天空中的点,从那里看,一切都是小而远的,没有痛苦的。"埃斯加,"她喃喃地说,"我早就知道,你会理解的。"

但是他走过去打开门。"现在你走吧,"他说,目光越过她看着远处,"为什么还待在这儿?一切都完了。"眼泪不见了,他也不见了。她永远失去了他。

## 二十二

这是童年街道的夜晚。艾斯特回家的时候是在秋天。风暴吹动肉店的招牌,声响中带着恐惧和冷酷的调子。这些的背后站着冬天那冻僵的青紫色的脸,从人们的肩膀上俯视着。他们紧张地回望,悲伤地想起冰冷的煤炉和感冒的孩子。快乐的女孩们觉得像是被粗糙的十月用湿冷吓人的手抓住了腿和全身。她们跺着脚取暖,小心翼翼地活动着以免冻僵。其中一个女孩有着美丽的脸,但她的目光是那么犀利,令人不敢直视。她是伊琳娜,童年比任何人都更短。她正站在火车站附近的路灯下,艾斯特走过,慢慢地,无比疲倦地。她是那么疲倦,几乎让任何人的痛苦相形失色。这是她在世上的最后一夜,她要回家。她一度离开了那条街道,但已经忘记了是为什么。人们在最危急的情况下回家,双脚想要回家,心想要回家——就像受了致命伤的鸟儿挣扎着回巢。在一根路灯杆下面她遇见了伊琳娜,她正按住帽子不让风吹跑。"他妈的,"她喊道,"这不是艾斯特吗?你在这儿干吗?""没什么。"艾斯特小声说,继续向前走,像是过去曾经有过的东西的影子:一个向往,一个梦想,一个意愿。走过教堂,走过那些打烊的小饭馆,走过沉默的男子,走过问话的男子,走过眼中一片荒芜的其他女子。她抬眼望着月光下轮廓分明的高楼。在那里熟睡的小孩子们,对他们来说这条街就是生活的一切，而那些半大的男孩子们却醒着，倾听着脚步声和夜间的声音。那边几个14岁的女孩双手抱在胸前睡着，好像忍住了没有哭出来。她们发生了什么事以及未来几年或接下来几天发生的事情肯定会留下深刻的痕迹并决定她们的命运。

疲倦的双脚走呀走。这条街似乎很长，又很窄，排除了不能掌控的一切。她不爱这条街。但她用猫步小心翼翼地接近它，祈祷着：这是世界上最后的，我知道最多的。然而街道陡然升起，在疲倦的目光面前矗立起一座高山，拒绝着，威胁着，像即将到来的风雨，隐藏在风暴和滴水月亮①的黑暗里。她在它的愤怒中下沉，如一个不忠实的妻子般的绝望——当她回心转意，却发现家门已经上锁。她静静地站着，靠在街门口的栅栏上，用手抓住那些冰冷的铁条，迟钝地，机械地。眼睛变得迷离，梦幻。时间和地点消失了。她内心有什么东西松动了，河水涨起，涨起。童年在推进，是一切现在、未来和一切事物的原因。这是一种沉重而荒芜的黑暗，令人窒息地充满了人永远不能逃脱的惊恐。那里曾经有过友谊、游戏和狂野而不合法的欢乐。那里曾经有过生命中仅此一次的，热烈而充满痛苦的爱情。晚到的爱情最终以另一个样子到来，如同我们经历的初夏，每当樱桃树开花，细嫩的叶子展开。那里只有一种爱情，它在我们童年的黄昏到来，如同燃烧的落日，如同一次坍塌、一次动摇——在那以后就只有回忆和再次经历它的愿望。

她在这一天夜里回来，街上的每一块砖石都是她生命

---

① 美洲印第安人的祖尼部落认为红色的月亮带来降雨，19世纪的英国农民也相信在月半前后会下雨，所以有月亮滴水或滴水月亮之说。

中的一个日子，站在那里，永远，不可磨灭，等待着她来认识和承认。这里她曾经在忏悔节走过，隐藏在咧嘴傻笑的纸面具后面。她跑出了这条街道，现在她回来了，带着浸透泪水的残破面具，和生活过的生命。但是在面具背后出现了她自己的面孔，仍然有些模糊不清，但背后已经有了一个名字和一个意志。她，从来没有自己，但不断地将别人的特性吸收进来，这样，那些进入她生命的人们都获得机会将他们骚动的、飞逝而去的品格留给她。她的目标变得不清，她在任何地方都不再是自己。她消失在他们的言辞、动作和意见里，让她自己变成柔软易折的材料，顺从地根据周围人的意愿而改变，却没有任何形式的自己。也许，这个名叫艾斯特的孩子不懂得掩饰，所以才这样缺少快乐。

但现在是她的黎明，在巨大的平静和严肃中，她认识到：人要有一个核心、一瓣萌芽，才能生长和展开自己，不然就只能跟着别人，而永远没有根和停留的地方。在这个支离破碎的世界上，一定要依偎着某种不变的东西——让人不至于陷于不幸，即便被人和事所离弃。

艾斯特继续犹豫不决地走着，现在这条街道不再是无法逾越的山峰。它伸出柔软的爪子走近她。它的声音透过风暴扑向她，冬天的嘴唇用回忆和那些已经消失的日子给她苍白的安慰。它把她包围起来，封闭起来，既不好，也不坏，但是如此解放，在今夜，也在未来成百上千的夜晚。当我们在世界上迷失了的时候，我们会寻找那不变的东西。温暖的，愤怒的，咆哮着将她拥入坚硬的怀抱，她深深地叹息，因甜蜜的放弃和忧伤而在心中哭泣。一阵温柔的低语穿过这条街道，她内心的声音。这是命运的忧伤之歌，唱的是一个姑娘走出这条街道，找到一个朋友，然后在一个秋天的夜晚回来，比这条街道的任何孩子都更加孤独。

暴风雨慢慢地停了，飘浮在月光下的云层像迷雾之间的亮点，静静地悬挂着。这条街道伸展开，像一个饱足了爱欲的女人慵懒地打着哈欠，她的头发在黎明的微光中飘荡，那是恩格花园广场上五色缤纷的树叶。

# 译名表(按出现先后为序)

## 人名列表

| | |
|---|---|
| 艾斯特·索伦森 | Ester Sørensen |
| 丽莎 | Lisa |
| 约昂麦德森 | Jernmadsen |
| 哈默 | Hammer |
| 托姆森小姐 | Thomsen, frk. |
| 尼尔森太太 | Nielsen, fru |
| 歪嘴爱伦 | Skævmundede Ellen |
| 卡尔 | Carl |
| 卡拉 | Carla |
| 奥尔加 | Olga |
| 美男子路德维希 | Smukke Ludvig |
| 黑斯廷 | Hasting |
| 黛西·穆勒 | Daisy Møller |
| 伊尔莎·奥尔森 | Yrsa Olsen |
| 南希·奥戈尔 | Nancy Aagaard |
| 保尔森太太 | Poulsen, fru |
| 斯蒂安纳戴尔太太 | Stjernedal, fru |
| 盖尔达 | Gerda |

续表

| | |
|---|---|
| 博尔摩斯 | Bøgemose |
| 海尔嘉 | Helga |
| 图本 | Tubben |
| 托瓦尔德·奥古斯特·马里努斯·斯陶宁 | Thorvald August Marinus Stauning（1873—1942） |
| 伊琳娜 | Irene |
| 米夫（猫） | Miv |
| 玛尔塔 | Marta |
| 奥斯卡 | Oskar |
| 艾芙琳娜（姨妈） | Eveline |
| 约恩森小姐 | Jørgensen, frk. |
| 海尔堡小姐 | Herborg, frk. |
| 霍尔格·德拉赫曼（诗人） | Holger Drachmann（1846—1908） |
| 克里斯钦·温特（诗人） | Christian Winther（1796—1876） |
| 杰基·库根（美国喜剧演员） | Jackie Coogan（1914—1984） |
| 蒙特牧师 | Pastor Mundt |
| 莫恩斯（舅舅） | Mogens |
| 玛丽（姑妈） | Mary |
| 奥尔森太太/小姐 | Olsen, fru/frk. |
| 露特 | Ruth |

续表

| | |
|---|---|
| 汉森 | Hansen |
| 迪布戴尔（股长） | Dybdal |
| 摩根森（先生） | Mogensen，hr. |
| 亨利克（小男孩） | Henrik |
| 克里斯钦叔叔 | Onkel Christian |
| 彼得森先生（跑腿的） | Petersen，hr. |
| 芬尼凯尔小姐（职员） | Fanekær，frk. |
| 斯文森先生（仓库管理员） | Svendsen，hr. |
| 斯万纳先生（经理） | Swane，hr. |
| 哈沃森太太（乳品店老板娘） | Halvorsen，fru |
| 麦尔戈小姐 | Melgaard，frk. |
| 于斯特森小姐 | Justesen，frk. |
| 约恩森太太 | Jørgensen，fru |
| 斯文森小姐 | Svendsen，frk. |
| 埃斯加·穆尔瓦德（秘书） | Asger Mulvad |
| 汉斯·弗利兹·贝克曼（德国歌词作者和编剧） | Hans Fritz Beckmann（1909—1975） |
| 提奥·麦克本（德国钢琴家、指挥和作曲家） | Theo Mackeben（1897—1953） |
| 丽兹·瓦尔德穆勒（奥地利演员和歌手） | Lizzi Waldmuller（1904—1945） |

续表

| 延斯·布洛克（记者） | Jens Brock |
|---|---|
| 海尔穆特·拉尔森 | Helmuth Larsen |
| 埃里克（奥尔加的儿子） | Erik |
| 玛丽 | Marie |

## 地名列表

| 恩格花园路 | Enghavevej |
|---|---|
| 恩格花园广场 | Enghaveplads |
| 伊斯特德街 | Istedgade |
| 阿布萨隆街 | Absalonsgade |
| 西桥街 | Vesterbrogade |
| 美洲路 | Amerikavej |
| 丹麦国旗街 | Dannebrogsgade |
| 斯万街 | Svendsgade |
| 撒克逊街 | Saxogade |
| 维多利亚街 | Viktoriagade |
| 林荫南路 | Sdr. Boulevard |
| 南田公园 | Søndermarken |
| 考索尔 | Korsør |
| 洛兰岛 | Lolland |
| 奥德兄弟会大厦 | Odd Fellow Palæet |

续表

| 布莱梅霍姆 | Bremerholm |
|---|---|
| 步行街 | Strøget |
| 国王新广场 | Kongens Nytorv |
| 蜡像馆 | Panoptikonbygningen |
| 松德霍尔姆 | Sundholm |
| 克厄 | Køge |
| 邦和穆勒服装公司 | Bang & Møller |
| 游乐园 | Bakken |
| 三角地 | Trianglen |
| 东桥（区） | Østerbro |
| 煤气厂路 | Gasværksvej |
| 火车站 | Banegård |
| 阿玛厄（岛） | Amager |
| 人工湖/五段湖 | Søerne |
| 维堡 | Viborg |
| 长桥 | Langebro |

## 图书在版编目（CIP）数据

童年的街道 /（丹）图凡·狄特莱夫森著；周一云译. —北京：中国国际广播出版社，2019.12（2024.1重印）

（北欧文学译丛）

ISBN 978-7-5078-4588-4

Ⅰ.①童… Ⅱ.①图…②周… Ⅲ.①长篇小说－丹麦－现代 Ⅳ.①I534.45

中国版本图书馆CIP数据核字（2019）第271132号

著作权合同登记号 01-2019-0687

©Tove Ditlevsen & Gyldendal. Copenhagen 1943. Published by agreement with Gyldendal Group Agency.

Simplified Chinese Translation Copyright©2019 by China International Radio Press
All rights reserved

DANISH ARTS FOUNDATION

## 童年的街道

| | |
|---|---|
| 出品人 | 宇　清 |
| 总策划 | 田利平 |
| 策　划 | 张娟平　凭　林 |
| 著　者 | ［丹麦］图凡·狄特莱夫森 |
| 译　者 | 周一云 |
| 责任编辑 | 筴学婧 |
| 装帧设计 | Guangfu Design｜张　晖 |
| 责任校对 | 张　娜 |

| | |
|---|---|
| 出版发行 | 中国国际广播出版社有限公司　［010-89508207（传真）］ |
| 社　址 | 北京市丰台区榴乡路88号石榴中心2号楼1701<br>邮编：100079 |
| 印　刷 | 天津鑫恒彩印刷有限公司 |

| | |
|---|---|
| 开　本 | 880×1230　1/32 |
| 字　数 | 130千字 |
| 印　张 | 8.5 |
| 版　次 | 2019年12月 北京第一版 |
| 印　次 | 2024年1月 第四次印刷 |
| 定　价 | 56.00元 |

版权所有　盗版必究